1 Eenzame hoogte

2. Een zilveren zoom

3. De Stem van het water.

Wilma
Timmermans

VCL-serie

dec. 1991

DE STEM VAN HET WATER

INE TEN BROEKE-BRUINS

DE STEM VAN HET WATER

Uitgeversmaatschappij J.H.Kok — Kampen

CIP-GEGEVENS KONINKLIJKE BIBLIOTHEEK, DEN HAAG

Broeke-Bruins, Ine ten

De stem van het water / Ine ten Broeke-Bruins. — Kampen:
Kok. — (VCL-serie. ISSN 0923-134x)
ISBN 90-242-1544-7 geb.
Trefw.: romans; oorspronkelijk.

© Uitgeversmaatschappij J.H. Kok, Kampen 1991
Omslagontwerp Reint de Jonge
Omslagbelettering Doublepress

HOOFDSTUK 1

Deetje Kruyt laat haar bagage op de zanderige trottoirtegels glijden en gunt vervolgens haar stijve rug een ogenblik rust, door tegen een paal van de bushalte te leunen. Diep zuigt ze de zilte zeewind in haar longen. Het misselijke gevoel ebt langzaam weg. Nog één keer slikken: voorbij.

Met gemengde gevoelens oogt ze de bus na, die verder de boulevard afhobbelt. Afschuwelijk, dat optrekken en weer stoppen van die rammelkast. Hoeveel dorpjes zijn ze doorgekomen? Bij hoeveel bushaltes hebben ze gestopt? En toch bedraagt de afstand tussen haar geboortedorp en de noordelijker gelegen badplaats hemelsbreed maar een slordige twintig kilometer!

Haar ogen hechten zich aan het vertrouwde schouwspel van strand en zee en luchten. Ontelbare malen heeft ze ditzelfde beeld ingedronken. Als kind, als tiener. Als alles haar thuis tot stikkens toe benauwde, vluchtte ze naar de oneindige watermassa, waar wél ruimte was om te ademen.

Een grimas trekt over het gebruinde meisjesgezicht. De ogen — diepblauw — hebben allang het argeloze verloren. Teveel hebben ze gezien, meegemaakt, om nog onbevangen de wereld tegemoet te treden. De wilde rode haardos, waarvan de uitgroei bij de haarwortels verrassend licht is, geven het opgemaakte gezichtje iets hards en tegelijk iets hartverscheurend kinderlijks. Alsof ze stiekem met moeders make-up-flesjes geëxperimenteerd heeft.

Moeder... Deetjes ogen scheuren zich los van het majestueuze spel van de branding, beneden haar. Het is bedrieglijk, net als het leven zelf. Ze is hier niet naar toe gevlucht om haar tijd te verdromen door naar de zee te staren. Ze zal vóór de avond onderdak moeten vinden. En werk. Ze heeft de bezorgdheid van haar zusje weggebluft door te verzekeren, dat er met het badseizoen voor de deur plenty werk aan de kust te krijgen is. Ze zal dat nu waar moeten maken. Maar hoe? Besluiteloos kijkt Deetje naar de koffer en de uitpuilende tas, waar haar kleren en kleine dierbaarheden in zitten. Daarna kijkt ze de boulevard langs. Autoverkeer genoeg, maar verder? Ze ziet maar een enkel hotel, een paar pensions. Wat een verschil met de levendige boulevard van haar geboortedorp! Ze zal eerst bij het VVV-kantoor maar eens een lijst lospeuteren van de pensions en de hotels die het dorp rijk is. En dan maar de hele lijst afwerken. Maar wat moet ze met haar bagage? Ze heeft geen puf om die overal mee naar toe te slepen.

Ze steekt de straat over en begint in de richting van de vuurtoren te lopen. Daar ongeveer moet het VVV-kantoor zijn, heeft ze zich door de chauffeur van de bus laten vertellen. Ze is nog geen twintig meter voorbij de bushalte als haar blik wordt getrokken naar een bruin bord met het opschrift: „Hotel-pension Persijn". Aan de voorzijde zijn twee grote ramen. Een laag muurtje vormt de scheiding tussen het trottoir en een piepklein terrasje. Op het muurtje zijn op gelijke afstand vier oude stallantaarns bevestigd, waarvan de glasruitjes bijna allemaal gesneuveld zijn. Voor één van de ramen staat een bord met een pijl: „Ingang om de hoek."

Impulsief blijf Deetje stilstaan. Waarom niet meteen haar geluk beproeven? Dit pension zal ongetwijfeld ook in de katalogus van de VVV voorkomen. Het pad, dat sterk afloopt, leidt naar een ruime binnenplaats, waar diverse winkels op uitmonden, getuige de vele kratten, dozen en kisten, die ze van hieruit kan zien staan. Ook is er kennelijk gelegenheid om te parkeren, want ze ziet auto's af- en aanrijden. Meest bestelwagens.

6

Tegen het raam van de zijdeur hangt een karton met de woorden: „Gasten hotel Persijn binnen melden."

Deetje duwt met haar bovenarm tegen de zware deur. Het gaat stroef, alsof hij klemt. Zodra de opening ruim genoeg is om zichzelf plus haar tassen erdoor te wurmen, ziet ze dat de deurmat de boosdoener is. Hij krult om en verspert zo de doorgang. Ze ziet nog iets, dat haar een gevoel van walging bezorgt, omdat de eerste aanblik van het interieur van huize Persijn beelden oproept, die ze nooit meer wil zien. Beelden waarvoor ze juist op de vlucht is geslagen... Wat een rommeltje is het hier! Het gangetje is nog geen meter breed en nauwelijks twee meter lang. Maar wat er allemaal tegen de muren staat opgetast! Tegenover de buitendeur is een draaitrap, die waarschijnlijk naar de kelderruimte leidt. De treden zijn niet te zien, door de rommel: een stofzuiger, waar een volle stofzak uitpuilt, een half verroeste slang, een schemerlamp met een ingedeukte kap, waar zich de voet van de droogkap door heeft geboord, een paar kratten lege drankflessen, dichtgebonden vuilniszakken, een doos aardewerk... Het lijkt, alsof men er het souterrain mee heeft willen dempen. Alleen de bovenste twee treden verraden de trap eronder. Links naast het trapgat zijn een drietal treden die naar „balie en kantoor" alsmede naar de „eetzaal" leiden.

Deetje grinnikt even. Nu al wantrouwt ze de opschriften op de bordjes, die bijna iedere deur en wand van het interieur verrijken.

„Wat kan ik voor de dame doen?" ademt plotseling een hese stem in haar rug. Van schrik duikelt Deetje bijna terug naar het gangetje.

„Hola, dame, denk aan de treetjes!" Een massief lijf wringt zich langs haar en eenmaal haar voorbij, monstert de man van de hese stem haar op een vrijpostige manier. Hij is opvallend breed en heeft een zeer tot de verbeelding sprekend gezicht. Dwars over de neus, tot aan de rechtermondhoek, loopt een litteken, dat zijn gezicht iets wreed-zinnelijks geeft. Zijn zwarte ogen en wilde licht grijzende haardos, maken het beeld van de zeerover, die Deetje zich uit de oude jongensboeken herinnert, kompleet.

De onbeschaamde blik waarmee hij haar van het hoofd tot aan de voeten opneemt, roepen suggestieve beelden in haar op.

„Ik wil nooit meer zo bekeken worden," denkt ze hartstochtelijk. Maar tegelijkertijd doorgloeien haar gevoelens, die ze heeft leren duchten en verfoeien. Die haar kwellen en geselen met realistische taferelen. Nu vloeien ze ineen en doen haar wankelen.

„Wordt u niet goed, dame?" vraagt de man zalvend. „Komt u maar effetjes mee naar de salon, dan zal ik u gelijk de prijslijst laten zien. Ja gaat u daar maar zitten, op die fluwelen bank!"

Deetje laat haar tassen naast haar voeten op het verschoten, mosgroene tapijt vallen. Ze gaat op het oud-roze velours zitten, zoals de man haar gewezen heeft. Binnen een minuut is hij terug, gevolgd door een grove vrouw, met een enorme deinende boezem en een gezicht, dat Deetje bijna de adem beneemt. Dat gezicht... die zware opmaak, dat half-lange geverfde haar. Moeder... nee, nee!

„Schenk de dame effe een kop koffie in, Neel! En laat haar de kamers zien. Om hoeveel weken gaat het?"

Deetje heeft zichzelf weer zover in de hand, dat ze spits opmerkt: „liefst de hele zomer. En het hoeft niet meteen de bruidsuite te zijn. Met iets minder neem ik ook genoegen. Ik kom hier niet als gast, maar om te werken. Het geeft niet wat. Ik heb twee rechterhanden aan m'n lijf!"

De man keert zich abrupt om. „Werk?" snauwt hij. „Had dat meteen gezegd. Ons de stuipen op het lijf jagen. We zitten midden in de brekerij. Alles moet over twee weken klaar zijn. Dan komen de gasten."

„Nou, dan kom ik toch helemaal als geroepen?" bravourt Deetje. Inwendig bibbert ze. Want de misselijkheid komt weer opzetten en nu pas voelt ze, hoe bekaf ze is. Om met die zware koffer en tassen van pension naar pension te trekken, lokt haar niet erg aan.

„Een bed en een plekje voor m'n bagage... Ik ben gewend de handen uit de mouwen te steken," soebat ze, hoewel ze rilt bij de gedachte zo'n louche figuur een gunst te moeten vragen. Maar ze heeft geen andere keus. Ze is moe, zo murw. „Waar kom je vandaan? Je zit toch niet tussen hamer en aambeeld hè? Hotel Persijn is een begrip hier aan de kust en dat moet zo blijven. Hééé!"

De vrouw komt als een duveltje uit een doosje tevoorschijn. In haar handen een afgeschilferd dienblaadje waarop een witte mok staat te dampen. „Koffie, goed heet opdrinken," maant ze Deetje niet onvriendelijk.

Dankbaar pakt Deetje de kom bij het oor. „Dank u wel!" Als ze voorzichtig een paar teugjes heeft genomen, vertelt ze de man waar ze vandaan komt. „Een badplaats ken ik dus op mijn duimpje. 'k Heb er negentien jaar lang gewoond. Ik weet precies hoe je badgasten bedienen moet en zo. Ik heb dit werk al vaker gedaan," voegt ze er iets bezijden de waarheid aan toe. Ze moet wel bluffen, omdat ze met uitzondering van de laatste zomer, toen ze in een strandtent geholpen heeft, alleen thuis heeft rondgelummeld na haar MAVO-tijd.

„Hm! Wat heb je voor opleiding?"

„Mavo!"

„Waarom ben je niet ginds in je eigen dorp gebleven?"

Een moment vernauwen Deetje's ogen zich. Ze lijken even zwart als de pupil. En haar gezicht wordt een hard, afwerend masker, waardoor het ineens stukken ouder lijkt. Het volgende ogenblik meent Klaas Persijn dat hij zich heeft vergist. Dan is ze weer het jonge ding, dat op de één of andere manier een zacht plekje in z'n hart geraakt heeft. Het kind is natuurlijk met problemen van huis weggelopen. Nou enfin, zolang het geen politiewerk is, zal het hem worst zijn. Hij kan hier best een paar extra handen gebruiken. Goedkope handen, wel te verstaan, die niet van die abnormaal hoge eisen stellen. „Ik heb geen strafbaar feit gepleegd," zegt ze met nauw bedwongen drift. „Want dat bedoelt u toch?"

Klaas knikt appreciërend. „Je bent in ieder geval vlug van begrip. Maar je wilt me dus niet zeggen wat er achter zit? Een vent soms?" Met een trots gebaar gooit Deetje Kruyt haar hoofd in de nek. Onbevreesd kijkt ze de man recht in de ogen. „Met m'n privé-leven heeft niemand iets te maken. Het enige dat ik nog wel kwijt wil is, dat ik geen ouders meer heb. Mijn vader is verdronken op een haringkotter, drie maanden voor m'n geboorte en m'n moeder is vorig jaar overleden. Ik ben toen met mijn zusje bij mijn opa en oma gaan wonen. Maar m'n zus is getrouwd en mij werd het te benauwd bij die oudjes. Ze zijn nog van de oude stempel! Nee, ik had er schoon genoeg van."

Dikke Neel, die ook heeft meegeluisterd, neemt, zij het aarzelend, het woord: „Als Klaas het daarmee eens is, moesten we het maar met jou proberen. Ze kan misschien wel in het soeterein, Klaas. Kan ze meteen op de was letten."

„Ik beslis, Neel!" wijst de man haar kort en bondig terecht, waarop Neel haastig eclipseert.

„Ik zal je de ruimte laten zien, waar je slapen kunt en je boeltje kunt opbergen. Ik moet wel eerst de doorgang vrij maken. We zijn hier boven alles aan het schilderen en behangen, dat zie je en daarom hebben we een heleboel troep van hier naar beneden gesleept. Over twee weken openen we de poort weer, dat staat in de folder. Hier: kijk maar eens door, dan brengt Neel je nog een kop koffie. En daarna kom je naar beneden, dan heb ik het wel zover, dat je je toekomstige kamer kunt bekijken. Maar stel je er niet te veel van voor, lady!" Grinnikend blaast hij de aftocht. Onhoorbaar, op z'n ribfluwelen pantoffels.

Terwijl Deetje wacht op de vrouw, springen haar gedachten naar de vorige avond.

Anneke was in tranen geweest, omdat ze bij haar besluit bleef om weg te gaan. „Ik ben al dat geruzie en gevit zat. Ze willen van mij een tweede Anneke maken. Dat hebben ze altijd al gewild. Maar ik ben gewoon Dé, die op d'r moeder lijkt. Met hetzelfde akelige karakter en dezelfde aanleg. Laat mij nu maar rustig m'n glibberige paadjes gaan. Dat ben ik gewend, daar voel ik me thuis en niet op dat smalle recht-toe recht-aan paadje van jullie."

„Deetje, je bent m'n zusje toch? Alles wat ik heb!" had Anneke gehuild.

„Je vergeet je hotel-Adrie. Kind, ik kan al dat gefriemel en geflikflooi van jullie niet langer aanzien. Ik word er gewoon wee van. Al vind ik het fideel van hem, dat hij dat stuk verwaandheid, die Margaret Bergman, tenslotte toch aan de dijk gezet heeft voor z'n buurmeisje. Heus, ik gun je alle mogelijke geluk met jouw Ad, zoals Adrie van Rhijn zich nu laat noemen. Maar laat mij dan op mijn beurt ook m'n eigen boontjes doppen, Anneke!"

Anneke had niets meer gezegd. Ze had alleen haar armen om de hals van haar zusje gekneld en haar een afscheidskus gegeven. Jakkes, waarom moet ze daar nu steeds aan denken? Zoenerig zijn Anneke en zij immers nooit geweest? Ria Kruyt had haar beide dochters met harde hand groot gebracht. Haar handen hadden altijd bijzonder los gezeten en dat hadden Anneke en Deetje terdege gemerkt. In tegenstelling tot Anneke, had zij bitter weinig kontakt met haar grootouders gezocht. Waarschijnlijk, omdat deze dat omgekeerd ook niet deden. Anneke was hun lieveling. Zij, Deetje, leek teveel op hun schoondochter, die maar een twijfelachtige reputatie

11

genoot in de oude vissersbuurt. Ria Kruyt was de breeveertien opgegaan en haar jongste dochter had haar voetsporen gevolgd. Ja, denkt Deetje bitter. En nu zit ze hier in haar uppie. Wie heeft echt geprobeerd mij te begrijpen? Wie weet, hoe kapot alles van binnen bij mij is?

Anneke... ja, die heeft het geprobeerd. Maar kon ik haar reine zieltje belasten met mijn ellende? Ik zal zelf moeten knokken, net als mijn moeder vroeger heeft gedaan. Nu pas begin ik iets te begrijpen, van die verschrikkelijke eenzaamheid van moeder, die ze niet aan heeft gekund. Vader wekenlang op zee en zij alleen met een peuter, die eenzaamheid proberend af te schudden, heeft ze haar troost gezocht in de armen van Harm Keus. En ik ben daarvan het resultaat, weet Deetje schamper. Tenminste: als Harm de waarheid heeft gesproken... Gek, dat ik daar bij vlagen toch aan twijfel. Ondanks de brief, die hij me heeft laten lezen en die absoluut in moeders onbeholpen hanepoten geschreven is. Harm Keus haar vader en niet die lachende blonde visser van de foto's? Niet de volmaakte zoon Jan, waar opa en oma nog altijd met trots over vertellen? Na Harms bekentenis had ze het geen moment meer uit kunnen houden in het knusse, popperige klompenhuisje. Omdat ze er geen recht op had. Zij was geen kleindochter van Dirk en Lena Kruyt. Behalve een moeder, had ze ook nog een vader die niet deugde. Harm had er niet voor teruggedeinsd om te proberen, behalve de moeder, ook de dochter in z'n macht te krijgen. Het had tot vreselijke scènes geleid. Nu ze weet, dat hij haar vader is, walgt ze nog meer van hem dan vroeger. Nooit wil ze hem meer zien. Hem niet en die ander niet. ,,Oh!''

Ze uit een kreet van schrik, als dikke Neel met een klap de koffie naast haar neerzet. ,,Gauw opdrinken, Klaas staat al te roepen!'' jacht ze. De onderdanigheid van de vrouw prikkelt Deetje's verzet. Maar ze bedenkt gelukkig nog net op tijd, dat ze er goed aan doet zich, voorlopig althans, bescheiden op te stellen. Ze heeft hier in ieder geval voorlopig onderdak gevonden. Morgen kan ze weer verder zien. Daarom schudt ze met geweld het gepieker van zich af, slokt zo heet ze kan de koffie naar binnen en volgt de vrouw naar de begane grond. Vanuit het souterrain brult een stem! „Waar blijf je nou, lady? Neel, breng d'r eens hier!"

Neel schommelt vóór Deetje de half cirkelende trap af. Beneden is een lage ruimte, waar Klaas Persijn maar nauwelijks rechtop kan staan, zonder zijn hoofd te stoten. De eerste indruk van Deetje is die van een rommelmarkt, waar ze zo dikwijls afgedankte meubels en ander huisraad voor moeder op de kop heeft getikt. Vreselijk wat een troep staat hier opgetast.

Klaas wijst op een tweetal ramen met ijzeren spijlen, die halverwege de vuile grove kalkwand, tot aan het met spinrag bedekte plafond reiken.

„Twee openslaande ramen, my lady. Een balkon kan ik je helaas niet aanbieden, maar het uitzicht is niet gek: altijd bedrijvigheid. Nou, kom eens even kijken!"

Deetje overwint haar tegenzin en komt naast hem staan. Zoals ze verwacht heeft, ziet de kelderruimte uit op het plein, waar inderdaad grote bedrijvigheid heerst. Auto's rijden af en aan. Ze snuift diep.

„Lekker fris, autogassen!" spot ze dan. Klaas Persijn kijkt haar woedend aan. „Kapsones? Heeft de lady nog kapsones ook?"

Deetje schudt haar hoofd. „Nee, nee, zeg maar waar ik een plaatsje in mag ruimen!"

„Hier, maar zo dicht mogelijk bij het raam. Heb je tenminste daglicht!" gromt Klaas. „Ik heb tegen die andere wand nog een oud divanbed staan. Dekens liggen hier nog genoeg, ouwetjes vanzelf. Neel breng jij eens lakens en haal een stuk gordijn. Dat zal ik hier netjes voor de lady ophangen. Heeft ze een eigen kamer. Meteen achter de trap staan de

13

wasmachine en de droger, die je ook voor je eigen spullen gebruiken kunt. Nou, zo gauw je bedje gespreid is, kom je maar weer naar boven. Kunnen we afspreken, waar je morgen mee beginnen kunt," zegt Klaas, zodra het ledikant met de uitgezakte spiraal onder de kelderramen staat.

„En wat ik verdien!" vult Deetje spits aan.

„Kost en inwoning!" snauwt Klaas. „Me dunkt..."

„Me dunkt, dat daar niemand intrapt. Ik ook niet!" zegt Deetje met zoveel overtuiging, dat Klaas grommend de aftocht blaast in het besef, dat zijn nieuwe assistente helaas geen tweede Neel is. „Kwestie van tijd," mompelt hij, „ik zal jou wel klein krijgen, mooie angorapoes. Laat dat maar aan Klaas Persijn over!"

HOOFDSTUK 2

's Nachts valt een beklemming op Deetje, waardoor ze, net even weggedommeld, met wild bonzend hart weer overeind schiet. Onder haar protesteert piepend en knarsend de oude spiraal.

„Waar ben ik?" Verwilderd staart ze naar de donkere schim vlak naast haar bed. Is het echt, of beleeft ze weer die afschuwelijke nachtmerrie, die haar sinds moeders dood al vele malen tot stikkens toe heeft benauwd? Haar ogen wijdopen gesperd, vol afgrijzen, staart ze naar het zwarte monster, dat zich zo dadelijk op haar storten zal. Nee, nee! Ze probeert te gillen, maar het is niet meer dan een ongearticuleerde kreet, ontperst aan haar kurkdroge lippen.

Haar starre staren rijpt geleidelijk naar het besef, dat de zwarte schim geen millimeter dichterbij komt. Hij beweegt niet eens!

Langzaam bedaart het felle kloppen in haar borst. Het is

14

Harm niet. Natuurlijk niet. Hij weet niet eens, dat ze hier is. Niemand weet waar ze is. Zelfs Anneke niet. Ze moet zich niet zo aanstellen. Die donkere vlek is het silhouet van het stuk gordijn, dat de eigenaar van het derderangs pensionnetje langs haar bed gespannen heeft.

Haar rug is stijf en pijnlijk en haar hoofd bonst en klopt of het zal barsten. „Zeven uur reveille, lady! En om half acht boven voor het ontbijt!" had Klaas Persijn de vorige avond gezegd, toen ze het trapje naar het souterrain afstrompelde.

Na „het diner", dat bestond uit stamppot zuurkool met een braadworstje, had ze Klaas en Neel geholpen met de huiskamer, waar de gasten televisie konden kijken en waar ze wat konden lezen of een spelletje doen. Het vertrek lag aan de zuidzijde en zag uit op dezelfde binnenplaats, die zij, staande voor het kelderraam, kan zien.

Tot elf uur had ze banen met afschuwelijke bloemmotieven ingesmeerd met plaksel. Neel nam ze van haar aan en drapeerde ze onder kritisch oog van Klaas, tegen de kale wanden, waar hier en daar nog een pluk gifgroen papier van het vorige behang rafelde.

Klaas' gesnauw en gevit hadden haar aanvankelijk geprikkeld tot verzet, maar naarmate haar lichaam, niet gewend aan lichamelijke inspanning het af liet weten, had ook haar geest berust in het onvermijdelijke. Ze had hier onderdak en voeding, ze was niet in een positie om kieskeurig te zijn. Na haar Mavo-tijd had ze maar wat rondgelummeld in het armoedige huisje aan de Schuitenweg, waar ze geboren en getogen was. Het was er smerig en wat er stond aan meubilair was kapot of versleten. Er viel toch geen eer aan te behalen. Daarom deden Anneke en zij alleen het hoognodige. Of liever, moeder en zij hadden het aan Anneke overgelaten om nog iets van orde en netheid in het huis te brengen. Zij gingen bijna dagelijks stappen in de grote stad, waar de tram hen binnen een kwartier naar toe bracht. Deetje probeert op haar buik te gaan liggen, maar dat bezorgt haar krampen en daarom gooit ze zich voor de zoveelste keer om. Niet meer denken aan die afschuwelijke tijd. Voorbij, voorgoed voorbij. Na moeders dood is ze in een totaal andere omgeving terecht gekomen: bij opa en oma Kruyt in het klompenhuisje. Eerst samen met Anneke tot haar zusje trouwde met Ad van Rhyn, hun buurjongen. Toen kreeg ze dan eindelijk alleen de aandacht van die twee, die ze haar zusje zo dikwijls misgund had. Hoe tegenstrijdig ook: het was haar steeds meer gaan benauwen. Ze was niet gewend om zo nagelopen te worden. Overal werd op gelet door opa Dirk en oma Lena: op haar kleding, haar make-up, haar gedrag, haar uithuizigheid.

Vooral het laatste, was een doorn in opa's oog. Met name haar late thuiskomen. Nee, het moet voor die lieve grootjes een ware opluchting geweest zijn, dat zij na een hoog oplopend meningsverschil, haar intrek nam in dat dichtgespijkerde krot aan de Zeilweg. Maar ook daar had Harm haar weten te vinden.

Deetje komt voorzichtig overeind. De spiraal protesteert piepend. Ze steunt op haar elleboog. Hoe laat zou het zijn? Haar mond voelt kurkdroog aan. Ze snakt naar een slok fris water.

Ineens spitst ze haar oren. Hoort ze daar voetstappen boven haar hoofd? Nee... ja, tóch! Duidelijk hoort ze iemand de keldertrap afkomen. Klaas? O, nee. Ze is niet op de vlucht geslagen om in een onbekend dorp meteen weer de prooi te worden van een nieuwe Harm. Dat zou de genadeslag zijn. Ze is aan het eind van haar incasseringsvermogen, dat voelt ze.

Deetje herademt als ze in de figuur, die zich grotesk aftekent tegen de kelderwand, de vrouw van Klaas herkent.

Neel heeft een zaklantaarn, waarvan ze de lichtbundel aarzelend in de richting van het bed laat schijnen.

,,Slaap je?"

16

„Nee! Wat is er?"

„Ik moet je wat zeggen, maar dat mag Klaas niet horen, vanzelf. Maar die ronkt. Je kunt hem hier horen."

Deetje trekt de dunne deken op tot aan haar schouders. Haar voeten liggen nu bloot; het is maar een iel dingetje. „Ik ben moe, ik wil nog graag wat slapen."

„Ja, ja, ik kom je alleen maar waarschuwen. Voor Klaas. Die kan z'n handen niet thuishouwen, maar dat heb je misschien al begrepen. Je lijkt me geen doetje op dit gebied."

„Bedankt!" zegt Deetje kwaad. „En je hebt gelijk: ik zag meteen dat hij er zoéén was. Maar ik moet die Klaas van jou niet. Toevallig moet ik er niet één meer. Ik spuug erop, op al die kerels! En hoepel nou maar op, ik wil maffen!"

Net als bij Klaas, herkent Neel de sterkere natuur van hun nieuwe hulp. Intuïtief weet ze, dat ze inderdaad niet bang hoeft te zijn, dat deze rode kat in zal gaan op Klaas' toenaderingspogingen, die zeker zullen komen. Ze richt het lichtbundeltje op het trapgat en schuifelt zo geruisloos mogelijk terug. Maar als ze bijna boven is, botst ze tegen een donker massief en met een daverende klap valt Neel terug naar de keldervloer. Ze slaakt een ijselijke kreet, die Deetje een ogenblik ieder initiatief ontneemt van schrik. Dan vliegt ze overeind van haar bed en binnen een tel bereikt ze het zielig kermende hoopje mens onder aan de trap.

„M'n voet, m'n voet!" jammert de vrouw.

„Mens hou op met janken!" gromt van boven uit het trapgat de ruwe stem van Klaas. „Je zult m'n dood nog eens zijn. Denk er liever aan dat ik tot bij enen heb staan buffelen."

„En denk jij er eens aan, dat ze vergaat van pijn!" snauwt Deetje. „Vooruit, we moeten haar de trap op zien te krijgen. Hier is niet eens behoorlijke verlichting."

„Zeg juffertje, alweer kapses? Inbinden of anders wegwezen! Zo ligt dat bij Klaas."

„Hoe eerder hoe liever!" Deetje ijlt naar de hoop vodden,

17

haalt met wild-maaiende armen koffertje en tas vanonder het bed tevoorschijn en laat het katoenen nachthemdje (afdankertje van Anneke) van zich af glijden. Ze schiet in haar slobbertrui en lange broek. Klaar!

Alles gaat in zo'n razendsnel tempo, dat Klaas pas beseft dat hij zijn kersverse hulp alweer kwijt is ook, als ze met haar koffer voor hem staat.

„Ik wil erdoor! Neel, sterkte met je voet en met je vent!" Het zeeroversgezicht van Klaas is vertrokken van woede, maar dat kan Deetje niet zien in het bijna-donker. „Laat er een dokter naar kijken", geeft ze op de valreep nog een hint, omdat Neel haar gejammer hervat.

Zonder nog eenmaal naar het tweetal om te zien, sleept Deetje haar bagage naar de begane grond en ze herademt pas, als een bolle westenwind haar door het steegje naar de binnenplaats blaast.

Daar staat ze dan in de koude, prille aprilmorgen. De schemering staat nog tussen duister en licht, zoals zij zelf staat tussen verleden en toekomst. Bondgenoot, wat moet ik doen? Teruggaan naar gisteren? Naar de begerige handen van Jan Troost? O nee, dat niet, dat nooit. Hij mag niet weten waar ze is, hij heeft haar afwijzen nooit serieus genomen. Al vanaf haar vijftiende heeft hij haar achtervolgd en haar niet aan een ander gegund. Nee, niet naar Jan Troost, die ze als buffer heeft laten fungeren tussen haar en Harm, maar wat dan?

Opnieuw huivert ze. Een immense verlatenheid neemt bezit van haar lichaam en geest. Ze zou willen huilen als Anneke, krijten als dikke Neel. Maar van binnen zit een klomp graniet, van gekristalliseerde, nooit gehuilde tranen…

„Hé, grauwpieper, ga's opzij!" gromt een mannenstem. Klaas? Maar als ze zich omkeert, ziet ze een schriel mannetje met een pet en visgerei, via de steeg op weg naar de zee. Hij is haar al voorbij, als hij zich lijkt te bedenken.

„Wacht je op iemand, meissie?"

18

„Nee, ik sta hier voor m'n lol!"

„Tja!" Het mannetje krabt zich onder zijn pet, kennelijk verlegen met de situatie. Hij werpt vanonder de klep een schichtige blik op het meisje met de wilde haardos. Hij wil doorlopen, maar het is, alsof iets hem dat belet. Om het jonge ding hangt een grauwe verlatenheid, geaccentueerd door de grijze dageraad, die boven de zee wolkenluchten torent, waaruit best nog wat natte sneeuw kan komen vallen.

„April doet wat' ie wil!" zegt Han Hoet, smakkend op zijn pruim.

„Leuter niet!" snauwt Deetje, haar koffer weer oppakkend, om het opdringerige mannetje kwijt te raken. Maar vóór ze twee stappen heeft gedaan, voelt ze een hand op haar schouder, die ze driftig afschudt.

„As de nood op 't hoogst is, is de redding nabij. Dat is mij ook zo vergaan, juffie."

„Ga naar je visjes, opa! Ik..." verder komt ze niet, want als een dreiging ziet ze een forse mannengestalte op zich toekomen, Klaas!

De manier waarop hij tussen de vuilcontainers door zich de weg bekort, om toch maar zo vlug mogelijk bij haar te zijn, doet weinig goeds vermoeden. Pas als hij vlakbij haar is, merkt hij, dat ze niet alleen is.

„Hé Hoet, wat loop jij hier zo vroeg rond te spoken?" vraagt hij wat onzeker.

„'t Zelfde zou ik kunnen vragen, maar dat doe ik niet, want ik weet zo wel dat het je om háár begonnen is. Maar toevallig valt die dobber niet in zee, Klaas Persijn!"

Ondanks het grauwe vroege uur, schiet Deetje in de lach om de potsierlijke vertoning: het nietige mannetje dat dreigend zijn hengel in de richting van de potige Klaas steekt. Met Deetje Kruyt als inzet. Als ze dat bedenkt, kropt er een vreemde prop naar haar keel. Iemand, een wildvreemde, die haar om vijf uur 's morgens in bescherming neemt, zonder bijbedoelingen nog wel!

Tenminste... ach, je wist het maar nooit. Een simpele ziel, zo op het oog. Maar Deetje heeft al heel wat gezien in de twintig jaar van haar bestaan. Ze heeft geleerd, om voor zichzelf op te komen en daarom stapt ze er nu leuk-weg tussenuit, terwijl die twee nog met elkaar aan het bakkeleien zijn.

Ze weet niet beter te doen, dan via de binnenplaats naar de nog uitgestorven winkelstraat te lopen. Waar kan ze ergens een beschut plekje vinden? Ze is koud tot in haar merg en zo moe. Het lijkt alsof de koffer zwaarder en zwaarder wordt. Even is het of alles om haar begint te draaien en de straatklinkers onder haar voeten golven. Heen en weer zwiept ze. „Dea Kruyt, stel je niet aan..." wil ze nog spotten, maar ze glijdt steeds verder opzij. Haar arm schampt tegen de blikvanger van ijssalon Romalia: een bijna levensgrote ijshoorn, met een dikke slagroomkop. Haar vingers laten de bruine koffer los en deze valt met een klap die extra hard klinkt vanwege het vroege uur, tegen de stenen bloembak, waar juist vóór het weekend gele en violetkleurige viooltjes in zijn gezet.

HOOFDSTUK 3

„Wat was dat?" ademt Mientje Boot in het oor van het donkere hoofd op het kussen.

„Een klap, beneden, vast een dronken vent. Als hij de boel maar niet bevuilt. We hebben net gisteren alles buiten gelapt en geschrobt."

Milly is op slag wakker. Nog vóór ze overeind is, hebben haar handen het bandje van het haarnetje losgemaakt en de platgedrukte permanentkrullen wat opgeduwd. „Heb ik me verslapen? Hoe laat is het Mien?"

„Nee, het is nog vroeg, half zes pas. Maar ik werd wakker door lawaai buiten. Ik kijk even hoor!"

Op haar bontgevoerde pantoffels sloft Mientje naar het raam, schuift het gebloemde gordijn opzij en tuurt door haar brilleglazen naar beneden. Meteen slaakt ze een kreet. „Kom eens gauw Mil, daar ligt iemand. Een vrouw!" Milly staat verwonderlijk snel naast haar zuster. „Je hebt gelijk, Mien. We moeten helpen. Er is nog niemand te zien in de straat. Vlug, schiet maar even een jurk aan."

Mientje dribbelt terug naar haar kamer, neemt de keurige japon, die ze de vorige avond al op een knaapje aan de kastdeur heeft gehangen en stapt zonder bh en corset in de doorknoopjurk. Gek gevoel, maar het neemt teveel tijd, Milly zal ook wel zo denken. Nou ja, die heeft geen bh en corset nodig, die is zo plat als een schol. Zó, beneden de jas aan en dan naar buiten. Mientje is tegelijk met haar zuster bij de smalle draaitrap, met de kasjmier loper, die naar de intieme, wat kneuterig aandoende tearoom van de dames Boot leidt.

Milly, als altijd het initiatief nemend, gaat tussen de keurige rij tafeltjes door naar de deur van „De eerste aanleg". Ze rinkelt met de grote sleutelbos en ontsluit de deur. Nog een paar veiligheidssloten en dan steken ze achter elkaar de in visgraatvorm gelegde klinkerstraat over. Sinds enkele jaren is hier autovervoer verboden en fietsen is slechts na sluitingstijd van de winkels toegestaan.

Milly buigt haar lange rug bijna dubbel naar de onbeweeglijke gestalte.

„Een meisje. Ziet er niet al te fris uit, smoezelig en zo. Kijk maar naar die rooie haren. Geverfd!" Misprijzend is haar stem.

Maar Mientje zegt verwijtend: „We moeten haar helpen, dat is onze christenplicht."

Milly knijpt haar lippen stijf op elkaar. Mientjes weekhartigheid heeft al talloze keren geduelleerd met haar zoveel nuchterder kijk op de dingen. Maar in dit geval heeft ze gelijk: al ziet dat kind er nog zo verfomfraaid uit: ze moet

21

geholpen worden. Alleen: in welk wespennest steken ze zich door haar te helpen?

Milly tast naar de pols, onder de dikke slobbermouw. Ze voelt die veel te snel tegen haar eigen koude vingers fladderen. „Koorts!" stelt ze vast op hetzelfde ogenblik dat de onbekende de ogen naar hen opslaat.

De zusters zien duidelijk schrik — of is het angst? — in de diep-blauwe ogen van het meisje.

„Waar ben ik?" stamelt Deetje.

„In de Tramstraat!"

„Tram?" Deetje probeert haar duizelende hoofd op te heffen, wat haar maar even lukt. Pijnscheuten flitsen door haar hoofd en nek. „Ik dacht dat ik nog in ons dorp was" mompelt ze. „Vanwege die tram."

„Er rijdt hier geen tram, maar daarom kan een straat best zo heten!" weerlegt Milly. „Hoe heet je? Kunnen we iemand waarschuwen, dat je niet goed geworden bent?"

Deetje beweegt ontkennend haar hoofd, wat een nieuwe pijnscheut tot gevolg heeft.

„Je ouders?" houdt Milly aan.

Opnieuw ontkennen. „Mijn ouders zijn dood."

Deze woorden drijven Mientje de tranen naar de ogen. „Plaag dat kind toch niet langer, Mil. We moeten haar naar binnen zien te krijgen. Het is hier veel te koud voor een zieke."

„Een zieke... ik weet het nog zo net niet... nou, enfin, we kunnen haar in ieder geval een kop verse hete thee maken."

Deetje laat zich tussen de beide dametjes in naar de overkant brengen. Zwaar leunt ze op hen.

„Zo eerst maar even uitblazen," puft Mientje, als ze het eerste zitje van de tearoom hebben bereikt. Ze helpt het meisje op het muurbankje en dribbelt daarna achter haar zuster aan.

„Ik zet thee, breng jij haar maar een handdoek en een washand. Foei, wat een opgeschilderd portret. Dat zit vast al vanaf gisteren. Die meid is vannacht aan de zwier geweest en

22

toen kou gevat natuurlijk! Zodra ze wat is opgeknapt, zetten we haar weer buiten hoor. Ik voel me er helemaal niet gerust over. We hebben een náám te verliezen, dat weet je."

Mientje doet er het zwijgen toe. Ze werpt een blik op het lichtgroene muurbankje, dat ieder wandzitje rijk is, behalve drie in dezelfde kleur gestoffeerde witte stoelen. Deetje ziet haar kijken. Ze sluit opnieuw haar ogen. Ze voelt zich zo ellendig, dat ze nauwelijks beseft, waar ze is. Maar het vreemde is, dat de woorden die over haar hoofd heen gezegd zijn, wel ergens in haar pijnlijk bonzende hoofd zijn opgeslagen...

„Opgeschilderd portret... aan de zwier geweest..." Ach, natuurlijk: ze is Deetje Kruyt, de dochter van Ria Kruyt, de stapper. De moeder, die voor geen dubbeltje deugde. Anneke was door opa en oma zoveel mogelijk in bescherming genomen tegen de slechte invloed van haar moeder. Maar aan Deetje viel toch niets te bederven. Die had hetzelfde verderfelijke karakter. Die kleedde en verfde zich net zo schaamteloos als haar moeder...

Deetje voelt iets nats langs haar wangen kriebelen, dat ze driftig probeert weg te vegen. Maar haar handen zijn zo beverig en het is net alsof ze gloeien, terwijl ze verder koud is als een klomp ijs. Maar dat komt niet omdat ze aan de zwier is geweest, zoals die twee prenten voetstoots aannemen, maar omdat ze in een koude, vochtige kelder heeft gelegen, bezweet van het ongewone werk in het louche pensionnetje van Klaas en Neel. O, als haar hoofd maar niet zo bonkte! Ze moet hier weg, vóór die twee zieltjes nog méér lastige vragen stellen. En ze wil niet ontmaskerd worden. Ze wil, dat niemand weet waar ze is. Jan Troost in de eerste plaats niet. Hij zou haar bij haar haren terugslepen naar dat smerige uitgewoonde huisje en haar opnieuw toetakelen! In een reflex gaan haar handen naar haar rug waar ze nog de beurse plekken voelt van zijn harde handen. Eerst al die jaren moeders handen of stok, daarna was er die oase van rust bij haar grootouders in het klompenhuisje. Toen die naar een bejaardenhuisje verhuisden, was het maar een stap geweest naar Jan Troost, die op zijn manier van haar hield en haar onderdak en eten had verschaft op een moment in haar leven dat ze zelf niet wist, hoe verder te moeten. Werk had ze niet en een dak boven haar hoofd ook niet. Nou ja, Anneke en Ad hadden haar een kamer aangeboden in hun mooie nieuwe huis, aan de rand van het dorp, maar daar had ze stichtelijk voor bedankt. Zeker de hele dag tegen het van geluk stralende gezicht van Anneke aankijken. Ja, mooi niet. Anneke had altijd alles mee in het leven. Ad, die nog altijd even dol op haar was en een dot van een kind samen. En dan — het kon niet op — sinds begin van het jaar was Ad notabene manager van een van de sleutelhotels van Jan-Willems vader!

Niet denken, niet verder denken, want dan komt onvermijdelijk de herinnering aan die avond waarop Jan Troost, dol van jaloezie en achterdocht haar begon te chanteren. Haar „liefde" in ruil voor de veiligheid van Jan-Willem Bergman, de zoon van de eigenaar van de drie sleutelhotels. En hoe ze Jan Troost al had bezworen dat hij zich het alleen maar inbeeldde, Jan scheen het in zijn hoofd te hebben gezet, dat zij een oogje had op Jan-Willem, de zoon van de grote William Bergman, die dan wel als huisvriend jarenlang het eenvoudige vissershuisje naast het hunne had bezocht, maar daarom nog niet het beruchte van Ria Kruyt en haar dochters. Nou ja, Anneke kon ze buiten beschouwing laten, die was toch altijd al in het buurhuisje of bij opa en oma Kruyt in het klompenhuisje. Maar zij, Deetje, was veel te min voor een Bergman. De enkele keren, dat Jan-Willem in hun huisje was geweest, was dat om Anneke...

„Hier, drink maar eens heet uit: een vers kopje thee met een paar beschuitjes," zegt een lieve, beschaafde stem.

„D-dank u wel!" Deetjes tanden klapperen tegen het theeglas.

Mientje denkt: „M'n zuster heeft gelijk: het kind heeft

koorts. Ze moet hier maar wat blijven. Gasten zijn er toch nog niet, die komen pas tegen koffietijd. Want de eerste aanblik van het slonzige, onverzorgde meisje is niet direkt een aanbeveling voor hun goed bekend-staande tearoom, daarin heeft Milly volkomen gelijk. Als het niet anders kan, moet ze maar naar boven om daar nog wat verder op te knappen. Maar ze vreest, dat haar zuster daar niets van horen wil. En ook dat is te begrijpen. Ze weten immers niets van haar af? Niet eens haar naam, nee, tegenwoordig kun je niets riskeren. Je hoort teveel nare dingen. Stel je vóór, dat dit alleen maar een geraffineerde val is en alleen maar bedoeld om hier binnen te dringen. Iedereen hier weet immers, dat zij en Milly hier samen „De eerste aanleg" exploiteren? Twee middelbare vrouwen alleen in een pand... Het klamme zweet breekt Mientje uit bij deze gedachte.

„Mag ik de wc gebruiken, of liever niet?" vraagt Deetje, als ze een paar slokjes gedronken heeft. Ze voelt dat ze niet langer op kan houden.

„Ja, ja natuurlijk mag dat," zegt Mientje Boot iets te haastig. „Zal ik je koffertje even achter de trapdeur zetten? Dan kan er niemand over struikelen.

Deetjes mond vertrekt. Ze knikt dat het goed is. Haar tas weegt als lood in haar hand, wanneer ze met onzekere stappen naar één van de twee deuren achterin de ruimte gaat.

Als ze klaar is, wast ze haar gezicht en handen met lauw water en drukt de knop in van de handföhn. „Zo," zegt de jongste van de dames Boot en legt een opgevouwen handdoek en een washand op de wastafel. „Alsjeblieft, om je wat te verfrissen. M'n zuster schenkt intussen nog een kop thee in en als je trek hebt kun je ook nog een paar broodjes krijgen."

„Nee, dank u wel. Ik drink de thee op en dan ga ik weer. Ik wil u niet langer tot last zijn."

In de blinkend schone spiegel ontmoeten de ogen van beide vrouwen elkaar. Die van de oudere, op hun qui-vive en

25

tegelijk met nog het op-een-wonder-wachtende wat ze dertig jaar geleden had, toen ze net zo jong was als dit meisje nu. En die van het meisje: hard en wetend en zonder ieder spoortje argeloosheid...

„Tot last... je kunt hier ontbijten en wachten, tot je je weer wat beter voelt."

„Nee!"zegt Deetje hard. „Ik hoor niet in zo'n nette tent. Hier komen niet van die opgeschilderde portretten zoals ik!"

Over Milly's spitse gezicht, nóg smaller lijkend door de glad weggekamde haren, vlamt het rood. Ze herkent haar eigen woorden in haar toonzetting. Ze schaamt zich, omdat ze inderdaad zo dacht en denkt. Er is een haast, om dit vervelende intermezzo zo snel mogelijk achter zich te laten en vief en fris net als andere morgens, de eerste gasten om tien uur te verwelkomen. Met hun geurende koffie, die in de hele badplaats beroemd is en het kersverse gebak van de beste banketbakker van het dorp. Dit meisje past inderdaad niet in „De eerste aanleg". Ze zou maar klanten afstoten.

„Onzin!" zegt ze nog eens. „Je kunt blijven zolang je wilt."

Deetje lacht, maar haar ogen doen daar niet aan mee. Door haar hoofd flitsen pijnlijke scheuten en in haar buik krampt en borrelt het. Ineens vliegt ze naar het toilet.

Milly hoort haar overgeven en naast medelijden is er meteen de angst dat de onbekende het nette toilet bevuilen zal. Gedecideerd draait ze zich om en loopt door de zaak naar het werkhok, waar ze emmer, dweil en werkdoekjes haalt. Meteen maar schoonmaken zo dadelijk.

Mientje komt op haar afgestevend, als ze haar zuster zo druk in de weer ziet.

„Zal ik je even helpen? Is zij daar nog?" fluistert ze.

„Ja. Ze staat over te geven. Ze is natuurlijk zwanger en wildvreemden kunnen daarvoor opdraaien. Bah, alles is net geschilderd en behangen en dan krijg je zoiets in je zaak. Jij ook altijd met je weke hart."

26

„Wat hadden we dan moeten doen? Haar gewoon laten liggen op straat? Dan doen we net als die farizeeër uit de gelijkenis, Mil."

„Dat is een heel ander verhaal. Je moet niet alles zo uit z'n verband rukken en op je eigen situatie toepassen," knort Milly.

Mientje zet een vers gekookt eitje naast het bord van hun vroege gast. Ze voelt dat Milly ongelijk heeft. Zij zagen het meisje als eersten en behoorden haar te helpen. Maar aan de andere kant voelt zij ook dezelfde bezorgdheid om het bevuilen van de juist opnieuw betegelde toiletruimte... Wat is het moeilijk om je naaste te helpen, zonder aan je eigen belangen te denken!

Toch heeft ze wroeging, als ze het meisje met een in-wit gezicht in de verlaten tearoom ziet zitten. Nu, zonder spoortje make-up, lijkt ze ineens zo jong en eenzaam. De wilde rode krullebol is beteugeld door een natte kam, veronderstelt Mien en daardoor is de lichte uitgroei nog eens zo duidelijk te zien. Ze moet blond zijn, denkt ze. Ze probeert zich voor te stellen, hoe het meisje er met blond haar uit zou zien. Ze heeft blauwe ogen, van dat zuivere, nachtblauw, en als ze zoals nu zich onbespied waant, mist haar gezicht dat harde en afwerende. Dan heeft ze beslist iets liefs, mijmert Mientje.

Het is of Deetje haar ogen voelt prikken. Ze kijkt op en meteen is er weer dat harde masker, waar duidelijk op te lezen staat: „Laat me met rust!"

Mientje verdwijnt achter de toegangsdeur naar de bovenwoning. Deetje sopt een beschuitje in de hete thee. Het rommelt nog zo van binnen, ze moet nog maar niets eten, anders staat ze straks op straat nog te kokhalzen. Het eitje met het grappige kuiken-warmertje schuift ze opzij. Een ei, ze moet er niet aan denken. Even nog laat ze haar brandende ogen dwalen door het knusse vertrek met de leuke, gebloemde zitjes. Op ieder tafeltje staat een aarden kruikje met een paar

27

paastakjes, waaraan gekleurde houten eitjes bungelen... Over twee weken is het al Pasen, Anneke had het zondag nog als argument aangevoerd, toen ze afscheid ging nemen. „Blijf hier dan tot na Pasen, Dé. Je bent m'n zusje toch?" had ze met tranen in haar ogen gezegd. „Dat heeft er niets mee te maken. Ik wil rust. Gewoon een tijd rust en daarom wil ik ergens heen waar niemand mij kent. Waar niemand op me let. Waar ik alles achter me kan laten." „Jan Troost ook?" had Anneke nog gevraagd. „Hem in de eerste plaats. Daarom is het beter dat jullie ook niet weten waar ik ben. Hij zal het lef niet hebben, maar als hij komt informeren kun je met een gerust hart zeggen, dat je het óók niet weet. „Schrijf dan tenminste!" had Anneke gesmeekt. „Ik zal geregeld bellen hoe het gaat en dan hoor ik meteen hoe het hier is en met opa en oma!" Zó was ze bij Ad en Anneke weggegaan. Ze ziet ze nog staan, Ad, zijn ene arm beschermend om haar zusje, met zijn andere hield hij het blonde Marjoleintje omhoog. Een gelukkig gezinnetje en zij, terwijl de tranen over haar wangen begonnen te stromen, had niet één keer meer naar hen omgekeken. Omdat ze dan hadden gezien dat ze huilde: Deetje, harde, felle Deetje, die het allemaal niet zo nauw nam, die er maar wat op los leefde, liep zomaar op straat te snotteren. En het ergst van alles was, dat ze in die toestand Jan-Willem Bergman tegen was gekomen, dichtbij het huis van Ad en Anneke. Gelukkig had hij haar niet opgemerkt, hij had niet eens opgekeken, toen ze hem aan de kant van de Lobelialaan voorbijging.

Deetje schuift haar stoel achteruit, pakt haar linnen tas van het hoekbankje en loopt naar de deur waarachter de oudste en vriendelijkste van de twee dames is verdwenen.

Ze ziet nog net een stukje degelijk bekousd been en een bruine wandelschoen om de trapbocht verdwijnen. Ze bukt zich naar het koffertje, waarvan het slot weer eens is opengesprongen. Of...? Ach, natuurlijk hebben die taarten er in zitten snuffelen. Wilden natuurlijk weten wie ze is. Nou, wijzer zullen ze niet geworden zijn, er zitten alleen kleren in gepropt, anders niet. Toch voelt ze woede, om de achterdocht die het tweetal zo duidelijk laat blijken. Ze pakt haar koffer en draait haar rug naar de trap. Met haar voet stoot ze de deur verder open om vervolgens te verdwijnen. Het liefst zonder die twee te zien. Dan valt haar oog op een gekleurde kaart, naast de deur. Met krulletters staat er: ,,God neemt je zoals je bent.''

Deetje aarzelt geen ogenblik. Uit haar zak diept ze een balpen op en krast er met driftige drukletters onder: ,,Maar mensen niet!!!!'' Met vier uitroeptekens. Dan loopt ze de keurige, nog verlaten tearoom van de dames Boot uit. Buiten, in de nog vroege morgen, haalt ze diep adem. De prikkelende lichte lucht, rechtstreeks uit zee aangevoerd, is een weldaad voor haar pijnlijk kloppende hoofd. Ook de misselijkheid trekt langzaam weg, al voelt ze de koorts nog door haar lijf gloeien. Ze zal daarom voor de avond onderdak moeten vinden. Terug naar Klaas? Het is een alternatief, dat ze vooralsnog ver wegstopt. Als ze helemaal geen andere keus heeft, zal ze wel moeten. Straks als de winkels open zijn eerst meer eens kijken bij een supermarkt. Daar is meestal wel een prikbord, waar nog weleens iemand gevraagd wordt. Maar het is nu pas acht uur. Ze zal dus nog een uur ergens zoet moeten brengen. Deetje besluit naar het strand te gaan, daar kan ze wellicht beschutting vinden tussen een paar strandpaviljoens. Ze heeft dat in haar geboortedorp zo dikwijls gedaan, als de toestand thuis haar te benauwend werd. Hele dagen en avonden heeft ze soms doorgebracht op het strand. Soms zelfs een nacht. Het strand en de zee hebben niets afschrikwekkends voor haar, behalve dan die keren, dat de gedachte aan haar vader haar overspoelde. Hij is verdronken in diezelfde zee, al heeft zij dat zelf nooit meegemaakt. Ze

29

heeft hem zelfs nooit gekend. Ze was nog niet eens geboren, toen de kotter waarop vader voer, verging... Daarna was het met moeder snel bergafwaarts gegaan. Ze had het verdriet en de eenzaamheid niet aangekund, hoewel boze tongen beweerden, dat ze ook toen haar man leefde al die wufte neigingen had. Als Jan Kruyt op zee was, had men haar dikwijls naar de tram zien trippelen op haar naaldhakjes... Ze is ook eenzaam geweest, net als ik, denkt Deetje machteloos. Waarom hebben ze geen vinger naar moeder uitgestoken? Waarom hebben ze niet begrepen dat zelfs zo'n flodder als Ria Kruyt snakte naar warmte en liefde? Dat je die niet kopen kunt, had moeder aan den lijve ondervonden: toen ze ouder werd had haar vriend Harm haar afgedankt als een oud meubelstuk... Liefde... Deetje pauzeert bij de pizzeria, bijna aan het eind van de winkelstraat. Met gesloten ogen leunt ze tegen de uitspringende muur, die beschutting biedt tegen de wind. Zo, even diep ademhalen en dan de boulevard oversteken en de strandtrap af. Ze ziet meteen, dat aan het strand al druk gewerkt wordt. Een paar buldozers happen zand dicht onder de vloedlijn en spuwen die uit op de plaats, waar door de zware stormen grote gaten zijn geslagen. Nee, er staan welgeteld pas twee paviljoens: onderaan de trap links en rechts.

Deetje weet, dat ze de meeste beschutting vindt achter „De Vuurbaak". Door het vochtige zand ploegt ze met haar koffer en tas, die steeds zwaarder wegen.

Uit haar tas diept ze haar plastic jas, spreidt die uit tegen de zijwand van het paviljoen en laat zich uitgeput neervallen. Koud is het nog, ze rilt in haar dikke trui en jack, maar dat kan ook van koorts zijn. Ze zal haar leren jack maar uit haar koffer pakken en het ding dat ze nu aan heeft, over zich uitspreiden, want ze is ineens zo moe. Ze voelt, dat ze zó zal kunnen slapen.

HOOFDSTUK 4

Een paar krijsende meeuwen duikelen om het hoofd van Han Hoet.

„Rustig aan, denk aan mijn pet!" bromt hij. „Als jullie maar weten, dat die baarsjes niet voor jullie bestemd zijn. En dat kleine spul ook niet. Dat is voor Rak".

Als hij stilhoudt bij het strandpaviljoen, om zijn emmertje neer te zetten, zodat hij hengel, doos en vouwstoeltje over kan pakken naar zijn andere arm en hand, ziet Han haar liggen. Hij herkent haar direkt aan de rode haardos. „Dat meidje, dat Klaas Persijn terug wilde halen. Nou ligt ze hier, op dat kouwe zand. Hé juffie, word eens wakker! Moet je ziek worden soms?" Met zijn laars schopt hij tegen de schoenpunt van het meisje. Deetje schrikt wakker. Net als in het souterrain van het derderangs hotelletje van Klaas Persijn kijkt ze verwilderd om zich heen. Een zwart vlak silhouetteert het schaduwportret van een man met een pet. Ineens weet ze wie hij is.

„Ik laat me niet vangen, zoals die stomme vissen in dat gele emmertje," wil ze zeggen, maar haar tong weigert iedere dienst en inplaats van een snedig Deetje-Kruyt-antwoord, begint ze te kokhalzen. Haar lichaam lijkt verstijfd en maar nauwelijks weet ze de inhoud van haar maag naast de af-hangende mouw van haar jas te deponeren.

„Ziek, dacht ik het niet?" knort Han. „Vooruit, meteen opstaan en mee. Ik zal je helpen. Je zou een longontsteking opdoen. Daar is m'n Geer aan overleden. Zo, op en nou lopen."

„Ik ben zo duizelig," klappertandt Deetje. Zo vreemd en zwak voelt ze zich, dat het haar ineens niets meer kan schelen, dat ze zich door een raar oud mannetje onder de arm laat nemen en over de houten planken naar de trap leiden.

„Je visemmer en de rest!" hijgt ze, als ze na een eindeloze

31

krachtsinspanning naar het haar voorkomt, op de boulevard staan, waar de zuidwester vrij spel heeft.

Naast de man, die haar sterk aan opa Dirk doet denken, gaat ze over het met zand bedekte trottoir. Het moet een vreemde kombinatie zijn, maar Deetje voelt zich te ellendig om hier over na te denken. Er is maar één wens, dat het huisje van haar redder in nood niet al te ver van de boulevard verwijderd is. Want steeds dreigen haar benen onder haar weg te glijden. Maar op dat moment is er de arm van de oude man, die haar tegenhoudt, zodat ze niet valt.

,,Hier oversteken, op de zebra juffie en dan gaan we daar de Andreassteeg door. Nou en dan nog een paar stappen en dan zijn we bij de villa van Johannes Hoet," brabbelt het mannetje al kauwend.

,,Johannes Hoet! En je draagt een pet!" giebelt Deetje, even afgeleid van haar opstandige ingewanden.

Han Hoet knikt goedkeurend. ,,Zó gaan we de goeie kant uit. Je zult eens zien: ik lap je wel weer op. Zo dadelijk een kom thee en een bord lammetjespap..."

,,Niet over eten praten!" smeekt Deetje en een nieuwe kramp dwingt haar naar de grauwe stenen muur, alleen onderbroken door hoge houten poorten, die toegang geven tot de achtertuinen van de huizen.

Er nadert een vrouw met een klein bruin hondje, die afkeurende blikken werpt op het onfrisse gebeuren.

Als ze hen passeert, draait ze demonstratief haar hoofd om. ,,M'n buurvrouw," meent Han nader toe te moeten lichten. ,,Heeft het nogal hoog in het hoofd. Denkt, dat ze meer is dan een ander, hoewel we in hetzelfde soort huizen wonen. Mijn Geer kon ook nooit met haar overweg. Ze probeerde ons altijd onze zomergasten af te snoepen."

,,Zo, juffie, we zijn er. Nog misselijk? Nou, ik weet wat het is, ik ben zo vaak zeeziek geweest. Ik heb veertig jaar op een haringschuit gezeten."

„Mijn vader ook!" zegt Deetje verrast. „Maar hij is verdronken. Ik heb hem nooit gekend."

„Een kollega dus, zogezegd. Nou, dan ben ik dubbel blij, dat ik je van het strand heb opgevist. Kollega's helpen elkaar, da's gewoon. Zo, hier dit poortje nog door en dan proberen op het paadje te blijven. Han Hoet is zuinig op z'n bloementuintje. Daar kijken m'n gasten in de zomer graag naar. En ik zelf trouwens ook. Kijk: daar in dat huisje woon ik zelf de zomermaanden." Han wijst naar een fris groen met wit geschilderd bouwseltje, dat oorspronkelijk als schuur dienst heeft gedaan, maar nu, zoals bij zovelen hier in het dorp, het zomerverblijf is van de eigenaar, die zijn woonhuis dan verhuurt aan vakantiegangers.

Han houdt de deur voor Deetje open. Ze staan meteen in de keuken, waarvan het lage raam uitziet op het plaatsje en de bloementuin, waar nu al uitbundig de narcissen, tulpen en hyacinten kleuren en geuren.

Deetje kan er maar niet genoeg van krijgen. Bewegingloos staart ze naar die uitbundige lentepracht. Er schrijnt iets van binnen. Ze ziet ineens het plaatsje achter hun verveloze huisje in de Schuitenweg. Het had er altijd volgestapeld gestaan met oude rommel. Voor bloemen was geen plaats, geen geld en animo. Alleen onkruid had er tussen de half verzakte klinkers gegroeid. Ja, er was toch iets fleur geweest: het taaie, onverwoestbare muurpeper had zich niets aangetrokken van armoede en verloedering. De helder gele bloempjes hadden gebloeid, zelfs op het plaatsje van de familie Kruyt.

Deetje veegt met een snel gebaar langs haar ogen. Maar Han Hoet heeft het toch gezien.

„Een hete bak thee, daar knap je van op juffie en dan moet je eerst maar eens vertellen, wat eraan schort. Moeilijkheden zijn er om opgelost te worden. Ga hier maar zitten." Hij schuift een keukenstoel aan met een hoge rugleuning. Deetje laat zich dankbaar neer. Ze voelt hoe een dodelijke vermoeidheid bezit van haar neemt en haar wil lam legt. Bijna twintig is ze, maar ze voelt zich stok en stok oud. Het leven heeft voor haar geen verrassingen meer in petto. Er is niets meer, om reikhalzend naar uit te zien. Hier zit ze: in een onbekende keuken, met een onbekende, die haar grootvader zou kunnen zijn.

Maar even later komt die onbekende bij haar aan tafel zitten en schuift een kom dampend hete thee naar haar toe en legt haar handen er om heen. En door dit gebaar begint weer iets van warmte door haar verstijfde lichaam te stromen. Omdat hij haar aanziet met zijn blauwe, nog scherpe ogen, welwillend, zonder iets te vragen, komt onverwacht als een lavastroom alles wat al zolang gegist en gerommeld heeft naar buiten. Ze vraagt zich geen ogenblik af, of Han Hoet bevatten kan, wat ze hem toevertrouwt. Voor Deetje telt alleen dat er twee ogen, twee oren open staan, kijkend, luisterend. Maar het is natuurlijk het hart van de oude man, dat zich voor haar heeft opengesteld en dat ervaart ze na alle ondervonden narigheid als een ongekende weldaad.

Aanvankelijk kan Han Hoet geen touw vastknopen aan het fragmentarische verhaal. Nu eens uit haar prille kindertijd, dan weer slaat Deetje jaren over en beleeft ze samen met haar zusje weer die afschuwelijke tienerjaren in het huisje dat langzamerhand meer weg had van een rommelhok. Allengs duikt steeds vaker de naam op van Harm en ook die van Jan Troost en de oude man begrijpt dat deze twee samen tenslotte zo'n bedreiging vormden voor het meisje, dat ze alles achter zich liet om ergens waar niemand haar kent opnieuw te beginnen. Maar kun je een stuk van je leven uitwissen, alsof het er nooit geweest is? Han krabt zich onder zijn pet, die hij ook in huis draagt. Hij denkt aan Geer, zijn overleden vrouw. Hij denkt aan het kind, een meisje, dat maar zo kort heeft geleefd. Hij denkt ook aan de grote met koperwerk beslagen bijbel, waar ze jarenlang uit hebben gelezen, maar die na de dood van Geer hermetisch gesloten bleef. Hij kon, hij wilde niet meer nadenken over God en geloof. Hij wilde er gewoon niet meer bij stilstaan. Niks sentiment, niks narigheid. Hij kon het niet, anders begon hij te grienen om nooit weer op te houden.

Tegenover hem aan de tafel licht het meisje met de verwarde rode haren haar hoofd op: „Ik wil er niet meer aan denken, nooit meer. Voor mij hebben ze nooit bestaan: m'n moeder niet en Harm niet en Jan Troost niet!" zegt ze fel. En met een háát!

„Vanzelf niet," valt Han bij, maar hij weet uit ervaring, dat het niet lukken zal. Een moeder kun je nooit vergeten, hoe slecht ze ook heeft gezorgd. En ook die twee, die het meisje het leven zo moeilijk hebben gemaakt, zijn er nog, ergens. Nee, het enige wat ze doen kan, is zich proberen los te scheuren van het verleden en door hard te werken de pijn niet meer te voelen. Want die zal blijven schrijnen, ook al zal die langzamerhand minder worden. Ook dat kent Han uit eigen ondervinding.

„Wat kun je? Wat ben je van plan te gaan doen? Want je zult je eigen kostje moeten verdienen. Je kunt hier achter in m'n zomerhuisje blijven, tot de gasten komen, vanzelf..."

„Als ik mag blijven tot ik wat gevonden heb: graag. Ik ga er vanmiddag meteen op uit. Ik ga alle hotels en pensions af. Er zal toch wel ergens werk te vinden zijn? Bij ons in het dorp waren er zo tegen het seizoen altijd wel kamermeisjes of schoonmaaksters nodig."

„Hier ook wel, denk ik zo." Opnieuw krabt Han zich achter het oor. Hij kijkt naar het bleke, ongewassen gezicht van het meisje. De onverzorgde haardos.

„Wat kijk je nou?" vraagt Deetje fel. „Nou lijk je precies m'n opa. Die kan me net zo aankijken. Ga alsjeblieft niet aan het preken, want dan ben ik meteen verdwenen. Ik weet best

dat ik eruit zie om op te schieten. Heb je hier een spiegel,
zodat ik me wat op kan knappen?"
„Kom maar mee, juffie!"
„Ik heet Deetje!"
„Best! Dé, kom maar mee!" grinnikt Han. Hij opent de
deur naar het woonvertrek. Het is een lange, tamelijk smalle
kamer met ouderwetse pluche stoelen en een bank in hetzelfde roodbruin. Over de langwerpige tafel ligt een zwaar kleed
waar ook al weer die tint in bloemmotief in is verwerkt. Maar
alles ziet er keurig en schoon uit.
„Wat een mooie planten," zegt Deetje bewonderend naar
de rij witte cyclamen in de vensterbank aan de voorkant
wijzend.
„Daar hield m'n vrouw zo van, vooral van witte." Han
Hoet wijst op één van de twee deuren aan de zijkant. „Die
linker is van de douche. Daar is ook een wastafel. Je kunt je
daar wassen, juffie!"
Deetje verdwijnt met haar tas achter de deur. De douche-
ruimte is maar klein, er is nauwelijks plaats tussen de wastafel
en het opgemetselde muurtje, dat de douchebak omrandt.
Maar allà, ze is van huis uit niets gewend, dat scheelt en het is
toch maar fantastisch van de oude baas, dat hij haar zonder
lastige vragen te stellen, zijn douche afstaat en zijn zomerverblijf. Dat hij haar eten en drinken verschaft. Een visser, net als
vader was... Zou hij er nu net zo uit hebben gezien, als
Hannes Hoet? Nou ja, een stuk jonger vanzelf... Deetje kijkt
in de spiegel naar een vreemd gezicht. Vaal weggetrokken
met diepe bruin-zwarte ringen om de ogen. Eerst maar eens
wassen, voor een douche kan ze geen moed opbrengen. En
dan maar proberen met wat make-up te verdoezelen, hoe
akelig ze eruit ziet!
Terwijl ze met een grof getande kam haar haren probeert te
ontklitten, overvalt haar een gevoel van intense verlatenheid.
Hier staat ze in een vreemd huis, bij een vreemde oude man, al is

36

hij nog zo gastvrij voor haar. Maar ze wil echt bij iemand horen. Niet om haar mooie lijf, maar om haarzelf, om wie ze is. Niet dat surrogaat, waar ze van walgt, maar dat andere, dat ook bestaat. Die band van liefde, zoals ze die bij Anneke en Ad heeft gezien. Haar weggaan is een vlucht geweest, een noodsprong, om zich los te scheuren van een mooie droom, die voor haar altijd een droom zal blijven. Omdat zij Deetje Kruyt is. Een kopie van „Ria van de bree-veertien". Om te ontsnappen aan de opdringerigheid van Harm, de vriend van moeder, die moeder prompt liet vallen toen ze ouder werd, trok ze in bij Truusje, ook afkomstig uit hun buurtje. In een huisje, dat op de nominatie stond om te worden gesloopt. Op een dag had Truus haar spulletjes gepakt en was zonder nadere uitleg vertrokken. Al gauw had Jan Troost daar lucht van gekregen. Onder druk, — of kon ze het beter chantage noemen? — was Jan op een avond gekomen, om niet meer weg te gaan. Maar had ze een andere keus gehad? Liefde... ze kent er alleen de bitterheid van en de pijn. O, was ze maar nooit naar dat midwinterfeest gegaan, dat behalve het dorp ook alles binnenin haar op z'n kop had gezet. Een gevoel van zwakte trekt door haar heen. Haar lijf kromt zich in een nieuwe kramp van misselijkheid. Boven de wasbak, waardoor een diepe barst loopt, geeft ze over. Het geluid alarmeert de oude man. Hij helpt haar de slobbertrui weer over haar hoofd te laten glijden. Klappertandend houdt Deetje zich vast aan de rand van de wastafel, tot alles weer op z'n plaats draait.

„Ik zal je helpen met je bed en dan eerst maar eens flink lang slapen. Daar knapt een mens altijd van op."

Binnen het kwartier ligt ze op een laag bed, in een piepklein maar proper kamertje en de laatste gedachte voor ze wegdoezelt is: „Nu heb ik Anneke niet gebeld. Ze zal wel dodelijk ongerust zijn, als ze niets hoort." Maar haar lichaam en geest zijn zo uitgeput, dat ze zich overgeeft aan een diepe, droomloze slaap, nauw verwant aan bewusteloosheid.

HOOFDSTUK 5

„Koest!" bromt Han Hoet tegen de ruige mosterdkleurige bastaard. „We moeten rustig onze tijd afwachten." De oude man heeft postgevat op het trottoir, rechttegenover het plein, waar de vrijdagmarkt in al z'n fleurige bedrijvigheid op gang is gekomen. Speciaal de viskraam wordt door baas en hond in het vizier gehouden. Dáár moeten Rak en hij het op deze vrijdag van hebben. En het juffie zal een visje vast ook niet versmaden, nu ze weer wat op de been komt. Een harinkie is volgens Han nog altijd de beste medicijn voor een ontstoken keel! En de drukte voor de kraam betekent alleen maar meer visafval, waar Rak nu al van kwijlt. Sinds jaar en dag hebben zij het alleenrecht op deze wekelijkse traktatie. Arie Schipper, de visboer, kent Han al zo ongeveer zijn hele leven. Het afval is voor Rak, de hond die de oude man vlak na de dood van zijn vrouw verlost heeft uit het asiel. Door de week gooit hij graag een lijntje uit in zee, maar vrijdags haalt hij z'n maaltje voor de hond en voor zichzelf bij Arie op de markt. Alles verdwijnt dan in een viszak, die iedere maandag wordt uitgespoeld en op het binnenplaatsje te drogen wordt gehangen. „Niks plasticzak, niks plastic draagtas, Han Hoet neemt zijn eigen zak mee voor z'n boodschappen. Ik werk niet mee aan die huizenhoge vuilnisbelt waar ze geen weg mee weten," is steevast Han's argument, wanneer men hem in de winkels een plastic draagtas in handen wil drukken.

Han Hoet is vandaag vroeger dan anders present. Veel te vroeg. Om de tijd te doden, slentert hij langs de etalages van de winkels die langs het plein staan. Eerst die van de warme bakker. De meest *verleidelijke* paastaarten staan daar in de draaiende etagère te pronk. En wat een schitterende chocolade-eieren! De meeste versierd met kleurige linten. Als hij eens voor het juffie... Ach ja, dat deed hij vroeger immers ook voor Geer? Het was een jaarlijkse traditie geworden. „Rak, blijf!" beveelt Han de hond en zelf trekt hij bij de bakker snel een nummertje uit de automaat. Als het zijn beurt is kiest hij een prachtig ei in zilverpapier met kleine eitjes versierd en een prachtig paars lint. „Wilt u het voor mij inpakken?" vraagt hij aan het meisje dat hem helpt. Die heeft even een blik van verrassing, omdat de oude man al jaren om de dag alleen een halfje bruin komt halen. „En een *hele* bruin en een halfje wit!" somt Han op. Opnieuw wisselt het meisje een blik van verstandhouding met de vrouw van de banketbakker. Maar dat ontgaat Han ten enenmale. Het brood en de doos met het paasei verdwijnen in de ruime zak, waar zo dadelijk nog een flinke portie visafval voor Rak bijkomt, naar Han hoopt.

„Pasen," mompelt Han. „Ja, vroeger, toen ik en m'n broers nog kinderen waren, kregen we een broodhaan, die moeder op een dag vóór palmzondag versierde. Met een glanzende sinaasappel boven op z'n kop. Ieder een hele sinaasappel: dat was het toppunt van weelde in die tijd. Geer en hij hadden erover gedroomd, om die traditie samen voort te zetten als ze zelf kinderen zouden hebben. Maar klein Elsje had te kort geleefd, het was er niet van gekomen. Nooit, want na haar had geen kinderstem meer in het huis van Han en Geer geklonken. En na Geers dood had Pasen al helemaal een bittere klank gekregen. Hij dacht er het liefst helemaal niet aan, dat het vandaag Goede Vrijdag was en overmorgen Pasen. Het kwam alleen door dat juffie. De gedachte aan haar trieste verhaal en haar trieste gezichtje, hadden hem op de gedachte van dat paasei gebracht. Nee, hij moest vooral niet dieper nadenken. Hier nog maar even bij de fietsenmaker naar binnen kijken. Misschien had hij nog wel wat onderdeeltjes liggen. Hij kon wel even achterom naar de werkplaats lopen. Hij scharrelde nog wel eens aan een oude fiets, die hij soms bij het grof vuil aan de kant van de weg vond. En

39

naderhand verkocht hij zo'n ding dan voor een habbekrats maar toch met winst. En die kwam dan weer in de blikken koektrommel onder het vloerkleed. Zijn appeltje voor de dorst!

Maar wanneer Han naar de viskraam gluurt en vervolgens naar de klok, die bij de horlogemaker tegen de gevel hangt, durft hij toch niet goed zijn post te verlaten. Stel je vóór dat een ander om de zak zou komen. Je wist het tenslotte maar nooit. En zo tegen de feestdagen zou Arie weleens royaal kunnen zijn, weet hij. Dan zou er best eens een harinkje of een vette makreel tussen kunnen zitten. Nou, dan nog maar even bij de slijter neuzen. Alleen kijken, want voor drank breekt hij zijn „appeltje" niet aan. Wat niet voorkomt dat hij staat te watertanden als hij al die flessen daar ziet uitgestald. Sjonge jonge, in alle maten en met de meest aanlokkelijke etiketten. Eigenlijk zien ze er net zo verleidelijk uit als de taarten in de etalage van de bakker. Zou hij toch…? Han grabbelt in zijn zakken, maar daar zitten alleen wat losse kwartjes en slechts een paar rinkelende guldentjes. Toch ook zonde om voor zo'n fles drank een bankbiljet uit z'n trommel te nemen? Hoe laat is het nu? Ha, bij twaalven. Hij moest nu de straat maar eens oversteken. Wacht even, wat hing de slijter daar nu op? Een voordelige aanbieding voor een paasslok? Han duwt Rak opzij en doet een stap dichter naar de etalageruit. Hè nee, een uitnodiging om een opendeur Paasdienst bij te wonen: „Wat betekent Pasen voor jou?" „Niks!" grauwt Han. „Misschien een borreltje en een extra vissie en een gebakkie bij de koffie voor het juffie dat hij van het strand heeft gevist. Verder niks!" Wat bedoelen ze precies met opendeurdienst? Zou die dan de hele tijd open blijven staan? Lekker fris. Moet 't waaien net als nu! Toch wel gemakkelijk ook. Kon je eruit lopen als je dat wilde. Vroeger, toen Geer nog leefde had hij soms ook de kriebels in zijn benen gevoeld. „Onrustige benen," had de dokter gezegd. Maar Geer had gezegd: „Onrustige benen? Onzin. Een onrustig hart, dat heb jij Johannes Hoet." Hij wist best dat z'n Geer gelijk had. Al dat gepraat over zonde en dood maakte hem onrustig van binnen... Hé, nu is het ineens twaalf uur. Het carillon strooit feestelijk haar klanken over het gezellige centrum van de badplaats.

Arie Schipper ziet hem komen. Hij wenkt zijn weekklant dichterbij. „Hier pak maar aan. Geen gekke vangst dit keer, vissertje! Rijg ze maar aan een touwtje. Kun je mooi je Paaskippetje mee versieren. Ha-ha!"

Rondom wordt gelachen om het beteuterde gezicht van de oude man. De visboer, zeker van z'n succes, legt er nog een schepje bovenop. „Je hebt toch een mals kippetje in huis? Nou, die versier je en daar stap je de straat mee op. Jij voorop en de rest komt wel op het hennetje af. Hebben we vanzelf een optocht!"

Han weet niet hoe vlug hij zich met de viszak en de hond uit de voeten moet maken. Het plagerijtje van Arie en de schaterlach van de mensen voor de viskraam vergezellen hem nog geruime tijd. Hij laat zich niet zoals anders op één van de banken tegenover de markt neer, om zijn buit vast te bekijken. Hij schuttert zo vlug hij kan de Weeshuysstraat door en de Schelpendam en het havenpad achterom door de stegen. Hijgend staat hij tien minuten later op het plaatsje uit te blazen. De zak legt hij op de groen geschilderde bank. Rak werpt er begerige blikken naar, maar Han blijft onvermurwbaar. „Binnen eerst kijken of er ook wat voor het juffie en mij inzit, ouwe snoeper. Kom maar mee. Of nee, ik zal eerst even bij 't juffie kijken gaan."

Han knokelt tegen het raampje waarachter Geers gehaakte gordijntjes frisgewassen al zijn opgehangen. Over enkele weken zullen de eerste vakantiegangers komen. Nog steeds dezelfde, die al kwamen, toen Geer nog leefde. Dan zal er voor juffie geen plaats meer zijn... Han krabbelt onder zijn pet. Nou, afijn, komt tijd, komt raad. Nog eens weer bewerkt hij het raam, maar als er geen enkele reaktie komt, maakt hij met het nodige gerammel de deur open. In het piepkleine kamertje is juffie niet. Dan ligt ze natuurlijk nog in het afgeschotte slaaphoekje. Weer weifelt Han. Hij is geen Klaas-Persijnfiguur. Hij heeft van zijn ouders respekt en fatsoen tegenover de vrouwelijke sexe geleerd. Die zal hem ook in zijn ouderdom niet verlaten. Maar als hij hoest en door op het gevelkacheltje te tokkelen geen reaktie krijgt, kijkt hij om de hoek van het gordijn. Het bed is leeg! „Wel heb ik nou," mompelt Han Hoet. „Het lijkt er op, dat het meidje hier niet eens heeft geslapen vannacht. Het ziet er allemaal zo keurig en opgeruimd uit!" Vooral het laatste wekt Han's argwaan. Scherper neemt hij alles in het vertrek in zich op. Zo ontdekt hij het reepje krantepapier op het keukentafeltje, dat tevens als eettafel dienst doet. „Ik ga werk zoeken. Bedankt voor alles wat je voor me gedaan hebt en voor het geld, dat je me gaf. Je krijgt het zo gauw mogelijk terug. Dag lieve opa Han!" Er onder heeft ze haar naam nog gekrabbeld: „Deetje". Maar dat ziet Han niet door het floers voor zijn ogen. Het juffie: weg! Natuurlijk met het oog op de zomergasten. Maar die komen toch pas over twee weken. Han schudt zijn hoofd. Zo'n meidje toch! Ze is er de hele week nog niet uitgeweest en dan nu opeens... En waar moet het kind slapen, vannacht? Als ik, puzzelt Han, die zuster van haar eens schreef of opbelde? Hij weet niet hoe ze heet. Maar hij weet wel in welk dorp ze woont en dat haar man daar één van de bekende sleutel hotels beheert. Die zitten er warmpies bij natuurlijk en hun zussie... ach, hij heeft met het kind te doen. Hij hoopt, dat ze bij hem terugkomt, als ze er niet in slaagt werk te vinden. Secuur sluit Han de deur van het zomerhuisje en sloft terug naar zijn huis. In de keuken ziet hij, dat Rak zijn terugkomst niet af heeft kunnen wachten. Op de balata-vloer schrokt hij het restant visafval naar binnen. Han kijkt ernaar, beknort hem, maar de rechte lust daartoe ontbreekt hem. Op het aanrecht staat de doos met het paasei. Hij had zo gehoopt deze Pasen niet alleen door te hoeven brengen. Nu is het juffie weg en hij is weer net zo eenzaam als hij geweest is sinds de dood van zijn trouwe maatje, die hij juist met zulke dagen dubbel mist. Pasen, toen ze nog samen waren, gingen ze naar de kerk, waar ze hoorden van het wonder van de opgestane Heer.

„Wat betekent Pasen voor jou?" „Niks, ellendige eenzaamheid, afschuwelijk veel uren, zonder stem en gezicht en warmte."

Als de oude man zich bukt om de rommel van de grond te rapen, visgraten en een paar viskoppen en -staarten, die Rak hem liet, biggelen er ineens een paar trage tranen langs Han's ingevallen wangen.

HOOFDSTUK 6

Deetje heeft gewacht tot „opa Han" met de hond door het tuinhekje is verdwenen. Ze ziet hoe hij het haakje secuur als altijd sluit en daarna hoort ze hem al brabbelend tegen Rak de steeg uit lopen. Deetje wacht op de kop af nog vijf minuten: — die voorsprong moét ze hem wel geven —. Ze stroopt de mouw van haar spijkerjack weer over haar horloge en schuift met haar voet haar koffer nog dieper onder het bed. Zo, niet meer te zien, ze neemt haar linnen schoudertas en haar grote tas, waar ze de hoogst nodige dingen in heeft gestopt. Het krabbeltje voor haar redder in nood legt ze nog iets meer in het zicht en daarna verlaat ze het miniatuurhuisje, dat haar een week lang geherbergd heeft. Ze heeft er haar griep uit kunnen vieren, want de oude man heeft als een vader over haar gewaakt en haar van alles en nog wat toegestopt. Gister-avond zelfs een paar bankbiljetten, die hij uit een blikken trommel toverde. En die was weer verborgen onder het vloerkleed in de kamer. Hij had er een uitsparing voor in de houten vloer gemaakt. Ze had het roerend gevonden, dat hij haar zo vertrouwde, dat ze zelfs weten mocht waar hij zijn „appeltje voor de dorst" verstopt had. Niet in de befaamde „oude kous", maar in een biskwietrommel. Ach... de tranen waren haar in de ogen geschoten. Arme eenzame ziel, die niemand had en haar, een vreemde, als een kleindochter had binnengehaald. Ja en vanaf dat moment kon ze de gedachte aan haar eigen opa en oma niet meer van zich afzetten. Ze had die oudjes het vuur wel heel na aan de schenen gelegd. Ze had er nog een schepje bovenop gedaan, als oma aanmerkingen maakte op haar uitdagende kleren of haar veel te opzichtige make-up. En altijd weer eindigde zo'n meningsverschil met de verzuchting, dat Anneke zo heel anders was. Maar ze hadden niet begrepen, dat het alleen maar diende, om de schamele, onzekere binnenkant te camoufleren. Niemand weet hoe het binnenin haar schreeuwt naar liefde en aandacht. Dat ze snakt naar iemand die echt van haar houdt. Anneke... ja, die geeft toch wel veel om haar, dat mag ze in haar jaloezie niet vergeten. Ook niet, dat ze haar zusje wel eens gauw op mag bellen. Ze weet niet eens, dat ze hier bijna een week ziek heeft gelegen. Maar goed dat ze niet verteld heeft, waar ze is. Zwager Ad zou in staat zijn geweest haar ziek en wel mee terug te nemen naar het oergezellige huis achter de boulevard. Het schattige nichtje zou haar armpjes naar haar uitstrekken en ze zou iedere dag getuige zijn van de liefde tussen Ad en Anneke. Zij mocht daar met brandende ogen naar kijken. Nee, dank je stichtelijk. Dan maar in een onbekend dorp naar werk zoeken. Vooruit, Desirée Kruyt, bespottelijk, die naam past toch helemaal niet bij haar? Haar daagse naam is mooi genoeg: vooruit Deetje Kruyt, de schouders eronder meid en laten zien dat je nog genoeg pit in je lijf hebt om je er niet onder te laten krijgen. Dat is je moeder niet gelukt en Harm en Jan Troost ook niet, uiteindelijk heeft ze zich toch maar van hem ontdaan, al is ze vuurbang, dat hij haar vandaag of morgen op het spoor is en haar beweegt mee terug te gaan naar dat smerige krot, dat haar steeds doet denken aan de rommel waartussen ze is opgegroeid. En toch geeft Jan Troost op zijn primitieve, weinig gepolijste manier, veel om haar, daarvan is Deetje overtuigd. Daarom juist zal hij haar zoeken gaan. Maar hij mag haar niet vinden. Het zweet breekt haar uit, als ze eraan denkt. Stel dat hij haar weer op dezelfde manier chanteert. Want omwille van dat wat als een zekerheid in haar hart verankerd ligt, zal ze overstag gaan. Jan Troost heeft in zijn jaloerse naijver ontdekt, wat of beter gezegd wie de oorzaak is van de muur van verzet en onverschilligheid, die haar houding tegenover hem kenmerkt.

Door de smalle straatjes van het oude baddorp gaat Deetje op weg naar het VVV-kantoor, aan de voet van het witte vuurtorentje. Han Hoet heeft haar zo omstandig uitgelegd hoe ze daar het snelst komen kan, dat ze dat allang weer is vergeten. Maar zodra ze de vuurtoren in het oog krijgt is vergissen uitgesloten.

Het meisje achter de balie van het gloednieuwe VVV-kantoor reikt Deetje op haar verzoek ijverig een lijst van pensions en hotels. Op Deetjes vraag of er in één van de hotels of pensions ook personeel wordt gevraagd voor het aanstaande badseizoen, blijft het meisje de vraag schuldig. „Ik zou zeggen: werk de lijst gewoon af, dan kom je er vanzelf achter!"

Deetje heeft haar aarzeling wel gemerkt en het nietszeggende antwoord maakt haar kribbig. Abrupt keert ze zich om, om niet al te zacht tegen een dame op te botsen, die achter Deetje op haar beurt staat te wachten.

„O... eh, sorry!" stamelt Deetje en wil zich haastig uit de voeten maken. Maar de beschaafde stem van de dame —

45

Deetje schat haar tegen de zestig —, weerhoudt haar.

„Als je even tijd hebt... ik weet misschien wel iets voor je."

„Als je geen werk hebt, heb je vanzelf alle tijd!" zegt Deetje stug. Maar ze gaat toch naar het hoekje waar een paar stoelen en een bankje staan. Lamlendig gaat ze zitten. Haar benen lijken wel van lood. De band van haar linnen schoudertas knelt in haar vlees. Natuurlijk is het ding veel te vol. Ze laat hem op de grond glijden, naast de weekendtas. Ze ziet hoe de dame met het meisje achter de balie overlegt. Ook zij krijgt een paar formulieren toegeschoven, die ze sekuur dubbel-vouwt en in haar zwarte tas stopt. Daarna loopt ze gedeci-deerd op Deetje af. „Even voorstellen: mevrouw van Leeu-wen. En jij heet?"

Deetjes onafhankelijke aard steigert, maar dan ziet ze pure belangstelling op het gezicht van de haar onbekende vrouw, die haar zo op het eerste gezicht aan de voormalige engelse premier doet denken. Op haar direkte manier gooit ze het er al uit ook: „Ik ben Deetje Kruyt. En u lijkt op Margaret Thatcher!"

„Dat hebben er al meer gezegd. Zo, Dea Kruyt dus. Je komt hier zeker niet vandaan?"

Deetje schudt haar hoofd. „Maar ik zeg liever niet waar ik precies woon. Om privé-redenen."

„Juist!" Jola van Leeuwen gaat naast het meisje op de bank zitten. Haar intelligente blauwe ogen nemen het meisje scherp op. „Ik hoorde je om werk vragen. Toevallig hoorde ik in de tearoom, waar ik meestal 's morgens mijn koffie drink, dat ze iemand zoeken. Het zou misschien iets voor jou zijn, alleen..." Ze weifelt, lijkt even naar de juiste woorden te zoeken. „Zoals je er nu uitziet," ze schudt haar hoofd. "Ik ben bang dat je weinig kans maakt. Niet alleen in die tea-room, ook ergens anders," zegt ze eerlijk. „Heb je geen andere kleren? En je haar... die uitgroei staat erg onverzorgd. Of heb je geen geld voor een kapper?"

46

Deetje krijgt een kleur. Ze denkt aan de bankbiljetten, van Han Hoet, die ze in de koffer onder het bed heeft verstopt, bang als ze was, dat ze het uit zou geven, of dat ze het verliezen zou. „Ik heb wel geld. Alleen... het gaat er toch om, of ik m'n werk goed doe? Hoe ik er uit wil zien, is mijn zaak. Daar hoef niemand zich mee te bemoeien."

„Best. Maar dan moet je niet vreemd opkijken, als niemand je neemt. Je leeft nu eenmaal niet voor jezelf alleen. Iedereen heeft tot op zekere hoogte rekening te houden met een ander. Zo werkt dat nu eenmaal in een samenleving!"

„Nou, daar bedank ik dan mooi voor. Ik leef zoals ik wil en daarmee uit!"

Deetje staat op, neemt haar tas en loopt kwaad het kantoor uit.

„Nou zeg! Dan wil je zo'n wicht helpen!" moppert Jola. Maar als ze het witte snoetje tussen een paar affiches door langs het raam ziet gaan, wint haar medelijden het toch weer. Ze gaat met grote passen achter het meisje aan. Als ze naast haar is, zegt ze overredend: „Ik meende het goed met je. Waarom neem je de proef niet op de som en kijkt of het werkt? Heb je andere kleding?"

„Dat wel. Ik heb zelfs een speciaal tenue. Dat trok ik altijd aan als ik naar m'n opa en oma op bezoek ging. Die kunnen ook zo zeuren over kleren."

„Net als ik en nog een heleboel anderen," knikt Jola nu niet langer gepikeerd. Als oud-lerares van een middelbare school heeft ze met de jeugd heel wat te stellen gehad en ook heel veel te slikken gekregen, vooral de laatste jaren voor haar pensionering. Omdat de tegenwoordige jeugd nu eenmaal geen blad voor de mond neemt en precies zegt, waar het op staat. Dit meisje heeft op de één of andere manier een appèl gedaan op haar leraressehart. Misschien wel door de geringschattende manier waarop het meisje van het VVV-kantoor haar taxeerde. Jola van Leeuwen heeft door de ruwe, onverzorgde bol-

47

sters heen leren kijken. Haar lange loopbaan in het onderwijs heeft haar een schat aan ervaring opgeleverd: het leren doorgronden van de jeugd, waar dikwijls zo verkeerd tegenaan wordt gekeken. Dit meisje camoufleert iets, heeft ze gedacht. En omdat ze hier zelf naar toe is gegaan, omdat ze momenteel op een dood spoor zit, heeft ze er achteraan gezegd: „Misschien is dit meisje wel een antwoord, Jola van Leeuwen!" Die alleenspraak van haar! Ook al de schaduw van het spook eenzaamheid, die steeds vaker met haar mee glijdt.

„Trek wat anders aan. Ga naar een kapper en kom daarna naar mij toe. Ik wil eerst weten, wie ik aanbeveel bij de dames Boot van „De eerste aanleg."

„Als ik wil, dan altijd nog. En dat doe ik niet, want toevallig heb ik al kennis gemaakt met die tearoom-tantes. Die hebben mij van de straat gevist toen ik pal tegenover hen van m'n stokje ging. Maar binnen de kortste keren stond Deetje weer op straat. Gewogen en te licht bevonden! Deetje Kruyt pruimen de keurige dametjes niet. En dan nu zeker op hangende pootjes teruggaan naar dat beschimmelde stel. Nooit!"

„Je hebt geen andere keus!" zegt de lerares schouderophalend. „Mocht je je nog bedenken: ik woon in de bomenbuurt, Berkenplein 2."

„Bemoeial!" blaast Deetje wraakgierig tegen de rechte marine blauwe rug die met kordate passen naar de winkelstraat tegenover het Vuurtorenplein loopt.

Besluiteloos kijkt ze op haar horloge. Ze heeft een wee gevoel, waarschijnlijk omdat ze na het kopje thee en de beschuiten niets meer heeft gegeten. Het betekent, dat haar maag weer om voedsel begint te vragen. De afgelopen week werd ze al misselijk als ze aan eten dacht. Ze wacht nog even en gaat dan ook in de richting van het winkelcentrum. Staande eet ze in een croissanterie een ragôutbroodje en drinkt er een glas thee bij. Dan gaat ze op zoek naar een kapper, want een blik in de spiegelwand van de broodjeszaak heeft haar

48

doen schrikken. Ze ziet er inderdaad niet uit. Maar het is zeer
de vraag, of ze nu nog terecht kan. Het is vast erg druk en
misschien zijn de kappers net als de winkels vandaag maar tot
vier uur open.

Toch lukt het Deetje in een kapsalon in een vrij nieuwe
buitenwijk haar haren weer in haar eigen kleur te laten spoe-
len.

Het kapstertje, een klein, gezellig dikkertje is na de behan-
deling laaiend enthousiast. „Als ik zulk prachtig lichtblond
haar had, liet ik het nooit verven!" is haar slotkonklusie.
Deetje staart naar het blonde meisje in de spiegel. Anneke,
denkt ze verward. Zo lijk ik toch wel veel op haar. Uiterlijk
dan altijd nog. Nou, enfin, als me dit een baantje en dus geld
oplevert, dan moet ik me maar zien te schikken. Voor de
spiegel in de garderoberuimte brengt ze heel bescheiden wat
make-up aan. Allemaal voor het ene doel: een goede indruk
maken! Bah, hoe je ook op je uiterlijk wordt vastgepind!
Want al ziet ze er nu heel anders uit, ze is immers nog dezelfde
Deetje?

Ze gebruikt de rest van de middag om een deel van de lijst
van pensions en hotels af te gaan. Maar overal vangt ze bot.
En dat kan nu dus niet om haar uiterlijk zijn! Als ze, doodop
tegen de avond op een bank tegenover de winkelpromenade
neervalt, krijgt ze de schrik van haar leven. Op nog geen drie
meter van waar ze nu zit, flitst een motorrijder in een leren
pak langs haar heen. Natuurlijk te hard voor de bebouwde
kom. Zowel de motor als de berijder herkent Deetje met een
schok: het is Jan Troost. Hij is wel degelijk naar haar op zoek
gegaan en hij zal haar vinden ook. Tenzij… Voor het eerst
sedert haar metamorfose is ze blij met het ongevraagde advies
van de dame die haar aansprak in het VVV-kantoor. Ze heeft
het te danken aan haar gekortwiekte blonde manen, dat Jan
haar niet herkend heeft. Als ze haar blikken langs haar spij-
kerrokje laat glijden, dringt het ineens tot haar door, waarom

ze ondanks haar verzorgde hoofd vanmiddag in geen enkel pension is aangenomen. Het minirokje is rafelig en vuil, de blouse is helemaal niet om aan te zien en het jack vertoont zelfs een flinke scheur bovenop de mouw. Ze zal ook haar kleding aan moeten passen en op dit moment, met de pure schrik nog in haar benen natrillend, legt ze zichzelf de belofte af, dat ze de uitdaging aan zal nemen. Ze zal zich omtoveren tot een tweede Anneke. Tien tegen één dat dan ook voor haar de poorten naar het geluk open zullen zwenken, spot ze in stilte, terwijl ze door de nu stille winkelstraten sloft. De zwarte zwaan zal veranderen in een prachtige witte, die iedereen bewonderen zal!

Over Deetjes blonde hoofd strooit het carillon z'n melodieuze klanken... En nog weer later hoort ze hoe de kerkklokken de mensen uitnodigen: „kom, kom, kom..." Goede Vrijdag... het is Goede Vrijdag vandaag denkt ze, verward, omdat ze ineens aan opa en oma moet denken. Zouden ze erg over haar in de rats zitten? Ze moet Anneke nog bellen, dan kan die de oudjes meteen geruststellen. Maar nergens ziet ze een telefooncel en haar benen worden steeds zwaarder. Als ze tenslotte stilstaat, leunend tegen een lantaarnpaal, ziet ze een straatnaambord, pal ertegenover. Populierenlaan, leest ze. „Ik woon in de bomenbuurt," hoort ze mevrouw van Leeuwen weer zeggen. Het Berkenplein zal hier vast niet ver vandaan zijn. En omdat ze er niet in is geslaagd werk te vinden en ze nu toch in de buurt is, vraagt ze de eerste de beste voorbijganger naar het Berkenplein. „Hier oversteken, tweede straat rechts. Het is een doodlopende weg, een hofje zogezegd," verduidelijkt de man.

Het is de gedachte aan de in leer gestoken motorrijder die Deetjes laatste weerstand breekt en bij het keurige rijtjeshuis aan doet bellen. Ze heeft immers geen andere keus? Ze is op de gunsten van anderen aangewezen, want het alternatief is teruggaan naar haar geboortedorp en dat betekent Jan Troost, want een „thuis" heeft ze niet.

50

„Kom er maar gauw in kind. Ben je al eerder aan de deur geweest? Ik heb verzuimd jou te zeggen, dat ik in de vooravond naar de kerk was. Het is immers Goede Vrijdag?" En als Deetje ontkennend haar hoofd schudt, vervolgt ze met een uitnodigend gebaar om binnen te komen: „Ik stond al naar je uit te kijken!"

Iemand die naar haar heeft uitgekeken, al is het dan een wildvreemde net als opa Han! De hartelijke woorden zijn als balsem op een rauwe wond. Maar ze mag geen gevoeligheden toelaten, dat zou maar zwak en weerloos maken. Daarom zegt Deetje, met de onverschilligheid die ze zich eigen heeft gemaakt: „Ik kwam alleen vertellen, dat het niet gewerkt heeft, uw advies. Ik heb een smak geld uitgegeven bij de kapper en daarna heb ik de hele waslijst pensions afgewerkt, maar niemand wilde me hebben."

De ogen van de lerares glijden langs het glanzende blonde kapsel en het bleek, verongelijkte snoetje eronder. Wat een metamorfose, alleen... Jola schiet in een bevrijdende lach. „Vind je dat zo vreemd?" Ze schudt van het lachen. Met een vinger wijst ze op het gerafelde minirokje en de diep uitgesneden blouse met de togamouwen. „Zoiets trek je toch niet aan als je naar een baantje solliciteert?"

Deetje kijkt, haalt haar schouders op, maar lacht toch zuinigjes mee. Ze ziet het schilderijtje weer in het trapportaal van de twee dametjes. „Zoals je bent, neemt God je aan". Ze zegt het hardop en ze ziet , dat mevrouw van Leeuwen hier van schrikt. „Daar mag je niet mee spotten!"

„Ik spot niet. Ik heb er alleen een paar woorden onder geschreven." Als ze vertelt wáár, verschiet Jola van Leeuwen nog meer. „En ik wilde jou daar nog wel aanbevelen. Je hebt je eigen glazen ingegooid, jongedame."

„U hebt me verzekerd, dat ze mij niet zouden herkennen. U kunt nu de proef op de som nemen." tart ze de oudere vrouw.

„We varen niet onder valse vlag, jongedame," kapittelt

Jola van Leeuwen. „Eerlijkheid duurt het langst!"

„Ja en m'n veranderde uiterlijk is alleen de vlag, die een rotte lading dekt!" zegt Deetje bitter. „Nou, in ieder geval bedankt voor de tip. Ik zal m'n opoekleren maar op gaan halen en aantrekken. Wie weet, heb ik dan toch meer succes!" Vóór Jola van Leeuwen het haar beletten kan, is het meisje in de nu snel vallende schemering verdwenen. Waar naar toe? Niets weet ze van het kind, daar had ze vanavond achter willen komen, om dan morgen in „De eerste aanleg" koffie te gaan drinken en en passant bij de gezusters Boot een goed woordje voor het kind te doen. Met andere kleren en een beetje goede wil, zou ze zich als zomerhulpje in de tearoom van de zusters Boot best verdienstelijk kunnen maken. Jola gaat terug naar de kamer, waar de stilte haar aangrijnst. Ze zet zich voor het raam en staart naar het verlaten hofje, waar een viertal lantarens aangloeien... Plotseling staat ze op: vastbesloten. In de hal trekt ze haar jas aan, kontroleert of ze haar huissleutel heeft en trekt de voordeur achter zich in het slot. Met de haar eigen mannelijke stappen loopt ze door de donkere stille straten naar het centrum. Daar zal ongetwijfeld het meisje ook heen zijn gegaan. Maar hoe Jola ook speurt en zoekt, ze kan geen glimp meer van haar ontdekken.

Met het frustrerende gevoel gefaald te hebben, gaat ze tenslotte terug naar het stille huis, aan het stille hofje.

HOOFDSTUK 7

De klok van de oude kerk in het centrum laat elf zware galmen horen als Deetje, doodmoe van het rondslenteren, op het lage muurtje voor de kerk gaat zitten. Elf uur... zou ze nog bij Han Hoet aan durven kloppen? De oude man ligt natuurlijk al in bed. Hij weet niet beter, of ze heeft ergens anders

52

onderdak gevonden. Dat het zo moeilijk is! Ach, diep in haar hart weet ze immers best, dat ze dwaas gehandeld heeft? Ze is zo murw en moe, dat zelfs de gedachte aan Jan Troost aan tegenzin begint in te boeten. Goed, ze geeft niets om hem, maar dat weet hij, daarover heeft ze geen enkele twijfel laten bestaan. Hij weet precies waar hij bij haar aan toe is: ze wil geen intieme relatie. Niet met hem niet met iemand anders. Nooit. Want er is een angst, een angst waarover ze nooit met iemand zal durven praten. Zelfs met haar zusje Anneke niet. Die angst heeft haar tot nog toe onvermoede krachten gegeven, zodat ze de toenaderingspogingen van Harm vroeger heeft weten af te ketsen en later die van Jan Troost. En omdat hij echt om haar geeft, is dat haar gelukt. Tot het midwinter-feest! Jan Troost was er getuige van hoe ze het net als enkele jaren ervoor opnieuw had opgenomen voor „die hotelpief" zoals ze Jan-Willem Bergman in het vissersbuurtje noemen. Het wrange was, dat Jan-Willem zelf op de avond van het midwinterfeest zijn afschuw van haar en haar vrienden open-lijk heeft laten blijken! Nee, aan die decemberavond heeft ze alleen maar bittere herinneringen. Want na die avond had Jan Troost een doeltreffend wapen in werking gebracht als het zo uitkwam. En zij had hem dat zelf in handen gespeeld: haar zwak voor die lange man in zijn onberispelijk gesneden pak, die letterlijk en figuurlijk uittorende boven het ongeschoren, smoezelige stel, wat om Jan Troost en haar heen troepte... Bijna doezelt ze weg, op het ruwe, brokkelige kerkmuurtje.

Dan scheurt het geluid van een motor de stilte. Deetje, in een reflex, zwaait haar benen over het muurtje en laat zich aan de andere kant op de dikke laag grint vallen. Met klop-pend hart tuurt ze door de spijlen van het hek dat het lage muurtje onderbreekt. Een moment later davert de zware motor door de nauwe straten van het kustdorp. Er is geen twijfel mogelijk: voor de tweede keer die avond herkent ze in de in het leer gestoken figuur Jan Troost!

Nog geruime tijd wacht ze daar op het terrein van de oude kerk met bonzend hart, tot alles weer stil is als voorheen. Dan pas durft Deetje, zoveel mogelijk het schijnsel van lantarenpalen mijdend, de steeg opzoeken, die ze een week geleden voor het eerst doorliep met haar weldoener Han Hoet. Een simpele oude man, die haar zonder daar woorden aan vuil te maken opnam in zijn huis. Haar eten, drinken en onderdak verschafte tot ze weer zover was opgeknapt, dat ze het zelf weer aankon. Die haar geld gaf omdat ze toch niet zonder kon zitten, als ze niet meteen werk vond. Geld uit de blikken biskwietrommel, die hij onder het vloerkleed had verstopt... Deetje sluipt door de steeg en maakt het tuinhekje open. Nog vóór ze dat achter zich heeft gesloten, hoort ze de hond janken, op zo'n droefgeestige manier, dat Deetje een huivering langs haar rug voelt gaan. Intuïtief weet ze, dat er iets niet pluis is, daarbinnen. Met knikkende knieën loopt ze naar de achterdeur. Natuurlijk heeft Han Hoet die sekuur als altijd op slot gedaan. Bevreemd kijkt ze naar haar hand, die de kruk neerdrukt, waarna de deur zonder veel moeite opengaat...

In de keuken is het donker en ook in de kamer, waarvan de deur iets aanstaat. Zodra ze die verder openduwt, gaat het klagelijk kermen van de hond over in woest gegrom. „Stt, koest Rak, je kent mij toch?" zegt Deetje met een bibberstem.

Het is niet helemaal donker in de kamer. Vanaf de straat komt flauw het licht van de lantaarn en beschijnt een donkere plek op de grond naast de tafel. Deetjes hart lijkt een moment stil te staan. Ze doet een paar stappen naar voren. Ze struikelt over het opgerolde vloerkleed en Rak, door het dolle heen, springt tegen haar op. Deetje heeft de grootste moeite het dier tot bedaren te brengen. Want naast schrik, staat nu ook angst in haar op, dat buren op het hondegeblaf af zullen komen en haar hier bij de oude man zullen vinden. Toch knielt Deetje naast hem neer en tast naar zijn gezicht. Ze voelt iets lauws, dat haar instinktief haar hand terug doet trekken. Bloed... Is

54

Han Hoet gevallen, terwijl hij net als gisteren, het kleed oprolde, om zijn appeltje voor de dorst tevoorschijn te halen? Deetjes ogen, wennend aan het halve-duister, ontdekken vlak naast de onbeweeglijke gestalte de trommel. Met twee vingers haalt ze hem dichterbij want voor geen goud raakt ze dat zwarte stille ding meer aan. Ze tilt het deksel op en ziet, dat de trommel leeg is. Wat ze in haar hart eigenlijk al wel wist, is nu zekerheid: Han Hoet is beroofd en neergeslagen. Ze zal zo gauw mogelijk hulp halen, als het al niet te laat is.

Opbellen van hieruit durft ze echter niet. Deetje is zich ondanks alle narigheid van het ogenblik haar netelige positie ten volle bewust. Zij moet hier weg en wel meteen. Maar in het huisje staat nog haar koffer en die zal ze daar weg moeten halen. En wel meteen! In de keuken grist ze de sleutel weg die boven het blauw-wit geruite valletje op de rand van de schoorsteen ligt en haast zich ermee naar het zomerhuisje. Binnen een paar minuten, die uren lijken te duren, staat ze met de koffer weer in de steeg.

Ternauwernood is ze aan het eind een zijsteeg ingeslagen, als ze stemmen hoort en voetstappen. Betekent dat hulp voor Han Hoet? Hijgend staat ze stil, schuin tegenover de bushalte, waar ze een week geleden uitstapte. Even verderop is pension Persijn, haar eerste kennismaking met dit dorp... Terwijl ze haar hand tegen haar zij legt, vanwege de pijnlijke steken, wordt Deetje zich haar laffe vlucht bewust. Ze heeft haar weldoener zonder hulp achtergelaten. De man, die zonder zich te bedenken haar onderdak verschafte. Hij vroeg niet wie ze was of wat ze had uitgespookt. Hij hielp, omdat iemand hulp nodig had. En toch durft ze niet terug te gaan, ze zouden haar immers niet geloven? Ze zouden er op het politieburo meteen achterkomen wie ze is en waar ze vandaan komt. Natuurlijk zou het spoor leiden naar Jan Troost met zijn lang niet vlekkeloze strafblad... Deetje rilt als ze denkt aan haar zwager Ad van Rhyn! Het zou een blamage zijn voor

55

de manager van het chique sleutelhotel en anders wel voor zijn vriend Jan-Willem Bergman. Ach, is het niet hoofdzakelijk de gedachte aan hem, die haar uit lijfsbehoud deed wegvluchten?

„Ik moet terug," maar meteen weet ze dat ze niet gaan zal. Niet gaan kán. Want, als in een versnelde film, ziet ze beelden, in elkaar overlopen... ziet ze Jan Troost op zoek naar zijn verdwenen liefde. Net als zij de vorige week, moet hij hier het dorp zijn binnengedaverd op zijn motor. Ook hij zal het bord van pension Persyn hebben opgemerkt en wellicht zijn motor daar tot stilstand hebben gebracht. Deetjes levendige fantasie ziet hem via de zijdeur naar binnengaan en bij Klaas Persyn navraag doen naar haar. En Klaas, zal hem zonder terughouding hebben ingelicht. Omdat hij nog een appeltje met haar te schillen had. Hij zal Jan hebben verteld, dat een zekere Han Hoet haar op sleeptouw heeft genomen en... Deetje doorschokt een felle schrik. Jan Troost... dat ze hem niet dadelijk met die laffe roofoverval in verband heeft gebracht!' Deetje recht haar pijnlijke rug. Als het waar is, wat ze vermoedt, als Jan Troost er de oorzaak van is, dat die arme oude man bloedend op de grond ligt...

Deetje neemt haar koffer op en steekt de stille boulevard over. In één van de twee telefoontoestellen draait ze het alarmnummer, dat boven het toestel vermeld staat. Zonder zich bekend te maken, verzoekt ze de stem aan de andere kant van de lijn om zo gauw mogelijk doktershulp te sturen naar Torenstraat 38.

Opnieuw steekt ze over en loopt met haar tassen en koffer de eerste de beste steeg door die uitkomt op het winkelplein. Ze weet, dat ze de aandacht trekt, door zo laat hier te lopen met een koffer. Het moet langzamerhand bij twaalven zijn. Ze weet niets anders te bedenken, dan terug te gaan naar het stille hofje en op hangende pootjes de kordate Jola van Leeuwen om onderdak vragen. Ze weet ook, dat ze daarvoor in

ruil haar identiteit prijs zal moeten geven. Maar natuurlijk zal
ze niet meer loslaten, dan hoognodig is.

De lerares, weggedoezeld boven één van de boeken, die ze
persé wilde lezen zodra ze in de VUT was, schrikt op van de
bel. Meteen denkt ze aan het meisje. Als ze door het spion-
netje kijkt ziet ze dat haar vermoeden juist is. Beheersd ont-
doet ze de deur van veiligheidsketting en sloten. „Nergens
onderdak kunnen vinden zeker? Nou, eerlijk gezegd sta ik om
twaalf uur 's nachts ook niet te trappelen om je binnen te
laten. Ik weet niet eens hoe je heet."
„Deetje Kruyt!" mompelt het meisje zwakjes. Jola ziet, dat
ze een bezwijming nabij is. Zoveel mensenkennis heeft ze wel,
dat ze weet, dat hier niet gesimuleerd wordt. „Je woont hier
niet in het dorp. Waar kom je dan wel vandaan?"
Deetje noemt haar geboortedorp, waarop Jola haar bin-
nenlaat. „Natuurlijk zul je me wat meer moeten vertellen,
maar kom in ieder geval maar mee naar de kamer."
Daar brandt alleen de staande schemerlamp achter de bank
en daarom maakt Jola wat meer licht. Ze wijst het meisje een
plaats waar het volle licht op haar valt en dan schrikt ze hevig.
Op het lichtblauwe openhangende jack en de blouse eronder
ziet Jola bloed, evenals op de rechterhand van het meisje.
Deetje ziet haar schrikreactie en ze kijkt ook. Haar gezicht
wordt nog bleker. „Dat… ik… ik heb een ongelukje gehad,"
stottert ze.
„Laat eens zien!"
Jola bekijkt de hand, waarop geen schram te ontdekken
valt. Alleen wat geronnen bloed. Veelbetekenend kijkt ze
Deetje aan. Maar ze zegt niets. Deetje herademt, als Jola de
kamer uitgaat om terug te komen met een kom warm water,
een handdoek en een washand. Nog steeds zwijgend ver-
wijdert ze het bloed van de hand en daarna zo goed en zo
kwaad als het gaat ook de plekken in jas en blouse. „Zo en nu

zullen we eens overleggen, wat we gaan doen." zegt ze op een beroepstoontje.

„Als ik hier vannacht blijven mag... ik beloof u, dat ik morgenvroeg meteen weg zal gaan."

„Waar naar toe?"

Deetje haalt haar schouders op met een triest gebaar.

„Het is bijna Pasen," mompelt Jola van Leeuwen. „Is er niemand, die je dan thuis verwacht?"

Deetje denkt aan Anneke, aan Ad, aan haar opa en oma, zelfs aan Jan Troost, die naar haar gezocht heeft, misschien al een week lang. Maar dan ziet ze die arme oude man, bloedend naast de lege geldtrommel... En ze schudt haar hoofd, ontkennend.

Jola heeft haar twijfels. Maar niet over het feit, dat het kind op dit ogenblik geen dak boven haar hoofd heeft. Slechts luttele uren terug heeft ze geluisterd naar de Via dolorosa van de Man van smarten. Die deze lijdensweg ging, óók voor Jola van Leeuwen. Iedereen, zelfs Zijn dierbaarste vrienden, hadden Hem verraden en in de steek gelaten. Juist in het zwaarste lijden. En ze hadden niets begrepen, van de liefde voor de medemens, zoals Hij hen die had voorgeleefd. „Ik had honger en je hebt Mij te eten gegeven; geen dak boven Mijn hoofd en je hebt Mij gehuisvest. Want als je dit voor één van je medemensen doet, doe je het voor Mij..."

Peilt Deetje iets van haar gedachten?

„Goede Vrijdag is voorbij," tart ze. „Het is al zaterdag. Dan kun je een heiden als ik vast wel de mist insturen, zonder angst voor eigen hachje!"

De oud-lerares schrikt niet eens zo erg van haar sarcasme. Ze proeft er de bitterheid en troosteloosheid dwarsdoor heen. Zo vaak heeft zij jongeren gruwelijke woorden horen uitspuwen, terwijl de naakte ellende in hun ogen te lezen stond.

„Kom," zegt ze heel gewoon, „dan zullen we je bed opmaken. Morgen praten we wel verder. Je moet eerst maar eens proberen te slapen."

En zo ligt Deetje dan opnieuw in een vreemd bed. Het nachtlampje boven haar bed laat ze branden, want het stoort haar niet. Het helpt haar juist, om tot rust te komen. Want het laat net genoeg zien van de keurige logeerkamer, waarheen mevrouw van Leeuwen haar heeft gebracht. Onwetend van het feit, dat deze tot voor kort aan Jola's huisvriendin toebehoorde, soest Deetje, uitgeput als ze is, al gauw weg. Op de grens van waken en slapen, drijft even de gedachte boven: „Dit is nu al de vierde die me te hulp is geschoten, hier in het dorp. Zou iedereen hier zo behulpzaam zijn? Ze heeft dat in haar eigen geboorteplaats zo anders ervaren... Maar misschien kwam dat omdat daar iedereen wist, dat ze de dochter was van Ria Kruyt. De vrouw die niet deugde!"

Jola echter kan de slaap niet vatten. Steeds weer ziet ze die alarmerende bloedvlekken. Een ongelukje? Lariekoek! De hand van het meisje vertoonde geen enkel schrammetje, nadat ze die had schoon gewassen.

Ze kleedt zich uit en ondanks het late uur, wast ze zich grondig als altijd. Daarna laat ze een lange nachtjapon over haar hoofd glijden. Ze verstelt de rechterkant van de driedelige spiegelkast, zodat ze nog beter zicht heeft op de zijkant van hoofd en schouders. In een reflex trekt ze die naar achteren. „Je moet aan je houding denken, Jola van Leeuwen," bespot ze zichzelf. „Je wordt oud! Als de spiegel je dat al niet vertelt, vertellen de ogen van je vroegere kollega's je dat wel. Of de schooljeugd, die jou allang vergeten is, of jou helemaal niet meer kent."

Met onbeheerste bewegingen begint ze het nog altijd dikke, grijze haar te borstelen. Je moest toch zo nodig weer iemand in huis, nu je weet dat Selma hier niet terug zal komen? Daarom ging je naar het VVV-kantoor, om twee kamers aan te bieden, voor zomergasten. Logies met ontbijt... Je móest wat om handen hebben. Nou, je bent op je wensen bediend, er ligt weer iemand in Selma's bed: Deetje Kruyt. Als ze tenminste zo heet. Misschien is het een gefingeerde naam, maar dat is te kontroleren. Jola neemt haar zalmkleurige, met kant afgezette duster en trekt die aan. Daarna loopt ze onhoorbaar naar beneden, waar in de hal onder de kapstok nog de oude, gebarsten koffer van het meisje staat. „Er zitten alleen kleren in," had ze gezegd. „Laat hem dan maar zolang daar staan," had ze gezegd. Nu doet ze hetzelfde, wat de zusters Boot vóór haar deden. Zonder enige moeite springt het deksel open als ze de schuifjes van het slot opzij duwt. Ze ziet inderdaad alleen kleren, die daar wanordelijk in zijn gepropt. Haar accurate natuur begint al te vouwen en te rangschikken, maar dan bedenkt ze zich. Jola's handen woelen tussen de kleding van het meisje, op zoek naar iets dat haar wat meer over de eigenaresse onthullen zal. Maar ze vindt niets. Of toch…? Haar vingers tasten iets hards. Een portefeuille? Een boekje? Het blijkt inderdaad een pocket. Zo'n flutding, afgaand op titel en plaatje. Jola keurt het geen tweede blik waardig. Ze stopt het weer tussen een paar gekreukelde bloesjes. De rest er weer overheen, klaar!

Ze werpt een blik op het trapgat, omdat ze zich toch niet helemaal safe voelt. Ze houdt er niet van ongevraagd in andermans zaken te neuzen. Maar dit is farce majeur. Want er is iets niet pluis met dat juffertje boven. Enfin, ze zal er morgen, nee over een paar uur wel achterkomen. Dat neemt Jola zich stellig voor. Ze zet de gesloten koffer weer tegen de muur en gaat terug naar haar eigen slaapkamer.

Klaarwakker overpeinst ze, dat ze zichzelf in een vervelend parket heeft gebracht door het meisje onderdak te verschaffen! Dat jij niet meteen begreep, dat er iets mis was met dat zwerfkatje, Jolanda van Leeuwen! Jij met jouw levenservaring en mensenkennis, waar je zo prat op gaat!

Vastbesloten stapt ze haar bed uit, om voor de tweede keer de trap af te sluipen. Nu om de jas van het meisje aan een andere inspektie te onderwerpen, want dat is ze de eerste keer vergeten. De zakken leveren niets op, maar aan de binnenkant van het schamele jack ontdekt Jola een kleine ritssluiting en als ze die openmaakt, vindt ze behalve wat losse munten, een opgevouwen papiertje, waarop een telefoonnummer staat. Anders niet. Maar een kleine aanwijzing geeft die toch wel. Het kengetal is waarschijnlijk van het dorp, dat het meisje haar noemde. Voordat ze morgen in de tearoom van de gezusters Boot koffie gaat drinken, eerst dat nummer maar eens bellen. Waarschijnlijk krijgt ze dan de familie van het meisje te pakken. Morgen? Het is warempel al bij tweeën! Over vijf uur loopt de wekker weer af. Want die tijd heeft ze strikt aangehouden. Toen ze nog lesgaf stond ze ook altijd om zeven uur op. Dat moet zo blijven. Het woord luieren komt niet in Jola's woordenboek vóór.

Het loopt toch anders dan Jola van Leeuwen gepland heeft. Ten eerste zit ze tot bij negenen op haar logé te wachten en zich intussen op te winden over het ongeregelde leefpatroon van de jeugd. Ze gaan uit als andere mensen slapen en ze slapen als anderen wakker zijn, enfin, ze heeft geen zin om langer te wachten. Daarom smeert Jola een paar boterhammen en een beschuit. Schenkt een theeglas vol en zet het op een blad. Kordaat marcheert ze ermee naar Selma's kamer. Al haar uiterlijk vertoon van flinkheid ten spijt moet ze toch even slikken, als ze in plaats van Selma's zachte gezicht, een blond warrig hoofd op het kussen ziet liggen. Het gezicht naar de muur. Ja, toe maar, dat maft nog heerlijk!

„Wakker worden!" kommandeert Jola. Haar leraressestem schijnt het nog altijd te doen, want Deetje schiet overeind en staart met dikke slaapogen naar de rijzige gestalte voor het bed. „O, bent u het... ik wist even niet meer waar ik was..." stottert ze. Zichtbaar opgelucht laat ze zich weer terugzakken, maar Jola is onverbiddelijk. „Meteen opeten en daarna opstaan, wassen en aankleden. Ik moet weg en jij ook. Jij gaat

61

vandaag weer op werk uit. Vanavond om zes uur verwacht ik je terug, voor de warme maaltijd."

Deetje gehoorzaamt zonder tegenwerpingen. Ze heeft geen andere keus en bovendien bevalt deze rechttoe-rechtaan manier haar wel. Ze weet nu precies waar ze aan toe is en duidelijkheid heeft ze in haar twintigjarige leven nooit gekend.

Om kwart voor tien gaan ze tegelijk de deur uit en het eerste stuk lopen ze samen op. Dichtbij het centrum zegt Jola: „Hier moet ik rechtsaf en jij kunt het best rechtdoor lopen naar de boulevard. Je hebt nog de meeste kans in één van die strandpaviljoens. Daar ben je nog niet geweest en die kunnen misschien nog iemand gebruiken. Je hebt geluk, dat het seizoen nog niet begonnen is, al zit het hier met Pasen stikvol."

Deetje doet gedwee wat de lerares haar opdraagt. Maar nauwelijk vijftig meter verder, keert ze op haar schreden terug. Bij de hoek van de straat zorgt ze ervoor, dat mevrouw van Leeuwen háár niet kan zien, mocht ze omkijken. Zelf ziet ze vanuit het portiek van een kledingzaak de lange gestalte van de lerares met grote, doelbewuste stappen door de winkelstraat stappen. Bij de eerste de beste zijweg slaat ze linksaf.

„Die gaat naar dat excentrieke stel. Een goed woordje voor me doen, dat voel ik" sputtert Deetje in zichzelf. „Nou, voor ik me daar als hulp ga verhuren! Dan nog liever terug naar vriend Persyn. Maar wie weet, lukt het in een strandtent."

Hoe dichter Deetje in de buurt van de Torenstraat komt, hoe suggestiever het beeld wordt van de oude man op de grond in de kamer van zijn huisje aan de Torenstraat. Iedere stap brengt de schrik en de afschuw dichterbij, die ze voelde toen ze hem daar roerloos liggen zag. Duidelijker nog dan gisteravond in de half-donkere kamer, ziet ze dat arme bebloede gezicht. Voelt ze de macabere rilling toen haar hand tastte het lauwe bloed. Opa Hoet.. leef je nog? En zo ja: heb je veel pijn? Waar hebben ze je heen gebracht?

Deetje jacht voort alsof ze zo de angst en zorg om de oude

man achter zich kan laten. Alsof die haar niet tot in haar dromen hebben achtervolgd. Iedere voorbijganger lijkt op haar te letten. Haar te herkennen als degene die bijna een week lang bij Han Hoet onderdak heeft genoten. Ze zullen haar proberen op te sporen en natuurlijk ook haar familie inlichten...

Nooit eerder is ze zó blij geweest met haar eigen lichtblonde haar. Ze zullen uitkijken naar een opvallende rode haardos. Dit gekortwiekte, blonde kapsel trekt veel minder de aandacht. Dat hoopt ze tenminste. Maar toch: is het niet veel beter in de bus te stappen en zich naar een andere plaats te laten rijden? Waar niemand haar kent? Is het de gedachte aan de lerares, waar ze in geval van nood op terug kan vallen? Of die aan Han Hoet, die ze uit zelfbehoud zo laf in de steek heeft gelaten? Deetje daalt de strandtrap af en begint maar meteen bij het eerste het beste strandpaviljoen. Het zijn er in totaal maar zo'n zes à acht, veel minder dan in de badplaats waar ze is opgegroeid. Maar enfin. Ze heeft de raad van mevrouw van Leeuwen opgevolgd. Ze ziet er voor haar gevoel overdreven degelijk uit, in haar halflange bloemetjesrok en zwarte polo, ook alweer afdankertjes van Anneke.

Zo gaat ze over de houten vlonders, Deetje Kruyt en ze weet zelf niet, hoe angstig en onzeker haar blauwe ogen zijn, terwijl ze om werk bedelt.

HOOFDSTUK 8

Stille zaterdag... Maar in het hart van Anneke van Rhyn, geboren Kruyt is het verre van stil.

De storm in haar hart wedijvert met de harde westenwind, die wilde luchten aanvoert vanuit zee.

„Jammer van al die bloesem, die dit jaar véél te vroeg

bomen en struiken versiert. Genadeloos voert de wind al die tere tinten mee omhoog. Een regen van bloesem, Anneke volgt ze met trieste ogen. Ze ziet ze niet echt, daarvoor is de zorg om haar zusje Deetje te groot. Na dat ene telefoontje heeft ze niets meer gehoord. „Ik heb onderdak, nog geen werk, maar dat komt nog wel. Morgen ga ik de hele waslijst van pensions en hotels af. Zodra ik werk heb gevonden, bel ik wel weer." Dat was een week geleden en sindsdien heeft Deetje niets meer van zich laten horen. Opa en oma zijn ook vreselijk ongerust en daarbij zitten ze tot over hun oren in de schuldgevoelens. „Had ik maar niet zo op dat meidje gevit," had oma gisteren nog gehuild. „Maar ik deed dat met de beste bedoelingen, al werkte het averecht."

„Ze is altijd al tegen de draad in geweest. We hoeven het onszelf niet te verwijten," had opa Dirk geknord. „Ze kon bij Anneke en Ad, maar daar bedankte de jongedame voor. Ze is er zelf verantwoordelijk voor, dat het weer mis ging. Ze had nooit in dat krot aan de Zeilweg moeten trekken. Dat is toch vragen om moeilijkheden? Ze woonde daar met die lellebel van Truusje Ros, ook al zo'n fraai nummer. Die heeft die lapzwans van Troost natuurlijk getipt en die zag eindelijk zijn kans schoon. Hij heeft toch altijd achter onze Dé aangejaagd." In die bewoordingen had opa zijn gram gespuugd, maar achter de bittere schil van zijn woorden zat de zorg, die hij voor zijn vrouw trachtte te verbergen. Anders zou zijn Leentje helemaal niet meer slapen. Dat deed ze toch al zo slecht, sinds ze verhuisd waren van hun klompenhuisje naar één van de nieuwe bejaardenhuisjes aan de andere kant van het dorp.

Anneke spitst haar oren. Hoort ze daar Marjoleintje? Ze kijkt op de antieke scheepsklok, afkomstig uit het klompen-huisje. Ze hebben hem een plaatsje gegeven op het stuk muur tussen de lage ramen aan de zij- en voorkant van de living, die vrijwel de gehele benedenverdieping van het huis bestrijkt. Half december zijn ze vanuit Drenthe teruggekomen in hun geboortedorp. De vader van Jan-Willem Bergman, Ads schoolvriend, die door de jaren heen een huisvriend is geworden, bood hem een leidinggevende funktie in één van zijn hotels. Toen zij de voorkeur gaf aan een eengezinswoning, niet ver van het oude vissersbuurtje, waar Ad en zij beiden geboren waren, had Ad zijn hoofd geschud. „Ik weet best, dat jij niet in een villa in Klein Zwitserland zou tieren, maar er is ook nog zoiets als een gulden middenweg, Annemijn! Er staan aardige bungalowtjes aan de overzijde van de Boulevardweg, met een heerlijke lap grond rondom, waar onze dochter naar hartelust ravotten kan. Laten we daar eens gaan kijken. Misschien hebben we geluk en komt er één vrij." Ze waren gaan kijken, zijzelf met de zekere wetenschap, dat ze ook daar niet zou willen wonen. Ze zou zich nooit thuisvoelen in zo'n deftige buurt. Ze was en bleef de eenvoudige Anneke Kruyt, dic van huis uit niets gewend was, of het moest armoede en ruzie en slaag zijn.

Toen ze aan de rand van het bewuste bungalowterrein een al wat ouder, maar oergezellig huis te koop zagen staan, was zij meteen verkocht. „Wat een schat van een huis, daar zou ik dolgraag willen wonen, Ad!" had ze gejubeld. Zo dichtbij het hotel, waar Ad zou werken: je kon het notabene vanuit de achtertuin zien, het was te mooi om waar te zijn. En het huis lag vrij en op een hoek en niet aan de drukke boulevardweg, maar aan een doodlopende weg, dat wil zeggen een weg die uitmondde in een voetpad, dat weer uitkwam aan de boulevard.

Het was Ad gelukt om het huis te kopen. Hoe het financieel geregeld was, daar verdiept ze zich maar liever niet in. Want ook met een hypotheek zal meneer Bergman wel weer hebben bijgesprongen. Enfin: ze zijn weer terug in hun geboortedorp, de familie waar ze zo verknocht aan is, kan ze net zo vaak zien als ze wil. Morgen met Pasen komen ze allemaal te gast, ze verheugt zich er nu al op, als... ja en dan is Anneke weer terug bij haar uitgangspunt: Deetje.

De babyfoon geeft nu zulke duidelijke protesten door van boven, dat Anneke met geweld haar gepieker opzij probeert te zetten. Boven in het kleine kinderkamertje recht tegenover hun eigen slaapkamer, opent ze de deur. Het blonde Marjoleintje zit al parmantig rechtop. Zodra ze haar moeder ziet, steekt ze haar mollige armpjes uit. „Mamma!"

„Dag m'n schat!" zegt Anneke innig, terwijl ze de banden van het trappellakentje losmaakt en vervolgens het kind uit het ledikantje tilt. Dicht neemt ze het kleine meisje tegen zich aan. Zó zijn Deetje en ik nooit geknuffeld, weet ze. Slaag konden we krijgen, als we huilden of voor de voeten liepen. Vooral Deetje had daar littekens aan over gehouden, omdat zij in tegenstelling tot Anneke, dwars tegen moeders drift inging. Littekens op haar lichaam en op haar ziel.

En weer, in een oer-instinkt om te beschermen, neemt ze het kind met alle liefde die in haar is, tegen haar hart en deelt het haar warmte mee, als in de maanden toen ze het nog bij zich droeg en het de levenssappen onttrok aan haar lichaam. „Altijd zal ik van je houden. nooit, nooit zal ik jou meer weg kunnen denken uit mijn leven!" fluistert ze hartstochtelijk. Maar met dat zij deze woorden verklankt, steekt al de pijn van het weten, dat dit de eeuwige kringloop is: verwachting, geboorte, verzorgen, opvoeden en weer loslaten, om het zijn eigen cirkel vol te laten maken. Pas nu ze zelf een kind heeft kan ze de pijn navoelen van Ads moeder. Moeder Marga, die lang voor zij haar schoondochter werd al als een moeder was voor de twee buurmeisjes.

„De helft van mijn koninkrijk als ik nu Marjoleintje mag zijn!"

„Jan-Willem!" Betrapt kijkt Anneke naar de lange, magere jongeman in het bruine kostuum, dat hem ouder maakt, dan hij is. Hij ziet ook bleek vindt Anneke. Maar zijn ogen fonke-

len haar door de brilleglazen ondeugend tegen, net als anders.
„Jan-Willem Bergman, wat doe jij hier zo maar op de middag? Waarom kun jij hotel Sonnenhaghe al in de steek laten en die man van mij Duynhaghe niet?" Jan-Willem proeft een ondertoon van verwijt achter Annekes woorden en die geldt niet hem.

„Ad zal het vandaag ook wel niet zo laat maken, meisje. Maar ja, er valt met de paasdagen zo vlak voor de deur nu eenmaal heel wat te regelen. In Duynhaghe veel meer dan bij mij. Kom, kijk niet zo verscheurend. Je dochter trekt al een lipje. Kom maar gauw bij je oom, hoor!"

„Eerst een schone luier"

Als dat werkje geklaard is, plukt Jan-Willem de blonde peuter zonder meer van de kommode en zet haar met een zwaai op zijn schouder. Zo brengt hij haar naar beneden, begeleid door bezorgde kreten van moeder Anneke.

„Nu thee, Ank! Een hele sloot graag, ik heb een dórst!"

„Als jij Marjoleintje bij je houdt. Kijk zelf maar waar je wilt zitten."

Terwijl Anneke naar de keuken loopt om thee te zetten, gaat Jan-Willem naar het achterste gedeelte van de half-cirkelvormige kamer. De vorige bewoners hebben van de serre en achterkamer al één geheel gemaakt en Ad heeft nog eens de laatste hindernis: een glazen wand van vloer tot aan plafond, die de voor- en achterkamer scheidde, laten ver-wijderen. Het resultaat is een living van formidabele af-metingen, maar zo smaakvol ingericht, dat het moeilijk te zeggen is, waar het 't aangenaamst toeven is. Jan-Willem installeert zich op het grappige tweezits bankje, drapeert één van de zalm-roze gebloemde kussens op zijn knieën en daar zet hij Marjoleintje op. „Zo, als er wat misgaat van onderen, dan is het alleen maar een kussenovertrek. De broekspijpen van een arme vrijgezel moeten worden ontzien, jongedame!"

Vergenoegd schurkt Jan-Willem zich in de stoel met de

hoge rug- en armleuningen. Licht, ruimte, sfeer, wat kan een mens meer verlangen? Hij denkt aan zijn vriend Ad, die dit alles bezit als een vanzelfsprekendheid. Of niet? Wat weet de ene mens van de diepste gedachten en gevoelens van de ander? Weet Ad bijvoorbeeld van die ellendige vragen, die onrust, die hem zelfs tijdens zijn werk door het hoofd spoken? Terwijl familie en vrienden plagend toespelingen maken op zijn vrijgezellestaat. Ze denken, dat het leven hem zo prima bevalt, terwijl zich in zijn hart al jaren iemand heeft genesteld. Zo hecht, dat alle nuchtere verstandsoverwegingen haar niet los hebben kunnen weken. Tot ze zichzelf losscheurde en losscheuren veroorzaakt nu eenmaal pijn. Met een moe gebaar veegt Jan-Willem het haar van zijn voorhoofd, waardoor het litteken bij zijn slaap duidelijk zichtbaar wordt. Anneke schrikt als ze hem zo triest ziet zitten. Ondanks het blonde Marjoleintje in zijn armen, hangt er een waas van eenzaamheid om hem heen. Jan-Willem heeft verdriet, weet Anneke. Zou het toch om Gon, Ads oudste zusje zijn? Gon, die nog altijd iedereen op een afstand houdt en sedert de breuk met Jur haar hart heeft afgegrendeld. Arme Jan-Willem. Hij verdient het zo om gelukkig te worden. Hij, die altijd voor iedereen klaarstaat, dreigt zelf eenzaam buitenspel te blijven.

„Nog wat van Deetje gehoord?" informeert Jan-Willem, als Marjoleintje, onder protest, in de box is neergeplant en zij samen theedrinken.

„Nee. Om je de waarheid te zeggen, zat ik juist over haar te piekeren. Het is toch te gek, dat we niet eens weten waar ze uithangt. Ze kan wel ziek zijn, of een ongeluk hebben gehad, of... en ik weet van niets. Ze is mijn enige zusje!"

„Tja!" Jan-Willem roert bedachtzaam in zijn glas. „Het is natuurlijk stikdruk aan de kust dit Paasweekeind, al is het weer dan slecht. Het is zoeken naar een speld in een hooiberg en wie weet houdt ze ons in de maling en is ze in Amsterdam, of nog dichterbij, in het Haagje en helemaal niet in een badhotel of een strandtent."

„Ik weet het niet. O, Jan-Willem, ik ben zo bang… En met Ad kan ik beter niet over Deetje praten, dat weet je. Die twee zijn water en vuur. Hij heeft haar vlak voor ze wegging nog ongezouten de waarheid gezegd. Ik zie haar nog in de richting van de Boulevardweg lopen: ze keek niet één keer naar ons om. Ik weet zeker, dat ze liep te huilen, hoewel Ad zegt, dat dat onzin is. Bij Deetje horen geen tranen. Dat denkt iedereen. Zelfs opa en oma, maar ik ken haar beter. Ze is naar buiten toe hard, om de mensen niet te laten merken, hoe het er van binnen met haar voorstaat. Deetje is niet echt slecht, ze heeft alleen alles tegengehad. Dat weet jij toch ook Jan-Willem?"

„Ik weet zo langzamerhand niet meer, wat ik van dat zusje van jou denken moet, Ank," zegt Jan-Willem eerlijk. „Ze had toch een goed stekje, daar in dat klompenhuisje. Ze had er een leventje als een prinses. Alles deden de oudjes voor haar. Maar toch gaf het botsingen en wrijvingen, tot ze het niet meer op konden brengen."

„Dat kwam ook omdat het met oma steeds minder werd. Ze waren echt toe aan een benedenhuisje. Toen viel Deetje weer in een gat en wij zaten ver weg, in Drenthe. Ik verwijt mezelf nog altijd, dat ik in die tijd, dat wij daar woonden, zo weinig naar haar hebben omgekeken."

„Toen jullie in december hier weer terugkwamen, had ze bij jullie kunnen komen. Dat wilde de dame ook niet."

„Nee, ik had het zo gehoopt. Maar Ad en zij… ik had kunnen weten, dat ze voor onze uitnodiging bedankte."

„'t Is ontzettend jammer, dat ze weer met dat buurtklupje heeft aangepapt. En die vent, die Jan Troost, die had ze helemaal links moeten laten liggen. Ik heb gezien hoe hij naar haar keek, met die loerende blik. Ik… als het niet om jou was, had ik me daar nooit laten zien, op dat beruchte winterfeest!" zegt Jan Willem heftig. „Het was er een dronkemanstroep.

Bah! En Deetje voelt zich daar als een vis in haar element. Ook dat heb ik met eigen ogen kunnen zien. Nee lieve meid, ik geloof, dat we dit maar beter onder ogen kunnen zien en ons er bij neerleggen, dat Deetje zelf deze manier van leven prefereert. Jij wilt haar anders, beter zien en ik begrijp dat ook best wel. Maar Ank: Deetje aardt naar jouw moeder, hoe hard en moeilijk te accepteren deze gedachte ook is." Anneke schudt koppig ontkennend haar hoofd. Maar verder argumenteren heeft geen zin, want Jan-Willem staat op. Bruusk.

„En je had zo'n dorst" klaagt Anneke. „Ik heb liters thee gezet."

„Ik moet nog even langs mijn ouwelui. En morgen kom ik toch al weer? Hoe laat verwacht je me, Ank?"

„We eten om half zeven. Maar de anderen komen allemaal tegen vijven. Dus als je ook wat eerder kunt..."

„Ik zie wel. Groetjes aan Ad!" Met een aai over Marjoleintjes blonde kopje vertrekt hij. Behalve over Deetje, piekert ze nu ook door op Jan-Willem. Ze kan nu eenmaal niet hebben dat de mensen waar ze van houdt, triest of verdrietig zijn. Of onbegrepen. Want dat iedereen, Jan-Willem incluis haar zusje verkeerd beoordeelt, staat voor Anneke onverwrikbaar vast.

„Het wonder beefde in de blinkend witte morgen: Pasen! De Heer is opgestaan. Hij leeft en houdt — verrezen — me in Zijn hand geborgen zodat de warmte van Zijn liefde mij omgeeft" zegt Ad van Rhyn als tafelgebed. Het blijft even stil, om dit wonder van Pasen op zich in te laten werken. Marjoleintje, die er niets van begrijpt, slingert haar popje over de tafel, die Anneke met zoveel zorg heeft gedekt. Teer blauwe tinten, sieren het lichtblauwe tafelkleed. Hier en daar brandt een ei-kaars, ook al in dezelfde kleur. Jeanètje, Ads jongste zusje, had haar geholpen. Toen het klaar was had ze met haar bekende enthousiasme gejubeld: „Wat een dot van een tafel, Ank. Te mooi om daar straks vuile schalen en borden tussen te zetten. Die piepkleine biedermeiertjes zijn schattig geworden hè?"

„Stouterd!" beknort Anneke haar dochter. Maar natuurlijk heeft oma Marga die naast haar kleindochter zit, allang de schade hersteld en vóór Marjoleintje het op een huilen kan zetten om moeders boze gezicht, stopt ze maar vlug een dobbelsteentje brood in het kleine mondje.

Marjoleintje heeft tussen de middag net als anders, al een groenteprakje gegeten en mag nu opblijven, tot ze slaap krijgt. Allemaal vanwege het feestelijke diner, waar Ads hele familie bij aanwezig is. En natuurlijk vallen nu extra de lege plaatsen op: die van Cor van Rhyn, de vader van Ad, Gon, Kees en Jeanetje. Daarom moet Anneke, die zelf haar moeder en zusje ook extra mist vandaag, moeder Marga eens extra warm tocknikkcn.

Toch wordt het een fijne maaltijd, waar Anneke zelf maar weinig aan heeft gedaan. De heerlijke gerechten komen uit de keuken van Duynhaghe en Ads knappe donkere gezicht straalt, als iedereen die om strijd prijst.

Pasen... een feest van blijdschap en ook van droefenis. Van dood en leven, van vluchtende schaduwen...

Maar de plaats van Jan-Willem is nog steeds onbezet en niemand weet wat de oorzaak is van zijn uitblijven.

„Ik vermoed, dat Zeehaghe een beroep op hem heeft gedaan," oreert Ad, „ik zou geen andere reden kunnen bedenken, voor Jan-Willems uitblijven. Jullie weten, hoe gebrand hij is op zo'n gezellig etentje in familiekring."

HOOFDSTUK 9

Met kleurtjes van het haasten staat de oudste van de zusters Boot bij het tafeltje van Jola van Leeuwen. „Gewone recept?" vraagt Mien, de pen gereed om de bestelling op te nemen. Jola knikt. „Ja. Of nee, vanmorgen maar geen soesje. Ik neem er straks een paar mee. Voor vanavond bij de koffie." „Heeft u logé's met Pasen?" „Zoiets. Ja! En ik kan er nog steeds niet aan wennen, dat m'n vriendin er niet meer is." „Ja, ik moet er niet aan denken dat Milly…" „Nee, je raakt zo op elkaar ingespeeld. En nu ik niet meer werk is het helemaal zo stil. Maar over stilte hebben jullie niet te klagen. Wat is het druk vanmorgen, niet?" Mientje knikt. „Ja, maar ik probeer toch tijd te vinden voor een praatje. Dat stellen de mensen altijd op prijs. Maar eigenlijk kunnen we het niet af, Mil en ik en nu hebben we m'n zwager en de kinderen ook nog te verzorgen. Onze zuster Fré, is een weekje op zakenreis.

„Jullie zouden een flinke hulp moeten nemen!" stuurt Jola het gesprek in de geplande richting.

„Daar kijken we naar uit. Maar het valt niet mee, om een betrouwbaar, ijverig en vooral een keurig meisje te vinden. We hebben nu eenmaal een reputatie van degelijk, gezellig en goed…" zegt Mientje met gepaste trots.

„Ja, je ziet hier niet voor niets altijd zoveel bekende gezichten! A propos: ik weet een meisje dat naar zoiets als hier op zoek is. Wil ik haar eens langssturen?"

Mientje Boot krijgt opeens haast. Het praatje is uitgelopen en er wachten nog meer mensen. Feitelijk moet ze hierover eerst met haar zuster praten, zij is degene die gewoonlijk de beslissingen neemt. Nu zegt ze — juffrouw van Leeuwen is niet de eerste de beste, die recommandeert maar niet zó iemand aan — „laat haar dinsdagmorgen maar even komen. Dan hebben Milly en ik wel even rustig de tijd om met haar te praten."

Mientje dribbelt naar het volgende tafeltje en Jola van Leeuwen diept de krant op uit haar tas en vouwt die open. Eerst de overlijdensberichten... Al voelt ze zich een zelfstandige geëmancipeerde vrouw, toch betrapt ze zich erop, dat er ook in haar van die traditionele trekjes huizen, die moeilijk zijn uit te roeien. Zoals zij de krant spelt: eerst de familieberichten, daarna het plaatselijke nieuws en tenslotte het wereldnieuws, zó deed haar vader dat vóór haar. Het plaatselijke nieuws maakt melding van „een brutale roofoverval op de plaatsgenoot de heer H. Hoet. De bejaarde, alleenwonende man werd met een hevig bloedende hoofdwond overgebracht naar het Beatrixziekenhuis. Hij kon nog niet worden gehoord over het gebeurde. Vermoed wordt, dat een aanzienlijk geldbedrag is buitgemaakt. Naast de man werd een leeg geldkistje aangetroffen..." Voorts worden getuigen opgeroepen, die iets hebben gehoord of gezien bij het pand aan de Torenstraat...

Jola vouwt de krant dicht, omdat Mientje Boot de koffie voor haar op het tafeltje zet. „Han Hoet, ons vissertje" denkt ze, „wat een wereld toch, waar de ene mens de ander zonder enige scrupules neerslaat, allemaal om dat smerige geld!" Een verslaafde? Iemand met schulden? Eén die te beroerd is om z'n handen uit de mouwen te steken, onder het motto: Waarom moeilijk doen als het makkelijk kan?

Mientje, met een blik op de krant, zegt met verontwaardigde stem: „heeft u het gelezen van Hoet? Neergeslagen! Nou, ik zeg tegen Milly, dat kon dat kind weleens zijn, die wij van de straat hebben gevist. Die met die rooie, geverfde haardos. Naderhand dachten we dat het gewoon een list van haar was, om hier binnen te dringen. Milly vertrouwde het meteen al niet. Maar Han Hoet, die sukkel heeft haar in huis genomen.

73

Dat vertelde een klant afgelopen week. Ze woont ook in de Torenstraat. Natuurlijk heeft Hoet dat grietje verteld waar hij zijn geld bewaarde. Die man is zo naïef als een pasgeboren baby zegt Milly. En nu is dat meisje spoorloos, nou dat geeft toch te denken, nietwaar?"

Het is alsof Mientje een emmer ijskoud water over Jola's rug omkeert.

Ze zou het liefst haar kopje in één teug leegdrinken en weggaan. Maar Mientje Boot zou dat ondanks de drukte opvallen en anders haar bijdehandte zuster Milly wel. Daarom beperkt Jola zich tot adhesie betuigen in de vorm van meewarig kijken en instemmend knikken. „Zo, ja... net wat u zegt..." Ze rekent meteen af. „Dan hoef ik niet nodeloos te wachten. En het bespaart u een extra loopje."

„Drinkt u geen tweede kopje? U weet: die is gratis!"

„Vanmorgen niet. Ik heb nog het één en ander te doen."

„In verband met uw logé," knikt Mientje, „of is 't een blijvertje? „Komt ze in de plaats van uw vriendin?"

„Nee!" zegt Jola kortaf.

Mientje dribbelt haastig weg. Toch een beetje vreemd mens die lerares. Komt zeker dat ze in de VUT zit en weinig omhanden heeft. Mist haar vriendin natuurlijk ook. Ja, daar is in het dorp over die twee altijd geroddeld. Nou enfin, nu haar hoofd bij het volgende tafeltje. Milly en zij zijn nog lang niet aan de VUT toe. Met een eigen zaak kun je er zo maar geen punt achterzetten en ze zou het trouwens niet kunnen ook. Bezig zijn, dat is wat een mens nodig heeft. Anders raak je maar aan het piekeren of je wordt humeurig, zoals juffrouw van Leeuwen!...

Jola staat al gauw op. Het afwerken van haar boodschappenlijst neemt heel wat meer tijd in beslag dan ze gepland heeft. Maar ja, de dag voor Pasen en bovendien is het overvol aan de kust, dus ook in hun dorp. In de supermarkt staan lange rijen mensen met hun boodschappenkarretje voor de

74

kassa's te wachten. Maar er is tenminste voldoende, filoso-
feert Jola. In tegenstelling tot de voormalige oostbloklanden.
Het afgelopen jaar heeft ze zich samen met Selma ingezet
voor kledingtransporten naar Polen en Roemenië. Tot Selma
die hersenbloeding kreeg en in het ziekenhuis terecht kwam,
waar ze na vier dagen overleed.

Dwarsdoor haar gepieker over Selma, terwijl Jola's handen
vlug en doelbewust de artikelen van de schappen in het
boodschappenwagentje toveren, is er de gedachte aan het
meisje. En tóch, denkt ze koppig als ze met haar handige tas
op wieltjes — laatste verjaardagskado van Selma —, terug-
loopt naar huis, tóch wil ik er niet aan, dat ik me zo in dat
kind heb vergist. Vanaf het moment dat ze in dat VVV-
kantoor tegen me op botste, zag ik iets in haar. Mogelijk-
heden, tja en ook herkende ik iets van mezelf in haar. Dat
strijdbare, dat onvervaarde kijken... het was of ik mezelf
terugzag als meisje van twintig. Maar ze is me wel een ver-
klaring schuldig. Plus de nodige achtergrondinformatie. Het
is niet meer dan billijk dat ik weet, in wie ik mijn tanden zet.
Want na het vertrek van de zachtaardige doch flegmatische
Selma, die altijd weer een beroep deed op haar eigen kordaat-
heid en doortastendheid, is er een leemte, die opgevuld moet
worden. Al zal ze bij dat brutaaltje alle registers open moeten
trekken, vreest Jola.

Pas tegen zessen lukt het Jola verbinding te krijgen, na het
draaien van het geheimzinnige telefoonnummer.

Maar het is wel op een allerongelukkigst moment: terwijl
een diepe mannenstem zich meldt, staat Deetje Kruyt plotseling in de kamer. „Ik ben maar achterom gegaan, ik zag door
het raam dat u telefoneerde," zegt Deetje en loopt meteen
door naar de gang.

„U spreekt met mevrouw van Leeuwen. U kent mij niet,
nee... ik bel u over..." Jola schermt met haar hand de micro-

foon af en kijkt schichtig over haar schouder. De gangdeur staat aan, net wat ze dacht. „Over Deetje Kruyt" ademt ze dan gejaagd. Maar vóór ze verder iets zeggen kan, is Deetje terug. Met ogen, die vuursproeien en die ondanks het benarde moment zóveel temperament exploderen, dat Jola haar adem inhoudt. „Ik bel u nog wel terug!" maakt ze uiterlijk kalm een eind aan het nog niet begonnen gesprek.

„U spioneert. Wie belde u? Mijn zusje, of...?"

Jola besluit open kaart te spelen. „Dit vond ik in jouw jaszak. ik moest wel, want je wilde me niets over je achtergrond vertellen. Wat ik deed, is niet fair, maar wat jij deed ook niet, dus zijn we quitte."

Deetje knikt. Haar woede zakt enkele graden. De uitdrukking van haar donkerblauwe ogen wisselt gedurig. Jola wacht zwijgend af.

„Goed," geeft Deetje zich dan gewonnen. „Ik zal u wat meer over mezelf vertellen, als ik dat papiertje terug mag. Dat was nu net de laatste die u mocht bellen over mij. Dat zult u straks met mij eens zijn."

„Wij gaan eerst samen een bakje doen. Je ziet eruit, alsof je daar wel aan toe bent. Daarna gaan we eten en daarna is er alle tijd om te praten."

Deetje is dankbaar met dit kleine uitstel. Ze is inderdaad bekaf van het gezwerf. Eerst langs strandtenten en later door de winkelstraten. In een snackbar had ze wat gegeten en toen die hele middag... Ze had steeds aan Anneke moeten denken en een paar keer op het punt gestaan op te bellen. Maar de gedachte aan zwager Ad had haar steeds weer tegengehouden. Die akelige vent was er de oorzaak van, dat zij er ginds de brui aan had gegeven om in een onbekend dorp helemaal opnieuw te beginnen. Ik zal jou en Jan-Willem laten zien, dat er nog een andere Deetje is. Eén die niemand kent. Wacht maar! had ze steeds gedacht. Nu, terwijl dit motief zich met kracht her-manifesteert binnenin haar, voelt ze ongekende of moet ze zeggen langvergeten kracht en strijdbaarheid door haar lichaam stromen. Ze is jong, nog geen twintig... ze hoeft niet te berusten in het parasiterende leventje dat ze sinds haar Mavo-tijd heeft geleid. Haar zwager Ad van Rhyn, hun vroegere buurjongen, is er een levensgroot bewijs van, dat iemand zich kan ontworstelen aan zaken waar hij door omstandigheden in terecht is gekomen. Maar dat vereist een zak vol doorzettingsvermogen plus de wil om aan te pakken. Moeder heeft haar nooit gestimuleerd. Integendeel: ze liep er zelf de kantjes af in het leven.

Ook de lui uit de buurt waaronder Jan Troost, lachten haar vierkant uit als ze het had over haar behalen van één of ander diploma. ,,Uitsloverij. Zoek gewoon wat los-vast werk om aan je natje en droogje te komen en anders houd je gewoon je handje op, net als wij..."

Jola schuift een bordje met een dik beboterde plak koek naar haar toe. ,,Eigenlijk niet goed zo vlak voor het eten, maar je ziet eruit, of je sinds vanmorgen niets meer gegeten hebt."

,,Niet veel," geeft Deetje toe. ,,Een broodje kaas en een glas melk. Ik heb nog niet veel zin aan eten."

,,Je ziet eruit of je ziek geweest bent," tast Jola voorzichtig. ,,Is ook zo. Toen ik een week geleden hier in het dorp kwam, voelde ik me zo ziek als een hond. Eén of andere buikgriep, vermoed ik. Ik heb al verteld, dat die ouwe dames mij van de straat hebben geplukt, toen ik van m'n stokje was gegaan. Maar vóór die tijd had ik al een andere ontmoeting met iemand uit dit dorp..."

,,Eerst je koffie en je koek. Of heb je liever een beschuitje?" Deetje schudt haar blonde manen.

Jola kijkt toe hoe het meisje de hete koffie met kleine teugjes naar binnen werkt en daarna het sneetje koek. Als dat verdwenen is, vertelt Deetje. Zonder terughouding, zoals ze zich al eerder tegenover Han Hoet heeft uitgesproken.

,,Allereerst je zuster bellen!" is Jola's primaire reaktie op de trieste biecht van het meisje. „Daarna gaan we verder orde op zaken stellen!"

Er wordt echter niet opgenomen bij Ad en Anneke. „Morgen nog maar eens proberen," zegt Deetje, onverschillig haar schouders ophalend. Dan zijn ze in ieder geval thuis. De hele kluit zit dan bij hen vanwege Pasen. Ik was ook uitgenodigd. Nee merci, niks voor mij."

HOOFDSTUK 10

In een gewoontegebaar strekt Jan-Willem Bergman zijn hand uit en drukt vervolgens de alarmtoets van de wekkerradio in. Muziek is niet bij machte gebleken om hem zijn bed uit te krijgen. Alleen het irritant-opgewekte doch aanhoudende deuntje van het alarm. „Miserabel onding!" gromt hij. Hij laat zich terugzakken en schurkt zich behaaglijk in de kussens. Maar dan doorschokt hem een naam: Deetje! En ineens is er weer de onrust die met hem gesluimerd heeft en nu met hem ontwaakt. Het vreemde telefoontje van de vorige dag! Een vrouwenstem die zich meldde als mevrouw...? Hij weet het niet meer. De naam was niet te verstaan, het leek wel of de vrouw de hoorn een eind van zich afhield of deze had afgeschermd. Het enige dat hij opving was de naam van een badplaats, noordelijker gelegen. Plus de naam van Annekes zusje: Deetje. Het is niet veel en tegelijk is het een heleboel. Tenslotte weet hij nu waar dat stukje dynamiet zich verstopt heeft. Met de belofte terug te bellen had de onbekende de verbinding verbroken. De hele avond heeft hij in de buurt van de telefoon zitten wachten, maar wie er ook belde, niet de bewuste dame. En met ieder uur groeide de onrust om Deetje. Nu op de vroege morgen van de eerste Paasdag, drijft deze hem zijn bed uit en naar de badkamer, waar hij snel een douche neemt. Daarna scheert hij zich en steekt zich in hetzelfde tempo in één van zijn vlotte kombinaties. Niet het bruine kostuum, hij grinnikt even. Het pak, waar Anneke zo'n gloeiende hekel aan heeft. „Je lijkt er wel dertig in," pleegt ze altijd te zeggen, als ze hem daarin ziet. Alsof hij ver van die eerbiedwaardige leeftijd verwijderd is! Even trekt er iets om zijn mond. Een gezellig huis, dat tegelijk een warm thuis is, een lieve vrouw, een hummeltje zoals Marjoleintje... Ze zien langzamerhand in Jan-Willem Bergman de verstokte vrijgezel. Niemand weet van de hunkering, die méégroeide met Jeanètje. Hoe intens heeft hij Jeanètje gadegeslagen in haar groei van kind naar teener. Een jaar of negen was ze toen hij haar voor het eerst zag in dat kleine vissershuisje aan de Schuitenweg. Hij vergeet het nooit. Ze zat onder de tafel met haar poppen te spelen, samen met Gon, haar oudere zusje. Jeanètje... een schat van een kind. Een ontwapenend lief meisje nu van negentien. Met nog altijd iets argeloos in haar grijs-blauwe droomogen. Als kind al hing ze aan hem, net als aan haar oudste broer Ad. Ze vertrouwde hem haar kleine meisjes-problemen toe en later was er ook een grote vertrouwelijkheid. Totdat... ja, wanneer is het precies veranderd tussen hen? Jan-Willem loost een diepe zucht. Hij weet, dat hij zelf de oorzaak is van de vervreemding. Jeanèt — Jeanètje wil ze sinds ze werkt niet meer genoemd worden — heeft feilloos aangevoeld, dat zijn houding ten opzichte van haar is veranderd. En weer gloeit dezelfde naam in felle letters aan: DEETJE. Hij kan haar niet meer uit zijn hart en zinnen bannen. Al zijn verstand en gevoel finaal met elkaar uit de pas. Al weet hij, heeft hij met eigen ogen gezien tijdens dat beruchte midwinterfeest, dat Deetje geen vrouw is om op te bouwen. Dat zij in de verste verte niet de vrouw is, die hij naast zich zou willen zien in hotel Sonnenhaghe. Ze zou er detoneren. Niet passen, al verschilt de sfeer van Sonnenhaghe nog zo met die van de andere sleutelhotels. Deetje... Ze gedroeg zich schaamteloos die avond. Hij heeft toch gezien, hoe ze aanvankelijk afwijzend, naderhand, toen ze zag hoe hij op haar lette, maar al te grif inging op de aanhaligheden van die afschuwelijke in leer gestoken Jan Troost? Naderhand hoorde hij, dat Troost bij haar in dat krot was getrokken. „Jan-Willem Bergman" zo heeft hij zichzelf die avond bezworen, „Deetje Kruyt moét je vergeten. Dat moet. Uit! Ze is geen Anneke, die bezit een innerlijke beschaving en een schat aan liefde. Die past wonderwel bij Ad, al zal zij nooit een representatieve funktie naast Ad in het hotel ambiëren. Daar is Anneke nu eenmaal te verlegen en te weinig door-kneed in het vak voor." En toch kan hij het uitdagend mooie lijf van Deetje niet vergeten. Het lijkt alsof haar beeld in hem gebrand is. Terwijl dat van Jeanètje, dat hij jarenlang gekoes-terd heeft, als een zoet geheim bewaard diep weggestopt in zijn hart, verbleekt. Hoe is het mogelijk! Slappeling die hij is. Hij verwenst zichzelf om zijn dubieuze gevoelens, die won-derlijk veel lijken op het hinken op twee gedachten, dat hij eens zo scherp en meedogenloos afkeurde in zijn vriend Ad. Hij had hem de les gelezen. Heel zwart-wit. Huichelaar die hij is. Nu hij in zich eenzelfde tweespalt ontdekt, walgt hij bij tijden van zichzelf. Temeer, omdat niemand hier weet van heeft. Iedereen beziet hem als de sympathieke, behulpzame Jan-Willem. Die altijd voor iedereen klaarstaat. Die zelfs nu met evenveel aandacht en betrokkenheid luistert naar Gon en Jeanètje en naar hun moeder Marga, die nog altijd veel waar-de hecht aan zijn oordeel en raad. Zoals ze dat heeft gedaan vanaf de tijd, dat ze als weduwe met vier kinderen achterbleef in behoeftige omstandigheden. Hij heeft het verdriet in Gons donkere ogen stil-aan zien verdwijnen, het verdriet om het afgesprongen huwelijk met Jur. Om het plaats te zien maken voor iets anders... verwachting? Hij ijst als hij eraan denkt dat hij er de oorzaak van zal zijn, als daar opnieuw pijn te lezen zal zijn in die donkere ogen. Dat het pittige gezichtje van

Gon weer dat stroef-hooghartige krijgt, dat nu juist bezig is te verdwijnen.

Weer zucht Jan-Willem hartgrondig. Dat het leven zó ingewikkeld zijn kan!

Terwijl hij over de snelweg richting Haarlem rijdt, bedenkt hij na een blik op het dashboardklokje, dat hij anders om deze tijd in de kerk had gezeten, om de Paasdienst mee te maken. Samen met mevrouw van Rhyn en Jeanètje. Zoals hij, als hij even kan, op zondag nogal eens doet. Op dit moment zullen ze vast naar hem uitkijken. Maar hij moét weten, wat er met Deetje is. Hij kan niet bij Ad en Anneke aan tafel zitten vanavond en net doen, alsof dat telefoontje er niet is geweest. Vooral niet omdat hij weet, hoe Anneke en haar grootouders over Deetje in zorg zitten.

Binnen twintig minuten bereikt Jan-Willem de badplaats, die de vrouw gisteren noemde. Maar wat nu? Hoe vind je iemand, als je niet weet waar je zoeken moet? Jan-Willem kijkt op zijn horloge. Net tien uur. Hm... Hij parkeert zijn auto op een kleine parkeerplaats, bovenop een duin. Zwijgend staat hij daar en kijkt naar het strand, beneden hem. Net als in hun kustdorp, hebben de stormen van de afgelopen winter duidelijk sporen van kustafslag achtergelaten. Weggeslagen duin is opnieuw opgehoogd en ingeplant met helmgras. Er is geen plant die beter geschikt is om het zand aan de zeezijde vast te houden, weet Jan-Willem. Hij weet ook, hoe hier de afgelopen maand en ook de komende nog gezwoegd is en wordt om de ergste schade te herstellen. Vóór het legioen badgasten de kust overspoelt... Op het strand is nog maar een enkele wandelaar. Tegen de middag zal het wel drukker worden. Niet alleen de sleutelhotels, bijna alle hotels aan de kust zitten vol dit Paasweekeind. Zijn gedachten dwalen af naar Sonnenhaghe, „zijn" hotel, waarvoor hij zich met hart en ziel inzet. Ook in het Boulevardhotel is hij steeds vaker, nu de gezondheid van zijn vader al meer te wensen overlaat.

81

Jan-Willem vermoedt, dat hij nog altijd piekert over die oude geschiedenis. Over het kind, verwekt tijdens een vluchtig avontuur. Doris, zijn vrouw heeft het indertijd met het bekende „là-là" gebaar van haar slanke hand afgedaan. „Iedere maand een giro, vanzelf. Maar verder niet meer aan denken. Over zoiets maak je je in de negentiger jaren toch niet meer druk?" Jarenlang heeft vader voor zijn zoon Jan-Willem en zijn dochter Margaret verzwegen, dat ze een half-zusje hadden ergens in Drenthe. Tot hij hen zelf op haar spoor zette, door Ad en Anneke aan te bevelen als pachters van het Ruyterhuys, waar hun half-zusje met haar ouders woonde...

Jan-Willem verliest zich zó in die enerverende tocht naar Drenthe, nog geen jaar geleden, dat hij voor even vergeet, waarom hij hier staat. Toen was het om het oude zeer dat een belemmering vormde voor het geluk en de toekomst van zijn halfzusje Scylla uit de weg te ruimen. Het bezoek aan het ziekenhuis, waar Scylla's moeder lag, staat voorgoed in zijn geheugen gegrift. Daarna had hij Scylla's stiefvader opgezocht in het koetshuis, in de schaduw van het schitterende Ruyterhuys. Scylla heeft het geluk gevonden bij Roel, de zoon uit het eerste huwelijk van haar stiefvader.

Jan-Willem staart nog altijd naar de vloedlijn, waar grote slierten schuim liggen, uitgespuwd door de zee. Hij ziet een paar trimmers, in joggingpak, fel blauw en paars, die snel kleiner worden. Dichterbij, waar de strandpaviljoens beginnen is het iets drukker al. Daar loopt een jonge man met een klein joch op zijn schouders. Voor hem uit gaat een meisje, in bloemetjesrok. Zijn vrouw? Jan-Willem doet een stap dichter naar het tussen palen gespannen prikkeldraad. Dat... dat lijkt Anneke wel, daar beneden. Maar dat kan toch niet? Anneke is thuis met Marjoleintje. Of misschien is ze samen met Ad naar de kerk om de Paasdienst bij te wonen. Maar toch... dat blonde haar... die rok, die hij meent te herkennen. En dan ineens, weet hij het: het is Deetje, die daar gaat. Alleen niet meer met dat moderne roodbruine kapsel, dat haar overigens bijzonder goed stond. Maar nu weer net zo blond als Anneke. Jan-Willem bedenkt zich geen ogenblik. Dit is een geweldige boffer, waar hij nooit op had durven rekenen. Hij stond hier om zich te beraden, hoe hij Deetje vinden kon. Het is immers zoeken naar een speld in een hooiberg? En daar wordt ze hem als het ware op een presenteerblaadje aangeboden. Hij heeft echter een groot nadeel: hij zal een omweg moeten maken: het mulle zandpad, tussen het prikkeldraad, dat de scheiding vormt tussen zeereep en duinenrij. Pas een paar honderd meter verderop is een strandafgang. Als hij die heeft bereikt en bovenaan de trap speurend zijn ogen naar rechts en links laat gaan, ontdekt hij geen glimp meer van het blonde meisje. Ontnuchterend daalt hij af en begint zijn speurtocht bij het strandpaviljoen, waar de man met het kind juist binnengaan. Van het meisje geen enkel spoor. Het versterkt nog Jan-Willems idee, dat het inderdaad Deetje was, die hij zag lopen. Heeft ze naar boven gekeken en hem daar misschien zien staan? Het is best mogelijk. Het verdere van de dag besteedt hij aan de opsporing van „wilde Deetje" zoals Ad haar pleegt te noemen. Zonder resultaat overigens. Het loopt al naar half zes als hij, behoorlijk aangeslagen de deur van zijn flat openmaakt. Eenmaal in de woonkamer smijt hij zijn jas in een hoek, schenkt zich een drankje in en laat zich op het tweezitsbankje vallen. Ongegeneerd languit, zijn voeten over de zijkant bungelend. Weg! De hele zondag voor niets achter die wegloopster aangejaagd. En al had hij haar gevonden, dan zou het resultaat toch povertjes zijn geweest, weet hij. Deetje heeft eigenhandig alle kontakt verbroken. Madam wil rust! Egoïstisch krengetje. Staat er geen moment bij stil, dat haar rust ten koste gaat van de gemoedsrust van anderen.

Jan-Willem drinkt zijn glas leeg en daarna schenkt hij zich nog eens in en nog eens. Bek-af als hij is, schopt hij daarna de schoenen van zijn voeten en valt als een blok in slaap.

Het aanhoudende gerinkel van de telefoon wekt Jan-Willem een uur later. Verwilderd kijkt hij op zijn horloge. Zeven uur notabene. Maar dat betekent... Lieve help: het diner bij Ad en Anneke! Schiet hij daar even een bok! De hele familie Rhyn zit op hem te wachten natuurlijk.

Als hij de haak van het toestel neemt, wordt aan de andere kant net opgelegd. Jan-Willem is er vrijwel zeker van, dat Ad heeft gebeld. Terugbellen? Nee, hij kan beter zorgen, zo gauw mogelijk de lege plaats aan tafel te bezetten. Snel doucht hij zich, om de sporen van zijn uiltjeknappen uit te wissen en daarna kleedt hij zich in een splinternieuwe kombinatie, waarvan hij hoopt, dat die de vrouwelijke kritiek kan doorstaan. Hij is daar best wel gerust op, want zijn zusje Margaret heeft hem geadviseerd bij de aankoop. En op haar smaak en gevoel om kleding te kombineren durft hij zich wel te verlaten. Daarbij deed ze het met kennelijk plezier. Hij merkte, dat ze het leuk vond, dat hij haar hulp had ingeroepen. Na haar scheiding heeft Margaret geruime tijd weer in villa „De drie sleutels" gewoond. Het huis van haar ouders staat in Klein Zwitserland, een villawijk tussen het kustdorp en de nabijgelegen stad. Maar kort na hem heeft ze een aardige benedenflat betrokken. Ze komt geregeld bij hem binnenwippen en zo is er het laatste half jaar meer band tussen broer en zus dan er in al de jaren thuis ooit geweest is. Margaret schijnt het best te redden. Ze is veel in de sleutelhotels te vinden, net als mama Doris en daarnaast tennist ze, rijdt paard, jogt of winkelt met één van de vele vriendinnen. „Aan een man begin ik nooit van m'n leven meer!" beweert ze steevast, als iemand hier een balletje over op gooit. „Vrijheid, blijheid, wat jij, Jéwé" zegt ze vaak op samenzweerderstoon. „Je moest eens weten, zusjelief."

Natuurlijk zijn alle ogen op hem gericht, als hij op de enige onbezette stoel gaat zitten.

„Waar zat je? We hebben een paar keer naar je flat gebeld.

Was je in het hotel?" En nog meer vragen worden op hem afgevuurd.

Jan-Willem stopt de vingers in zijn oren. „Sorry, Ank, sorry allemaal. 'k Was gek moe. Ik ben in slaap gevallen en door jullie belletje gewekt."

„Voor straf krijg je alleen ijs!" roept Jeanètje verontwaardigd. „Ouwe vent! Slapen op klaarlichte dag. Dat doet moeder nog niet eens!"

Jan-Willem lacht, maar het gaat niet van harte. Ouwe vent, ja, dat is hij natuurlijk in Jeanètjes ogen. Ook in die van Deetje soms? Hij kijkt in de ogen van Gon, die recht tegenover hem zit. Uit die donkere poeltjes spat de spot. Heks die ze is! Heeft ze zijn gedachten soms gelezen?

Anneke is allang blij dat hij er is. „Wat heb je een leuk jasje aan. Nieuw?" vraagt ze, voor ze naar de keuken gaat, om soep voor de verlate gast.

„Gelukkig, toch één die het ziet. Ja, dit heb ik speciaal voor het diner aangeschaft. Maggie heeft me geadviseerd."

„Dat is jouw zuster wel toevertrouwd!" knikt Ad. Moeder Marga, die altijd nog onderstromingen vreest, zodra de naam van Ads vroegere verloofde ter sprake komt, leidt prompt de aandacht af, door naar Marjoleintje te wijzen. „O, stoutertje, jij hebt gauw de gelegenheid waargenomen. Kijk eens, pappa!" Ad dept met servetten het straaltje yoghurt, dat langs de rand van de kinderstoel naar beneden dreigt te druppelen. „Klein viespeukje!" bestraft hij. Maar de manier waarop hij zijn gezicht tegen het blonde kopje legt, logenstraft zijn woorden. Het kind grijpt naar zijn snor en schatert het uit, wanneer hij dat toelaat. „Au, harteloze dochter!"

„Doe je ook met zo'n Kneef!" bromt zijn broer Kees. „Zo'n wurm zou zich nog openhalen aan zo'n schoeneborstel."

„Hij heeft z'n baard al voor haar geofferd. Al was Anneke daar nog zo tegen!" treitert Jan-Willem. „Of niet Ank?"

85

Anneke zet een dampend bord voor hem neer. „Alsjeblieft warm opeten en niet zulke intieme vragen stellen, jongetje."
„Dat noemt ze intiem!" protesteert hij verongelijkt. Als hij zijn soep op heeft, zijn de anderen net klaar met hun sorbet. „Ik heb echt geen trek meer. Alleen nog ijs, Ank" zegt hij smekend.
„Toe maar," moppert Anneke, „je bent al net een aangeklede wandelstok. Je moet beter voor jezelf zorgen, Jan-Willem. Je bent helemaal geen reklame voor je hotel, zó."
Jan-Willem lacht bulderend. „Als het aan jou lag, stapelde je iedere dag mijn bord vol, waar of niet Ank?"
„Ik heb het al een paar keer aangeboden. Ad ook, maar jij moet zo nodig alleen zitten kniezen!"
„Je houdt er antieke ideeën op na, schone zus!" bromt Kees. „Waarom zou een vent van tegen de dertig niet voor zichzelf kunnen zorgen? Jij wilt iedereen in hetzelfde geijkte straatje manoeuvreren: huisje, boompje, kindje…"
„Je vergeet het mannetje!" spot Ad. „Je hebt een halve ijswafel aan je mond hangen, brother! Maar voor de rest heb je gelijk: Anneke is nog van het ouderwetse stempel. Die doet niets liever dan theetje drinken en kindje wiegen!"
„Flauw!" Annekes zachte gezichtje betrekt. Ze weet dat Ads woorden niet alleen als plagerijtje bedoeld zijn. Hij heeft sinds ze hier wonen al vaker een dergelijke toespeling gemaakt. Maar ze vindt het nog steeds heerlijk om thuis te zijn en van haar kleine dochter te genieten. In Drenthe waren ze van 's morgens vroeg tot 's avonds laat aan het draven. Toen was het altijd: „Wacht maar, straks krijg je een zee van tijd. Dan kun je van Marjoleintje genieten zoveel je wilt." Typisch Ad. Als hij het één heeft, verlangt hij weer naar wat anders. Ze weet, dat hij Margaret geregeld ontmoet. De mooie, gedistingeerde Margaret Bergman, die wel haar verplichtingen na komt in het Boulevard hotel. Die ook van tijd tot tijd háár plaats inneemt, als er in Duynhaghe gastvrouwelijke verplichtingen te verrichten zijn.

Jan-Willem kijkt naar het betrokken gezicht van Anneke. Hij weet wel ongeveer waar de schoen wringt. Hij weet ook, dat het voor alles beter zou zijn, als Anneke zich wat meer liet zien in het hotel, waar haar man de scepter zwaait. Bij gelegenheid zal hij haar dat toch eens zeggen. Het is heel begrijpelijk, dat ze eerst moest acclimatiseren en met volle teugen genieten wilde van haar moederschap. Dat is er in Drenthe echt bij in geschoten. Maar hele dagen hier alleen met Marjoleintje. Oma Marga snakt er immers naar om een paar morgens of middagen op te passen?

„Zullen we in de serre koffie drinken lui?" stelt Ad voor, als ze de tafel opheffen.

„Mag ik Marjoleintje naar bed brengen?" bedelt Jeanètje.

„Graag. Roep maar als je zover bent. Dan kom ik haar nog een kusje brengen." Samen met Gon ruimt Anneke af. In de keuken zetten ze de vuile vaat in de vaatwasmachine. „Zo, dat vinden we morgen wel weer!"

„Nog steeds niets van Dé gehoord?" informeert Gon, terwijl ze het koffieapparaat vult. „Ze kan toch wel nagaan, dat jij je dodelijk ongerust maakt?"

„Misschien belt ze vanavond nog," zegt Anneke hoopvol. „Of anders morgen. Ik had Deetje immers ook uitgenodigd met Pasen?"

Anneke krijgt gelijk. Als ze gezellig met elkaar aan de koffie zitten, komt eindelijk het telefoontje, waar ze al zo lang naar heeft uitgezien. Ad, die het aanneemt, wenkt zijn vrouw om te komen. „Je zuster," kondigt hij lakoniek aan.

„Deetje, waar zit je? Hoe is het met je?" Anneke is bijna in tranen. Maar de opgewekte stem van Deetje kalmeert al gauw. "Ik heb een keurige kamer, bij een keurige dame. Een lerares in de VUT nog wel. 'k Heb een stevige griep gehad, maar ik ben weer helemaal beter. Vandaar dat je de hele week niks hoorde. Dus: alles goed. Via die lerares krijg ik waarschijnlijk ook werk. In een hele nette tent: een tearoom."

Anneke hoort haar zusje gniffelen. „Antiek, maar wilde Deetje zit er wel veilig opgeborgen. Zeg dat vooral nog even tegen die hotelpief van jou!" Deetje verbreekt de verbinding na een groet voor allemaal plus de verzekering, dat ze het best redt en voorlopig nog niet thuiskomt. „Ik wil eerst laten zien, dat ik meer kan dan parasiteren op de maatschappij, zoals Ad mij zo fijngevoelig onder m'n neus duwde, vóór ik wegging!"

Hoewel haar laatste opmerking werkt als een koude douche, is toch de zorg om Deetje gereduceerd tot bézorgdheid en die kent ze al zolang ze zich haar verantwoordelijkheid voor haar jongere zusje bewust werd.

„Deetje!" zegt ze speciaal tegen opa Dirk en oma Lena. „Vooral de groeten en ze heeft het goed naar haar zin. Ze heeft een kamer bij een lerares en die heeft haar aan werk geholpen. Dinsdag kan ze al beginnen. O ja en ze is ziek geweest. Griep, vandaar dat we een dag of wat niets van haar hebben gehoord. Zo en nu schenk ik nog eens in!"

„Een dag of wat. Een hele week zul je bedoelen," pruttelt haar oma. „Ze mocht weleens wat meer rekening houden met een ander. Jij zou zoiets nooit doen!"

„Ze is wilde Dé ook maar," spot Kees. Jan-Willem merkt aan de manier waarop Kees het haar, dat tot ver over zijn voorhoofd valt, naar achteren harkt, dat hij kwaad is. Er wordt ook altijd op Deetje afgegeven, weet hij. Maar toch valt hij Kees in diens verontwaardiging niet bij. Want is er in hem niet dezelfde distantie, wanneer hij aan Deetje denkt? Heeft hij — onuitgesproken weliswaar — niet hetzelfde vonnis over haar geveld?

„Waar is ze nu? Dat heeft ze toch wel gezegd?" informeert moeder Marga.

„Nee," schrikt Anneke. „Het ging allemaal zo vlug. Ik heb er niet eens naar kunnen vragen."

„Jammer. Nu moeten we afwachten tot ze zelf weer belt."

„Ja!" verzucht Anneke. „Bah, waarom doet ze toch zo? Ze

kan ons toch gewoon haar adres geven? Als er iets is… En ik dring me heus niet op hoor."

„O nee?" Ads donkere ogen vonken. „Je zou erheen ijlen. Op vleugelen van het zusterlijk verlangen. Hartje van me! En dat weet die zuster van jou ook. Vandaar! En laten we nu deze vruchteloze discussie sluiten. Wat Deetje betreft worden we het toch nooit eens! We weten nu dat ze het goed maakt en daarmee: basta!"

HOOFDSTUK 11

Deetje staat in de keuken van de zusters Boot en voelt zich als een kat in een vreemd pakhuis. Zonder al te veel geestdrift laat ze een straal water in de afwasbak kletteren. Afwassen, brrr, het is dat ze haar eigen kostje verdienen moet. Maar op deze manier? Altijd heeft ze al een hekel gehad aan dit soort werkjes. Maar allà. Mevrouw van Leeuwen heeft beloofd haar 's avonds bij te stomen, zodat ze in september de lessen van de avond-Havo kan gaan volgen. Dat was nadat ze verteld had dat ze op haar examenlijst van de Mavo hoge cijfers had gescoord. „Ik wist, dat je een goed stel hersens had. Maar die heb je nog en die moet je gebruiken." Jola van Leeuwen… Deetje gnuift. Zonder haar tussenkomst had ze hier niet gestaan. En zonder haar had ze ook niet geweten, hoe opa Han het maakte. Jola is de dag nadat ze haar verteld had, hoe ze Han Hoet bloedend had aangetroffen, op haar eigen energieke manier naar het Beatrixziekenhuis gestapt, om naar Han Hoet te informeren. Ze heeft zelfs naast z'n bed gezeten, maar een gesprek met de patiënt was nog niet mogelijk. Al was hij dan uit zijn coma ontwaakt. Ook de politie heeft nog geen zinnig woord uit hem gekregen. Gelukkig heeft Jola met geen woord over haar gerept. Nu zelfs haar werkgeefsters haar niet hebben herkend, voelt ze zich weer wat rustiger worden. Het is een veilig gevoel hier op dit bovenhuis opgeborgen te zitten. Hier zal Jan Troost haar niet zoeken. En Jan-Willem ook niet. Want ze heeft hem wel gezien, eerste Paasdag. Ze is er vrijwel zeker van dat hij háár ook heeft herkend. Nou ja! Berustend spoelt ze het meeste zeepschuim van de ontbijtbordjes en zet ze in het afdruiprek. Voorlopig wil ze hem niet zien. Niet eerder dan dat ze bewezen heeft meer in haar mars te hebben dan de dag te verluieren en de nacht te verstappen...

„Aphrodite!" zegt een diepe stem in haar oor. Deetje schrikt zo, dat ze de afwaskwast uit haar handen laat vallen. Boos draait ze zich om. Ze ziet een magere man, niet groot, met een bruin gebrand gezicht. Hij is verre van knap: zijn neus is te lang en zijn mond veel te breed. Helemaal nu die mond lacht om haar verontwaardiging, die trouwens snel verdwijnt, als ze zijn ogen ontmoet. Sterke blauwe ogen, die haar verwarren, vasthouden. Die iets van herkennen wakkerroepen, alsof hij er altijd onzichtbaar was, afwachtend het geschikte moment om zich kenbaar te maken. Het is een subtiele gewaarwording, die haar lichaam en ziel schijnt lam te leggen.

„Principius obsta..." verzucht de man.

Deetjes strijdbaarheid is van haar afgegleden. Hulpeloos staart ze hem aan. Haar lippen trillen. Ze voelt zich alsof ze zo een deuntje zou kunnen huilen. Bij iemand waarvan ze de naam niet eens kent. Al is hij haar dan ook nog zo vertrouwd. Ze voelt haar slapen bonzen.

„Weersta het kwaad in het begin," mompelt de man. „Maar zoiets moois kan toch niet met kwaad betiteld worden, blonde fee?"

Op de trap klinken vinnige stappen. Milly steekt haar hoofd om de keukendeur. „Ben jij hier Hans? Dat dacht ik wel. Ik heb beneden in een rustig hoekje jouw koffie neergezet. Zo gauw de kinderen er zijn gaan we eten."

„Ik kom eraan. Ik moest toch even kennismaken met jullie redster in nood? Zover zijn we trouwens niet eens gekomen. Dat mag jij nu doen, schoonzuster!"

Deze man een zwager van die twee oudachtige dametjes? De gedachte wekt Deetjes lachlust. Er kriebelt iets in haar keel.

„Dit is ons hulpje, Desirée Kruyt," mompelt Milly onwillig. En omdat het hierbij blijft, zegt de man met het rossige baardje: „Hans van de Berg. M'n schoonzusters hebben zich een dag of wat over m'n kinderen en mij ontfermd. We zullen elkaar dus nog wel eens tegenkomen. Zo groot is dit bovenhuis nu ook weer niet." Lachend legt hij een arm om Milly's hoekige schouder. „Ik ga al mee. Ik ga al mee!"

Halverwege de trap staat Milly stil. Ze draait zich om naar haar zwager en zegt, gedempt: „Ik raad jou ernstig aan Hans, om dat meisje niet aan te moedigen. Het geeft geen pas en bovendien... ik vertrouw haar niet. Ze heeft iets... nou ja... ik waarschuw je maar. Ik zal nog eens met juffrouw van Leeuwen praten. Daar is dat kind op kamers."

„Bij Jola?" verbaast Hans van de Berg zich. „Wacht eens, is die huisvriendin niet overleden? Ik hoorde op school, dat ze weer iemand in huis wilde hebben, herinner ik me."

„Dat klopt. Haar vriendin heeft deze winter een hersenbloeding gehad. Binnen een week was ze weg. Dat was een hele slag voor juffrouw van Leeuwen. Vooral nu ze geen werk meer heeft. Ze wilde graag weer gezelschap. Begrijpelijk natuurlijk. Alleen... zo'n meisje... Niemand hier op het dorp weet wie ze is. Niemand kent haar achtergrond."

Milly trippelt verder. Bij de laatste tree schiet Hans bulderend in de lach. Met een hand op Milly's schouder wijst hij: „Wat is dat? Wie is er zo ondeugend geweest? Mien of jij?"

„Zoals ik ben, neemt God mij aan."

„Maar jullie niet."

„Wat moet dat betekenen? Wie heeft dat eronder gekalkt?"

In telegramstijl vertelt Milly van het meisje dat ze op een morgen van de straat hebben gevist en hier naar binnen gesleept. Hoe het kind in een onbewaakt ogenblik die oude prent met venijnige balpenhalen heeft vernield. „We hebben nog geen tijd gehad, om het er af te poetsen. Die plaat hangt er al zo lang. We konden hem geen van tweeën wegdoen, Mien en ik..."

„Ik zal kijken of ik een middeltje heb," belooft Hans. „En misschien meldt de daderes zich nog en kun je haar zelf de schade laten herstellen." Hoewel ik het onderschrift, right to the point vind. Maar dit laatste denkt hij er alleen maar achter.

Voor hem staat Milly en staart als in trance naar de met bloemenranken versierde prent.

„Ik dacht dat je zo'n haast had?"

„Ik... het komt door wat je net zei. Ik geloof warempel... nee, dat kán toch niet?"

Met verbazing ziet Hans hoe zijn jongste schoonzuster duidelijk aangeslagen naar het buffet achterin de tearoom snelt en daar opgewonden tegen haar zuster begint te gesticuleren.

„Van Lotje getikt. Nou, enfin..." Hij gaat aan het tafeltje zitten. Met één oog houdt hij de buitendeur in het vizier en met het andere werpt hij van tijd tot tijd een blik op die twee konkelfoezende dametjes. Lieve help, een week zit hij hier iedere middag met z'n beide lieverdjes vast. Als Fré nog eens iets weet! Maar ja, om die dagen dat zijn vrouw weg is voor de kinderen en zichzelf te koken, dat zag hij ook niet zo zitten. Enfin, 's avonds krijgen M en M hem met geen mogelijkheid naar „De eerste aanleg". Typisch, voor hem was het inderdaad de eerste aanleg. De eerste kennismaking met dit kustdorp, waar hij het witte kerkje schilderde. En de vuurtoren en z'n zeegezichten, die nog altijd zijn voorkeur hebben. In „De eerste aanleg" trof hij Fré Boot, het door en door verwende

92

veel jongere zusje van de beide dames die sedert de dood van hun ouders de tearoom exploiteerden. Maar dat ze zo verwend was, z'n Fré, dat werd hem pas naderhand duidelijk. Smoorverliefd was hij op het donkerharige meisje met het fijne snoetje geworden. Binnen het jaar waren ze getrouwd, want Fré zag in hem de kans om aan de betutteling van de oudere zusters te ontsnappen. Al gauw kwamen er kinderen: een zoon en een dochter. Na de geboorte van de laatste was er een onrust in Fré gevaren. Ze bracht de peuters naar een crèche en ging cursussen volgen. De één na de ander. Sinds twee jaar heeft ze een baan als receptioniste van een vooraanstaand, dynamisch bedrijf, dat wijd en zijd in het buitenland vertakt is. Enkele weken geleden kondigde Fré aan, dat haar baas haar gevraagd had, hem te vergezellen op een zakenreis naar België en Frankrijk. „Die kans kan ik niet laten gaan, Hans. Dat begrijp je toch wel?"

Natuurlijk had hij het begrepen. Hij begreep zoveel tegenwoordig. Fré was naar haar zusters gegaan en het resultaat was geweest, dat hij met René en Sineke in „De eerste aanleg" de warme maaltijd zou gebruiken. Voor de boterham zorgt hij zelf. Dat heeft hij bedongen. Een uurtje per dag, nou enfin, ze menen het goed, die wijffies. Maar nu al denkt hij: geen wonder dat Fré er zo schoon genoeg van had. Ze heeft nooit de kans gehad jong te zijn. Zoals dat jonge ding, dat hij zonet boven aantrof. Het meisje met die diepblauwe ogen, die hem herinnerden aan het meisje Fré, dat hij hier tien jaar geleden heeft weggeplukt. Maar dat beeld is allang verdwenen. Fré is nu een zelfstandige werkende vrouw, die heel goed in staat is zelf haar weg te zoeken. En zelf verdient hij nog steeds de kost met het geven van tekenlessen op middelbare scholen, terwijl hij popelt om alleen voor zichzelf te beginnen. Om zijn schilderpassie onbelemmerd uit te kunnen leven in zijn atelier. Zonder vastgeketend te zijn aan allerlei verplichtingen en verantwoordelijkheden. Maar hij is echtgenoot en vader. Hij hééft verantwoordelijkheden, waar hij dagelijks met zijn neus op wordt gedrukt. Op ditzelfde ogenblik zelfs! „Pap, kijk eens! Vanmorgen gemaakt. Weet je wie dit is?" „Opa Hoet. Met z'n hond!" zegt Hans met trots. Zijn zoon heeft de aanleg en voorliefde voor het tekenvak van zijn vader geërfd, dat is buiten kijf. Frappant is de gelijkenis met de oude visser en dat voor een achtjarige! „Mag ik hem brengen? In het ziekenhuis?" bedelt de jongen. „Ze zeggen dat hij weer beter wordt." „Ik zal eerst eens informeren of hij al bezoek mag hebben!" belooft Hans. Hij weet van de hechte band tussen de oude man en de jongen. Ze hebben heel wat afgezworven, die twee. Fré is daar niet erg gelukkig mee, maar zelf gunt hij de oude baas die vriendschap van harte. Han Hoet is maar eenzaam achtergebleven, na de dood van zijn vrouw.

Dan komt Sineke binnenstormen: een donker, beweeglijk meiske van zes. „Pappie, waar ben je? O, hier!" Ontnuchterd houdt ze haar vaart in, wankelt en maaiend met haar armen, gaat een bloemenvaasje omver.

„Rustig aan, jongedame!" snibt tante Milly. „Er zitten nog gasten. Vooruit, naar boven, jullie ook en vast handen wassen. Tante Mientje is al met het eten bezig!"

Hans drijft z'n tweetal voor zich uit de trap op en naar de keuken, om grondig handen te wassen. Nog zeven dagen: een rijstebrijberg, niet door te wórstelen!

In de grote huiskamer, die op de winkelstraat uitziet, is Deetje bezig de tafel te dekken. Hoeveel borden? „De kinderen eten hier ook," heeft de minst snibbige van de zusters haar gezegd. Kinderen van die blonde man met de rossige baard. Maar hoeveel? Twee? Drie? Wacht, daar hoort ze gelach en gepraat.

„Dit zijn m'n zoon en dochter, Aphrodite. Jongens: geef eens netjes een hand!"

„Hoe noem je haar?" vraagt Mientje achterdochtig. De

man van het jongste zusje is een charmeur, dat weten ze al zo
lang. Dat ze dit niet bijtijds hebben opgemerkt is een onver-
geeflijke fout. Hun nieuwe hulp is een knap ding. Ze kan
gewoon niet geloven, dat het opgewonden verhaal van Milly
op waarheid berust. Dit blonde meisje kan niet dezelfde zijn
als het onappetijtelijke schepseltje dat ze van de straat hebben
gevist. Maar toch... ze herinnert zich dat ze een lichte uitgroei
aan de haarwortels opmerkte en zich had afgevraagd, hoe het
kind er uit zou zien met blond haar. Opvallend blauwe ogen
had ze, dat weet ze ook nog. Een fraktie zijn de ogen van het
meisje recht in die van haar. Op hetzelfde ogenblik weet
Mientje dat haar zuster goed heeft gezien. De straatmadelief
is één en dezelfde persoon. Mientjes huid begint overal te
prikken. Wat hebben ze zich in de nesten gewerkt! O, waarom hebben ze zich laten overhalen door juffrouw van Leeuwen. Maar die weet natuurlijk niet dat ze het paard van Troye
binnen heeft gehaald.

Hans, de kunstenaar, sensitief tot in zijn vingertoppen,
voelt de spanning, die in het lage vertrek hangt. Maar vooralsnog ontgaat hem het wat en hoe. Wel ziet hij zijn schoonzuster naar het blondje staren, of ze een spook ziet inplaats
van Aphrodite die hij nog altijd schilderen wil, geïnspireerd
door het oude verhaal over de dochter van Zeus en Dione.
Haar naam betekent: uit het zeeschuim opduikend. De altijd
fascinerende zee die haar als een transparant kleed omsluiert.
Al zo heel lang is hij op zoek naar een vrouwenfiguur, die
hiervoor model zou kunnen staan. Zijn geestesoog ziet haar
duidelijk en klaar, maar het levende model heeft hij vergeefs
gezocht. Tot vandaag!

Aphrodite! O, zijn vingers popelen om aan het doek te
beginnen. Het zal goed worden. Het beste werk, dat hij ooit
schiep.

„Ik dek de tafel zelf," hoort hij de altijd gelijkmatige stem
van Mientje. „Je hebt alles precies verkeerd neergelegd: le-

pels, messen, vorken... Ga maar naar beneden. Mijn zuster heeft daar nog wel wat te doen. Van half één tot half twee heb je pauze. Dan kun je naar huis om te eten."

Naar huis, denkt Deetje smalend. Naar de kamer van iemand die nog niet eens lang dood is, bedoel je. Steeds moet ze er aan moeder denken. Ze krijgt angstdromen, als ze in het bed ligt van de vrouw die ze nooit heeft gekend, maar waar ieder voorwerp aan herinnert. En anders doet Jola van Leeuwen dat wel. „Nee, die lamp hoort hier en dat tafeltje daar, zo had mijn vriendin het ook altijd staan." Na enkele dagen al dreigt de schaduw van de gestorven huisgenote haar te verstikken. Ik kan hier niet blijven, maar waar moet ik dan heen? Ik heb geen thuis. Toch zet ze zich die avond weer gehoorzaam aan de tafel tegenover Jola en laat zich engelse woorden overhoren en daarna duitse grammatika. Maar later in bed bedenkt ze het ene plan na het andere. Ze wil hier weg, maar waar naar toe? Ze zal toch haar eigen kostje moeten verdienen en momenteel is er geen andere keus, dan dat ze dat doet bij die twee beschimmelde boterhammen. Zolang ze maar in die tearoom zijn, beneden, is het er best uit te houden. Bovendien is er nu iedere dag die man met zijn wonderlijk begrijpende ogen. Morgen zal hij er weer zijn en overmorgen... Ogen die dwars door haar heen schijnen te zien. En een mond die haar Aphrodite heeft genoemd al weet ze in de verste verte niet, wie hij daarmee bedoelt.

Die nacht neemt een lange magere man haar in zijn armen en draagt haar over een woest kolkend water naar de overkant. Ze ziet het vuurtorentje van hun dorp en de roodgemutste huisjes. Hij draagt haar terug naar huis en ze voelt dat het goed is. Dat ze eindelijk thuiskomt. Maar dan ziet ze zijn gezicht, dat zich over haar heenbuigt. Hij kust haar. Het is niet Jan-Willem, het is een gezicht met een rossige baard. „Aphrodite, ik laat je nooit meer gaan," zegt zijn warme stem. Maar dan ziet ze over het strand een motorrijder naderen. Hij rijdt recht op hen toe. Een verschrikkelijke klap, een gil...

„Wat gebeurt hier? Wat doe je?" klinkt vanuit de gang de verschrikte stem van Jola van Leeuwen. Meteen daarop staat ze in de kamer. Knipt het licht aan.

„Ik droomde... ik... ik was zo bang..."

„Er is niets aan de hand!" zegt Jola nuchter. „Ga maar gauw weer slapen. Het is zo zeven uur!"

Nog diezelfde week barst de bom!

Mientje heeft haar zuster gesmeekt eerst met de lerares over het meisje te praten. Milly zou het liefst op hoge benen naar de politie zijn gegaan, om daar haar vermoeden uit de doeken te doen.

„We weten niets zéker, Mil. Laten we wachten tot juffrouw van Leeuwen koffie komt drinken. Dat doet ze zo vaak 's morgens, dat weet je."

„Behalve deze week. Mien, let op mijn woorden: die voelt nattigheid. Heeft die meid natuurlijk zonder eerst te informeren in huis genomen. Nee, stil, dat lijkt me ook niets voor haar. Daar is juffrouw van Leeuwen veel te solide voor. Maar vergeet niet: ze is zichzelf niet na de dood van haar huisgenote. Ze is niet voor niets naar het VVV-kantoor gestapt om de kamer te huur aan te bieden. En daar liep ze die meid tegen het lijf. Dat meisje van Schakel dat daar aan de balie werkt, heeft het zelf aan haar moeder verteld. Dat weet je Mien!"

„Laten we toch liever eerst juffrouw van Leeuwen..."

„Goed, maar we wachten niet langer dan tot zaterdag. Ik ben er geen moment gerust op, als die meid alleen boven is en wij hier beneden druk in de weer. Wie weet wat ze allemaal wegmoffelt. En over die plaat in de gang zal ik ook nog een hartig woordje met haar wisselen voor ze vertrekt."

„Dus je wilt... je vindt dat ze hier niet blijven kan?"

97

Mientje Boot kromt haar mollige rug als Milly's minachting zich andermaal over haar uitstort. „Blijven kan? Blijven kan? Wil jij iemand die er niet voor terugdeinst een ouwe stumperd half dood te slaan en te beroven nog langer in je huis dulden? Ons ouderlijk huis, Mien! Wat zouden vader en moeder zeggen, als ze dit wisten?"

„Ja maar... we weten het niet zéker en het is onze christenplicht..."

Milly had zó venijnig gesnoven, dat ze zich zoals altijd maar had geschikt. Milly zou het wel het beste weten.

Nu is het zaterdag en zoals gewoonlijk is het druk in de tearoom. Tot Mientjes grote opluchting ziet ze om tien uur juffrouw van Leeuwen binnenkomen. Ze loopt met haar grote stappen recht op het tafeltje af, waar ze het liefst zit. Helaas heeft er al een man plaats genomen. Hij zit verscholen achter zijn krant. Jola van Leeuwen tikt hem op de schouder: „Is deze stoel nog vrij? Heeft u er bezwaar tegen, dat ik hier ga zitten? Ik snak naar koffie en er is verder geen plaats vrij."

„Geen enkel bezwaar." De man verdiept zich weer in zijn ochtendblad en Mientje haast zich naar de lerares. „Het gewone recept?"

Jola knikt verstrooid. „En... hoe bevalt dat meisje Kruyt?" informeert ze als Mientje terugkomt met de koffie en het soesje.

„M'n zuster wilde u graag over haar spreken," zegt Mientje gejaagd. „Ik zal vragen of zij met u af komt rekenen." Jola kijkt haar bevreemd na. Wat doet die nerveus. Wat zou er met Deetje aan de hand zijn? Het meisje zelf laat weinig los over de gang van zaken in „De eerste aanleg". Het is wennen van beide kanten, maar het leek voor dit moment de beste oplossing. Het meisje heeft een goed stel hersens, als ze zich in september serieus op een avondstudie gooit, kan ze nog heel wat bereiken. „Dan kan ik de wereld een andere Deetje laten zien. Dan laat ik me voluit Desirée noemen," had ze gister-

98

avond nog gespot. „Maar hier, van binnen, blijf ik altijd Deetje, de dochter van Ria Kruyt..."

„Pardon, mag ik u wat vragen?" De man tegenover haar vouwt zijn krant dicht en legt deze tussen de koffiekopjes in. Jola zendt hem een onderzoekende blik, waarna ze haar snelle analyse stelt: ongeveer dertig, intelligent, beweegt zich gemakkelijk, waarschijnlijk iemand uit de managementhoek, als man niet onaantrekkelijk. Typerend voor Jola van Leeuwen, dat dit het laatste punt is van haar stille diagnose. Daarna knikt ze, gereserveerd.

„Ik hoorde u de naam Deetje Kruyt noemen. Ik ben op zoek naar haar. Ik weet alleen, dat ze in huis is bij een lerares en dat ze werk heeft in een tearoom hier in het dorp. Bent u bijgeval de lerares? Heeft u mij opgebeld de avond voor Pasen?"

Jola proeft zijn spanning. Weer glijdt haar koele blik langs haar tafelgenoot.

„Bergman is mijn naam!"

„Dat vermoedde ik al. Jan-Willem Bergman."

Jan-Willem kijkt verrast. „Dan kan het niet anders of ú bent de lerares die zich over Deetje heeft ontfermd. Mag ik u daar op voorhand voor bedanken? Namens haar familie, uiteraard."

„Uiteraard!" De ironie in haar stem ontgaat Jan-Willem, verheugd als hij is dat zijn zoekaktie van deze zaterdag al zo gauw resultaat schijnt te hebben. Hij heeft daar na de vorige — vergeefse — pogingen, niet op durven hopen.

Jola steekt hem over de tafel een hand toe. „Jola van Leeuwen. Het lijkt mij niet zo geschikt hier samen over het meisje te praten. Ze kan bij wijze van spreken ieder ogenblik voor onze neus staan. Bovendien... u begrijpt, ze heeft me het één en ander verteld. Ik wilde weten wie ik in huis nam, vanzelf. Uit wat ze over u heeft losgelaten heb ik opgemaakt, dat ze u net als de anderen voorlopig niet wil zien. Ze wil hier in een totaal vreemde omgeving een nieuwe start maken."

„Dat is me bekend. Goed, ik drink mijn koffie op en ga terug naar huis. Maar niet voor ik met u gepraat heb over Deetje. Dat ben ik aan haar zuster en grootouders verplicht. Waar kunnen we ons gesprek voortzetten? Doet u maar een voorstel. Of bent u erg bezet vandaag?"

„Zo bezet als een Vutter maar zijn kan. Nee, ik stel voor, dat we bij mij thuis verder praten. Deetje moet vandaag tot vier uur werken. Laten we zeggen: half twee. Ik woon Berkenplein 2. Aan het eind van de winkelstraat maar steeds rechtdoor. Komt u vanzelf in de bomenbuurt."

„Graag!" zegt Jan-Willem en omdat een magere vrouw met een hagelwit schortje voor, nu op hun tafeltje afkomt, grijpt hij met zijn ene hand naar het koffiekopje en met de andere naar zijn portemonnee. Hij voelt er weinig voor om voor luistervink te spelen. Helemaal, met de intelligente ogen van de dame in het onberispelijke blauwe mantelpak in zijn richting. Ik ga al, ik ga al. Jan-Willem rekent af en schuift zijn stoel naar achteren. Hij geeft de lerares een knikje, ten afscheid en haakt zijn jas van de kapstok tegen de muur. Achter zich hoort hij een pinnige stem: „U hebt me een mooi koopje geleverd door dat meisje aan te bevelen. Ik kan mezelf wel voor het hoofd slaan, dat ik niet dadelijk zag dat het die straatmeid was met dat rooie haar. Al is het nu voor de verandering geblondeerd. Ze wordt door de politie gezocht, in verband met die roofoverval op Han Hoet. Als ik u was, zou ik maar uit eigener beweging de politie inlichten, anders..."

Jan-Willem durft niet langer te treuzelen. Bovendien heeft wat hij hoorde hem zó geschokt, dat hij niets liever doet, dan de deur van de knus-kneuterige tearoom zo gauw mogelijk achter zich dichttrekken. Buiten haalt hij diep adem. De winkelstraat krioelt van de mensen en benauwt hem al na enkele ogenblikken. Jan-Willem besluit dan ook maar richting boulevard te gaan. Hij moet zich bijna een weg stompen voor hij zich uit die winkelgekte bevrijd heeft. Hij steekt de boulevard over en gaat bij de eerste de beste strandtrap naar beneden. Er is nogal wat wind, daarom zoekt hij een plaatsje op het beschutte terras van een strandpaviljoen. Weer bestelt Jan-Willem koffie en probeert zich in de dubbeldikke zaterdagkrant te verdiepen. Maar zijn gedachten blijven zich bezighouden met de alarmerende woorden van de magere vrouw van de tearoom, waar Deetje schijnt te werken. Nog twee uur... zou hij dan horen wat er mis is met Deetje? Geïrriteerd denkt hij: een nieuwe start, het mocht wat. Nauwelijks is ze weg van ons dorp, of ze haalt weer nieuwe streken uit. Jan-Willem, laten je ogen nu voor eens en voorgoed opengaan: Deetje is geen partij voor een man in jouw positie. Jullie zouden alle twee dood-ongelukkig worden.

HOOFDSTUK 12

„Bespottelijk gewoon!" sputtert Deetje terwijl ze met een kwastje de vele hoekjes en tierlantijntjes van de oude eiken meubels bewerkt. „'k Had net zo goed mee kunnen verhuizen naar het bejaardenhofje. Oma werkt ook nog met zo'n boterkwastje. Het benauwt haar om de hele dag bezig te zijn in een propvol bovenhuis. Altijd maar stoffen, stoffen en nog eens stoffen. Overal tafeltjes met gehaakte kleedjes, overal prullaria: vaasjes, porceleinen beeldjes, koperwerk. En de muren hangen vol fotolijsten en schilderijen. Slechts één doek kan genade vinden in Deetjes ogen: „Zwarte zwaan". Iedere stofbeurt eindigt bij dit zeegezicht, waarvan een beklemming en tegelijk een intensiteit uitgaat, die haar verwart en ook bevreemdt. Ze heeft zich nooit in kunst verdiept. Ze had er ook geen gelegenheid voor. Haar moeder had haar aan zien komen! De enkele voorwerpen die hun huisje stoffeerden, wa-

101

ren naar een second-hand zaakje gegaan. Er was ook een schilderstukje bijgeweest, dat Anneke naderhand terug had weten te kopen. Het heeft ook in hun nieuwe huis een ere-plaatsje, weet Deetje: een wildschuimende zee, met daarboven schitterende luchten. Net als op dit adembenemende zeegezicht. Het enige levende wezen is een zwarte zwaan, die in doodsnood één vleugel spreidt, als laatste verweer tegen de muur van smaragd, die op hem aanrolt ... zwarte zwaan, stervende zwaan... er valt een traan op Deetjes hand. En nog één...

Dan is er ineens een druk op haar schouder. Een hand die haar gezicht opheft. „Dacht ik het niet? Tranen! Toch niet om mijn zwarte zwaan? Het is een luguber stuk, dat geef ik toe. Ik begrijp nog altijd niet waarom m'n schoonzusters er zo verguld mee zijn. Maar dat een jonge, moderne meid als jij zich hierdoor van de wijs laat brengen..."

„Die kolkende zee... die groene muur, die op je afrolt, onontkoombaar. Zó beklemmend: die zwaan — waarom een zwáán? — vleugellam van angst, dat moet wel, waarom ontvliegt hij anders dat afschuwelijke water niet?" vraagt Deetje heftig...

„Witte zwanen, zwarte zwanen, wie gaat er mee naar Engeland varen?" neuriet Hans van de Berg. „Een oud kinderliedje, dat me steeds door het hoofd speelde, toen ik met dit doek bezig was. Eerst was er alleen maar die woeste watermassa. Maar geen middelpunt. Geen levend wezen om te projekteren tegen die ongebreidelde oerkracht."

„Mijn vader is erin verdronken".

„Dat wist ik niet, kind!"

Hij kan niet anders dan een arm leggen om het schokkende figuurtje, ook al registreren zijn oren krakende traptreden.

„Hier ben ik al vier dagen bang voor! Bah, schaam je je niet: aanpappen met zo'n jong kind, zodra je vrouw haar hielen heeft gelicht. Had dat domme kind indertijd toch maar

102

naar ons geluisterd. We wisten immers dat je een charmeur was? En jij..." sist Milly met een lange beschuldigende wijsvinger: „eruit! Slet die je bent! Ik duld je geen minuut langer hier in mijn huis."

„Ik wil niet eens!" gilt Deetje met overslaande stem. „Bij zulke achterdochtige, oudbakken beschuiten. Een dikke laag christelijkheid en degelijkheid, maar als je die eraf krabt, blijft er maar een vermold hoopje over. Ik kots nog erger van jullie dan jullie van mij!" Snikkend rent ze naar de overloop, graait haar jas van de kapstok en stormt de trap af, tussen de tafeltjes door naar de buitendeur. Ze merkt niet de schrik van Mientje, noch die van de andere aanwezigen, waaronder Jola van Leeuwen, die net op het punt staat om te vertrekken. Deetje ziet of hoort niets anders dan een stem die veroordeelt: slet! Zoals al zoveel stemmen haar veroordeeld hebben. Stemmen, of alleen maar ogen, die vol minachting naar haar keken...

Deetje, Ria's dochter... Deetje, Ria's dochter... De helm tegen de zeereep wuift het timbre van deze woorden en de stem van het water neemt het over. Maar sterker, dwingender. Als een muur van smaragd... hoe komt ze op die gedachte? Is ze bezig haar verstand te verliezen? De zee is toch net als gisteren? Een branding met witte schuimkoppen, meeuwen die boven de watermassa cirkelen. Op het strand wandelaars en zaterdagzonners... Ze bijt op haar lippen. Rustig, Desirée Kruyt. Laat je niet van de wijs brengen door de gezusters Boot. Wat weten zij van jou? Ach, wat zij van haar denken laat haar in wezen koud. Maar het is veeleer de pijn, veroorzaakt door mensen, die haar wél beter kennen en die tot dezelfde slotconlusie kwamen als de dames Boot. Opa, oma, zwager Ad, Jan-Willem. Van Deetje kun je alles verwachten. Deetje heeft geen hart. Geen gevoel. Geen moraal...

„Trek het je niet aan," zegt een stem achter haar. „Ze weten niet wat ze zeggen. Ze hebben maar zo'n klein wereld-

103

je, die twee. Alleen hun theehuis met dorpsroddels, hun loopje naar de kerk en naar de winkels... Verder komen ze niet,
die wijffies."

Deetje keert zich met een ruk om. Met fonkelende ogen
kijkt ze naar de man met de rossige baard. Driftig schiet haar
stem uit: „Kan best zijn. Maar dat geeft iemand niet het recht
een ander bij voorbaat te veroordelen. Juist niet om dat
loopje naar de kerk. Dat zou juist een reden moeten zijn om
niet met een beschuldigende vinger te wijzen, maar om die uit
te steken, om te helpen. Het is, dat ik ook anderen gezien heb,
die dat wel doen. Anders zou ik denken, dat het alleen maar
vrome kletspraat is. Eersteklas toneelspel en..."

„Tuut-tuut-tuut, rustig maar jongedame! Ik keur niet
goed, wat Milly deed. Ik probeerde je alleen de achtergrond te
laten zien. Het is net als bij een schilderij: dat moet je ook
tegen de juiste achtergrond zien, wil het iets duidelijk maken."

„Ik heb ook mijn eigen achtergrond," houdt Deetje koppig
vol. „En als je gemene insinuaties spuit, bij het zien van alleen
maar een troostende arm om iemands schouder, nou... dan
zou Desirée Kruyt een heel ander boekje open kunnen doen.
Ik heb heel wat meer gezien en meegemaakt in het haven-
buurtje, waar ik vandaan kom, dan die twee samen. Kan ik
het helpen, dat ik daar geboren ben? Dat dit mijn achtergrond
is?"

„Nee!" geeft Hans toe. „Dat kun je niet. Maar je kunt
wel proberen een andere weg in te slaan. Voor mijn gevoel ben je daar al mee bezig. Je bent dat alles immers ont-
vlucht?"

„Ja," zegt Deetje bitter, „maar het blijft me achtervolgen,
als een schaduw. Dat zie je. Ik ben en blijf Deetje Kruyt. Geen
mens ontloopt zijn eigen schaduw!"

„Het kan wel!" zegt Hans, kijk zelf maar!" En hij draait
haar zo, dat hun schaduwen op het natte strand in elkaar

104

overgaan. Er is nog maar één zwarte vlek te zien. „Zie je wel, dom meisje!"

Deetje kijkt hem aan. Haar blauwe ogen lopen vol. Ze proeft de diepere grond achter zijn woorden. Weer, terwijl hun blikken in elkaar haken, is er een vonk, die overslaat. Die hen compileert, samenvoegt. Die niets met erotiek te maken heeft. Nog niet! Verward onttrekt Deetje zich aan die sterke ogen. Ze weet, dat ze niet toe mag geven aan de impuls: haar hoofd leggen tegen die brede schouder en uitzeggen alles wat schrijnt en pijn doet van binnen. Eindelijk je leegpraten, bij iemand, die je begrijpt, dat weet ze feilloos zeker. Niet zoals bij Han Hoet, niet zoals bij Jola van Leeuwen, die ze allebei toch ook het één en ander verteld heeft. Nu, bij deze man, waarin ze een gelijkgestemde geest ontdekt heeft, zou ze dat kunnen doen. Maar nu juist mag het niet. Hij heeft een vrouw, hij heeft twee schatten van kinderen. En weet ze zelf niet uit ervaring wat het is, om geen vader te hebben? Nee, nee, ik moet weg. Toe, zeg niets meer, neem je arm weg, want ik ben zo kwetsbaar in m'n hunkering naar warmte en begrip...

Deetje verbreekt de betovering, door zich los te maken uit de beschermende boog van zijn arm. Plotseling zijn er weer twee schaduwen op het zon-overgoten strand. Steeds groter wordt de afstand en dat doet pijn. Niet alleen bij het meisje. Ook Hans van de Berg voelt een vreemde pijn als hij het slanke figuurtje natuurt, tot er niets meer is dan een vlek, een stip. Zijn ogen tranen. Ze kunnen haar niet langer vasthouden. Het is goed, dat ze uit zijn leven stapt, nu het nog kan. Ships, that pass in the night. Mensen, die elkaar tegenkomen op hun reis door het leven. Even een herkennen, het opvangen van een s.o.s. Een stilstaan, een weer verdergaan, alleen. O, mijn God, waarom is er niet die verbondenheid met de vrouw, voor wier geluk ik me garant stelde, eens? Waarom zijn we zo uit elkaar gegroeid? Help mij, God, sla een bres in

105

de muur, die ons scheidt. Zonder Uw hulp kan ik niet. Kan ik niets. En help ook dat eenzame kind, dat zo gedesillusioneerd is. Nu al en ze is nog zo jong. Ze is al zo teleurgesteld, zo gekwetst. Ook door hen, die U kennen en belijden. Vergeef ons, God, dat wij nog nooit geleerd hebben. Nog nooit begrepen hebben de woorden van onze Meester: oordeel niet, opdat Ik jou niet veroordeel. Hans, de tekenleraar, maar veel meer de kunstenaar, gaat terug naar zijn huis, naar zijn atelier. Daar begint hij met een bijna woeste tederheid aan zijn Aphrodite. De zee, met een adembenemende achtergrond van wilde luchten. En ook van deze zee gaat een dreiging uit, die culmineert in de vrouwengestalte op de grens van lucht, zand en water. De tere lijnen van haar lichaam geaccentueerd door een ragfijn zwart kleed. De blonde haren oplichtend in het gezicht, met de ver-weg starende blik, als zochten ze in, achter, over het water, naar iets. Naar Iets? Zijn zoon komt kijken waar hij blijft. In ademloze bewondering blijft hij toezien, hoe zijn vader uit kleuren een meesterstuk tovert. Ook het meisje komt en kijkt. En later ook hun moeder. „Ik ben eerder teruggekomen. Ik kon niet nog langer blijven, daar en jullie drieën hier alleen thuis. Het is maar goed ook, jullie hebben zeker nog niet eens gegeten?"

Hans kijkt naar het nog altijd knappe gezicht van zijn vrouw naar de donkere haren, die dat gezichtje omlijsten. „Freeke," zegt hij hees, een besmeurde hand naar haar uitstrekkend. Fré nestelt zich tegen hem aan, zich voor één keer niet bekommerend om haar smetteloze pakje. De alarmerende woorden van haar veel oudere zusters hebben haar met spoed naar huis gedreven. „Je bent te beklagen met zo'n wankele ridder," had Milly gezegd. Overigens niet voor het eerst. Fré weet wat ze aan Hans heeft. Ze weet ook, dat zijn sensitieve, emotionele natuur hem in moeilijkheden brengen kan. Ze weet ook, dat ze zelf vaak in warmte en tederheid tekort schiet. Juist een man als Hans heeft daar intens behoefte aan. En zij doet alsof ze dat niet weet. Zij is vervuld van één alles overheersende gedachte: carrière maken. Maar nu ze na luttele dagen hem terugziet en de kinderen... Ze heeft ze zo verschrikkelijk gemist. „Ik ga nooit weer zo lang bij jullie weg!" zegt ze, haar wang tegen een harde, stugge, baard.

„Doe ons dat ook maar nooit meer aan, hè jongens? Mamma mag niet meer weggaan."

De jongen kijkt, met bijna hongerige ogen, hoe zijn vader mama kust en haar haren streelt. En als een bevrijding valt van hem de beklemming, die hij niet begreep. De dreiging, die hij voelde in het huis van de tantes. Toen hij vader zag, die keek naar dat meisje met het blonde haar. Net zo keek als nu naar mama...

„Ga je mee?" vraagt hij zijn zusje. „Gaan we nog gauw bloemen kopen, voor mama. Dat mag, hè pap?"

„De grootste bos, die je vinden kunt. Wacht, hier is nog wat van mij." Hij geeft het kind een tientje. „Doe dat er maar bij."

„Van mij krijg je een bos rozen," zegt hij in de zwarte haren, waarvan hij de geur zo goed kent. Frè, het door en door verwende en beschermde zusje van de ouwelijke Mientje en Milly, „M en M" zoals Hans ze altijd gekscherend noemt, legt met een zucht haar hoofd tegen Hans' schouder. Háár plaatsje, waar nog niet lang geleden een ander naar hunkerde...

Hans, terwijl hij haar opgeheven gezicht kust, voelt een pijn, diep-weg. Om dat, wat niet is en wat had kunnen zijn. Pijn om het meisje met de nacht-blauwe ogen.

HOOFDSTUK 13

Ruim een kwartier na de afgesproken tijd belt Jan-Willem aan bij Berkenplein 2.

Het gezicht van Jola van Leeuwen staat bezorgd, hij ziet het meteen. Maar als ze ziet dat hij het is, ziet hij duidelijk ook opluchting. „Kom gauw binnen. Ik was al bang, dat u niet meer komen zou."

„Ik heb in dubio gestaan," zegt Jan-Willem eerlijk. „Na wat ik gehoord en gezien heb, vanmorgen. Overigens: het is Jan-Willem hoor. Alstjeblieft geen formaliteiten nu."

„Dan ben ik Jola. Als mijn leeftijd tenminste geen belemmering is."

Jan-Willem grinnikt. „Die is in een vertrouwenssfeer nooit een belemmering. En in jouw geval al helemaal niet, Jola. Ik denk dat sommige mensen altijd jong blijven, omdat hun geest jong en flexibel is. Jij lijkt mij zo'n benijdenswaardig iemand."

„Dank je. Ik zou er bijna van gaan blozen," zegt Jola broodnuchter.

Jan-Willem verbijt een nieuwe grinnik. Omdat het ogenblik zich er niet voor leent. Maar hij heeft sterk de indruk, dat blozen iets is, dat niet bij de zelfbewuste, geëmancipeerde lerares past. Hij weet ook op voorhand, dat hij haar wel mag en dat hij haar zakelijke aanpak beslist waarderen kan.

In de woonkamer wijst Jola hem een gemakkelijke stoel, vraagt of hij iets gebruiken wil en als dat niet het geval blijkt te zijn, gaat ze tegenover hem zitten. Bewust laat ze de opening van het gesprek aan hem over. Intussen monstert ze hem met haar heldere ogen, zoals ze dat die morgen in de tearoom ook heeft gedaan.

„Deetje dus!" zucht Jan-Willem, na een lange stilte, waarin hij zocht naar een begin. Het begin van een verwarde kluwen. Wat moet hij zeggen, wat verzwijgen? De intelligente ogen maken hem onzeker en kwetsbaar. Hij weet immers niet, wat Deetje zelf heeft losgelaten tegenover Jola?

„Deetje... ik weet niet waar te beginnen. We hebben ons zorgen gemaakt: haar grootouders, haar zusje, zwager.

Vooral ook de familie van Rhyn. Kent u Deetjes voorge-
schiedenis?"

„Summier."

Jan-Willem vertelt hoe ze jarenlang naast elkaar gewoond
hebben in het armoedige vissersbuurtje: Deetje, haar moeder,
haar zusje Anneke, en de familie van Rhyn: vader, moeder en
vier kinderen. In enkele woorden vertelt hij van de ziekte en
het overlijden van vader van Rhyn. Hoe hijzelf via een school-
vriendschap met de oudste zoon Ad een tweede thuis vond bij
de van Rhyntjes. Dat ook de zusjes Kruyt bij moeder Marga
altijd een open oor en hart vonden. Hij verhaalt hoe zijn
vriend Ad nadat hij zijn verloving met Jan-Willems zuster
verbrak, tenslotte toch zijn jeugdliefde Anneke trouwde...

Jola luistert zonder hem eenmaal te onderbreken. De intensiteit waarmee ze dit doet bevestigt Jan-Willems indruk, dat
ze zich echt interesseert voor Deetje.

Als hij zwijgt honorеcrt Jola zijn rclaas door te verhalen
hoe zij met Deetje in aanraking is gekomen. Ook vertelt ze
ongevraagd het trieste verhaal van de overval op Han Hoet,
omdat ze weet, dat Jan-Willem hier iets van heeft opgevangen. „Ik moet je eerlijk zeggen, dat ik vreselijk schrok, toen ik
haar 's nachts bebloed en duidelijk aangeslagen bij me op de
stoep zag staan. Ik heb zelfs in haar spulletjes zitten wroeten,
toen ik haar in bed wist. Ik was er helemaal niet gerust op,
omdat ze er niets over had losgelaten. Naderhand toen ik de
krant opsloeg, voelde ik opnieuw twijfel. En toch kon ik niet
geloven dat zij die oude man zo had toegetakeld. Ik geloof het
nog steeds niet, al denken die dames van de tearoom er anders
over, dat heb je zelf gehoord."

„En de politie?"

„Die hebben de oude man zo'n beetje uitgewrongen. Maar
hij kan zich weinig of niets herinneren van wat er zich die
avond heeft afgespeeld. Ik heb hem zelf ook opgezocht. Gisteren nog. Toen ik aan zijn bed zat, zo maar stilletjes, hoorde ik

hem ineens naar „het juffie" vragen. Een paar keer zelfs. „Waar is het juffie?" vroeg hij. Ik vermoed, dat hij daar Deetje mee bedoelt. Ik heb het haar toen ik thuiskwam zo tussen neus en lippen door gezegd, maar ze reageerde er nauwelijks op. Wat denk jij nu van dit verhaal? Jij kent haar al zoveel langer. Geloof jij dat Deetje, uit geldnood bijvoorbeeld, in staat is geweld te gebruiken?"

Jan-Willem denkt aan die avond, enkele jaren geleden, toen Deetje nog deel uitmaakte van een buurtbende, die onder leiding stond van Jan Troost. Tijdens een party in „De drie sleutels" — de villa van zijn ouders — was de groep hun tuin binnengedrongen. Behalve voor verwarring hadden ze voor veel vernieling gezorgd. De beide waakhonden hadden de indringers verdreven, maar zelf was hij bij deze aktie lelijk gewond geraakt aan zijn hoofd. Onwillekeurig glijden zijn vingers over het litteken schuin boven zijn slaap, een blijvende herinnering aan die bewuste avond. Deetje had zich na die dag losgemaakt van de relschoppers. Maar ze wás erbij geweest, daar kan hij niet omheen. Moet hij die oude geschiedenis oprakelen? Laten rusten? Hij besluit die toch maar eerlijk op te biechten. En daarna ook nog dat turbulente midwinterfeest, dat hem zo pijnlijk de ogen opende. „Niet lang na dat beruchte feest trok de aanvoerder, die Jan Troost, bij Deetje in het krot, waar ze met een vriendinnetje woonde. Tot Deetje er een paar weken geleden ineens de brui aan gaf en het dorp de rug toekeerde. Zelfs haar zusje wist niet waar ze was. En hoe het met haar ging. Anneke heeft daar heel veel weet van. Ze doet niet anders dan tobben over Deetje. En helaas terecht. Deetje heeft veel weg van haar moeder. Die kon ook niet zonder een man. Tussen de middag gebruikte ik wat op het terras van een strandpaviljoen. Op het strand zag ik Deetje. Met een man met een baard. Hij leek me een stuk ouder. De manier waarop die twee daar in elkaar armen hingen liet niets te raden over..."

„En dat was het leven van Deetje Kruyt in vogelvlucht. Of te wel: midwinterblazen op een zwarte ziel. Hoe het ook zij, ik heb nu een veel kompleter beeld van alles. Het was net, alsof ik de puzzel „Deetje" niet in elkaar kon krijgen. Jij hebt me de ontbrekende stukjes aangereikt en daar ben ik je heel erkentelijk voor."

„Mag ik weten, hoe die puzzel eruit ziet? Pas ik ook in die puzzel?" vraagt Jan-Willem gemelijk.

„Wat denk je zelf?" antwoordt Jola met een wedervraag.

„Ik eh... tja..."

„Behalve van Deetje heb ik ook een beeld gekregen van de man, waarvoor ze zoveel op het spel heeft gezet. Ik denk dat je, als je je eigen gevoelens tot op het bot zou ontleden, tot dezelfde slotsom komen zou als ik: dat jij niet past in haar leven evenmin als zij dat doet in het jouwe, Jan-Willem Bergman. En ik voor mij ben daar blij om. Ik gun dat kind, dat in haar jonge leventje al zoveel klappen heeft moeten incasseren iets beters dan zo'n wankele ridder als jij bent. Dat komt hard aan hè? Ja, ik ben gewend de dingen zonder omhaal te zeggen. Jij hebt nooit van haar gehouden, geloof me jongen. Misschien van haar mooie gezicht. Van haar prikkelende verschijning. Ze is heel sexy, ja lach maar, dat ziet zelfs een VUT-tante als ik ben."

„Ik lach helemaal niet," protesteert Jan-Willem. „Integendeel: ik ben láááiend. Hoe durft u te beweren, dat ik niet om haar geef? Denkt u dat ik me anders zoveel moeite had getroost om haar te vinden?"

„O, zijn we weer „u"? Nou goed, ik begrijp, dat je me schieten kunt op het ogenblik. Maar naderhand zul je toch tot dezelfde konklusie komen, dat weet ik zeker. Ik heb niet voor niets zoveel jaar met jonge mensen opgetrokken. Al heb ik dan zelf een andere weg gekozen. Heel bewust, omdat ik me zó het prettigst voel en me zonder een blok aan m'n been, het beste kon ontplooien. Maar daarom heb ik wel oog en begrip voor mensen, die wél met een partner het leven door willen gaan. Ik heb er zelfs een soort studie van gemaakt. Wat mij altijd weer frappeert is, dat zoveel mensen verkéérd kiezen. Als objektieve toeschouwer denk ik dan: hoe is het mogelijk! Zijn mensen echt zo verblind, of maakt liefde inderdaad blind? Neem jouw geval: je moet zelf toch begrijpen, dat achterdocht en twijfel geen basis vormen voor een hechte relatie? Als je echt van dat meisje hield, had je haar genomen zoals ze was. Inklusief, zonder voorbehoud."

Jan-Willem kom overeind. „Ik voel, dat dit gesprek een kant opgaat, die ik niet apprecieer."

„Een morgenschot! Ik begrijp het," knikt Jola en gedienstig gaat ze eveneens staan en loopt met hem mee om hem uit te laten. Bij de deur zegt ze tegen zijn lange rechte rug: „Ik hoop dat je vindt, waar je naar op zoek bent. Dat meen ik oprecht. Wat Deetje betreft: ik zal proberen een oogje in het zeil te houden, zolang ze hier is. Maar als ik me niet vergis, heeft ze heimwee naar wat ze juist ontvluchten wilde."

„Naar die leren profiteur!"

Jola schudt haar hoofd, bijna medelijdend. Maar dat ziet Jan-Willem niet. „Die vent heeft nooit je dát voor haar betekend. Begrijp je dat nog altijd niet? Nee, waar ze naar verlangt, hartstochtelijk naar verlangt is liefde, warmte, geborgenheid."

„Maar, maar…" stottert Jan-Willem. Het gezicht dat hij naar haar keert is één groot vraagteken. „Maar je zei zojuist toch, dat ik er niet in paste. Dat ik niet vóórkom in Deetjes levenspatroon."

„Dat doe je ook niet. Maar zie je…" De stem van de lerares daalt tot een fluistering. „Dat weet jij nog maar sinds enkele minuten. En zij zelf nog helemaal niet."

En met deze raadselachtige woorden laat ze hem gaan.

Jan-Willem rijdt terug naar huis. Verslagen. Eenmaal in zijn flat laat hij zich lamlendig op zijn bed vallen. Hij heeft niet eens de fut om iets eetbaars voor zichzelf klaar te maken. Hij heeft geen trek. De dolk-scherpe woorden van de lerares hebben zich met weerhaken vastgezet in zijn hoofd en zijn hart. Hij houdt niet echt van Deetje, hij past niet in háár levensmozaiek. Maar heeft hij niet altijd het tegenovergestelde gedacht? Deetje paste niet bij hém! Bij zijn status, zijn totaal andere levenspatroon. Hij zou eerst aan haar moeten schaven en polijsten. Tot ze zover was dat ze naast de zoon van de grote William Bergman zou mogen schitteren... Hij bedekt het gezicht met zijn handen. Er ontsnapt hem een kreun, als van pijn. Het ís pijn, want geleidelijk-aan druppelt als jodium in een open wond de wetenschap dat het wáár is. Dat zijn twijfel en zijn reserve, zijn lange zwijgen stoelt op achterdocht en wrevel. Hij heeft alleen haar fraaie lichaam begeerd, waar ze hem mee prikkelde, behekste. Maar de rest heeft hij willen veranderen, omvormen tot het representatief genoeg was voor de erfgenaam van de sleutelhotels. O, hoogmoed in majorem gloriam van Jan-Willem Bergman! Bah, hij voelt een wee gevoel in zijn maagstreek. Dat drijft hem op te staan om in de keuken een paar crackers te smeren. Hij zet de televisie aan voor het nieuws. Lusteloos eet hij, zijn ogen op het toestel gericht. Maar intussen houden zijn gedachten zich onafgebroken bezig met de ontbrekende stukjes van zijn eigen puzzel. Die moet hij zelf zien te vinden. Jola van Leeuwen heeft ze hem niet aangereikt. Of toch wel, indirekt? Hij denkt aan Jeanètje, waar hij zoveel voor heeft betekend de jaren door. Er was tussen hen een begrijpen en een wederzijds vertrouwen, die wat hem betrof beloften inhield voor de toekomst. Een toekomst samen, als Jeanètje eenmaal volwassen was. Maar wat weerhield, weerhoudt hem dan? Deetje! Ja, zij heeft de laatste jaren Jeanètjes plaats ingenomen. Maar was er ook wat Jeanèt betreft geen reserve? Deetje, één brok dynamiet; Jeanètje lief, maar zonder dat explosieve, dat hij ook in Anneke mist. Zijn geest wroet door, wil doorstoten naar de kern, die de oplossing bloot zal leggen. Maar vooralsnog lukt het hem niet zichzelf zijn eigen hartsgeheim te ontfutselen.

HOOFDSTUK 14

Het lijkt een wrede grap: hier te staan voor hetzelfde gebouw, waar ze vier jaar geleden heeft gestaan. Meer dan eens zelfs. Maar nooit heeft ze naar binnen durven gaan toen haar moeder daar lag.

Nooit heeft Deetje iemand verteld van de wurgende angst, die haar keel dichtsnoerde. Angst voor alles wat zich daarbinnen achter al die ramen afspeelde. Pijn, doodsangst... al die mensen met hun ziekten, hun vertwijfeling. Zelfs Anneke had het niet begrepen, waarom ze moeder nooit had opgezocht. Vanuit hun dorp was het maar een peuleschilletje. Nu had de bus een behoorlijke omweg gemaakt langs verschillende plaatsen, vóór hij haar eindelijk bij het ziekenhuis afzette. Het Beatrixziekenhuis, waarheen ze ook Han Hoet hebben gebracht, twee weken geleden. Vaak heeft ze aan hem gedacht, maar ze durfde hem niet op te zoeken, bang als ze was dat ze haar met het gebeurde in verband zouden brengen. Nu ze het vanmorgen met eigen oren heeft horen uitspreken, lijkt het er vreemd genoeg niet meer toe te doen. Han Hoet heeft zelf naar haar gevraagd. Hij, de enige die haar zonder reserve tegemoet kwam. Die haar nam zoals ze was en niet eerst alles van haar wilde weten. Daarom moet ze naar hem toe, nu ze opnieuw alle schepen achter zich heeft verbrand.Maar o, ze durft niet. Hoe zal ze hem aantreffen?

Een nieuw stroom bezoekers neemt haar mee naar binnen, en ze laat zich meevoeren, de openzoevende deuren door, tot

114

bij de balie, waar ze informeert naar de etage en het kamernummer van de patiënt. Bij de lift heeft ze opnieuw sterk de neiging om terug te hollen, weg van die ziekenhuissfeer, die haar zo benauwt. Maar ze zet door. Ze laat zich naar de derde etage brengen, stapt uit en loopt naar de zuidgang, zoals de portier haar heeft uitgelegd. Bij de deur van kamer 314 haalt ze diep adem. Ze ziet zes bedden. Drie aan elke kant. Vier zijn er slechts bezet. Het is niet moeilijk om de oude visser hier tussenuit te zoeken. Slechts één van de vier heeft wit haar. Maar dat ingevallen, was-bleke gezicht kan toch niet van de oude visser zijn? De man, die in weer en wind buiten zwierf met zijn hond. Een verweerde, bruine buitenkop en nu...

„Juffie!" Zijn ogen lichten op. Hij heeft haar herkend en wenkt haar naast zijn bed. „Neem die kruk daar maar!"

„Opa Hoet," zegt Deetje met een bibberig stemmetje. „Ik had al veel eerder willen komen, maar ik durfde niet. Maar toen mevrouw van Leeuwen vertelde dat je naar me gevraagd had... heb je nog veel pijn?"

„Die pijn, dat gaat wel weer. Maar als ik eruit moet van de zuster, val ik zowat van m'n stokkie. Dan duizelt m'n kop. Da's nog van de hersenschudding. Nooit geweten dat ik die dingen hád!, hersens", verduidelijkt hij.

Deetjes gezicht ontspant zich. „Zó ken ik je weer opa Han," plaagt ze. „Ik was al bang dat je echt een oud baasje geworden was."

„Niks ervan. Ik ben wel effetjes flink van de kaart geweest. Me hart heeft gekkigheid uitgehaald en ik heb een beste smak gemaakt. Hier, kijk maar!"

„Valt me niet tegen. Ik dacht dat het er veel griezeliger uit zou zien." Deetje kijkt schuw naar de nog bobbelige rode streep bovenop zijn hoofd. „Het is toch nog goed afgelopen. Het had erger gekund."

„'t Is erg genoeg. Han Hoet in een ziekenhuis... wie had dat kunnen denken. Het is de eerste keer. Maar hopelijk ook de laatste keer. En als ze me nou maar lieten gaan. Ik verlang zo naar Rak en m'n huisje, juffie! Als ik niet alleen was, als ik hulp had, dan zou het mogen. Maar nu willen ze me in een verpleeghuis stoppen. En daar gaat Han Hoet subiet dood. Dat is zo zeker als twee maal twee vier is. Nou had ik zo gedacht..." Hij buigt zich vervaarlijk dicht naar Deetje over. „Jij, als dochter van een vroegere kollega... zou jij weer terug willen komen om een oogje in het zeil te houden? 't Is niet echt nodig, vanzelf. Maar hier denken ze dat ik niet alleen kan, de lapzwansen!"

„Je bedoelt... in het zomerhuisje?" vraagt Deetje, „maar je zomergasten, opa Han. Hoe moet dat dan?"

„Kijk, ik had zó gedacht," schelms kijken zijn ogen haar aan. „Als jij het slaapkamertje neemt, ik heb op zolder nog wel een bed voor m'n eigen. Dat zetten we in het kamertje van het huisje. De huurders voor mei heb ik al af moeten zeggen. Jammer, jammer, maar de huurders van de zomermaanden kunnen gewoon komen. Dat brengt altijd flink geld in het laatje, zie je."

Deetje schiet recht op. Geld herinnert aan die afschuwelijke avond, dat ze hem bloedend aantrof in zijn woning.

„Opa Han, herinner je je, dat alles wat er in die geldtrommel zat, gestolen is? En weet je, dat ze mij daarvan verdenken?"

„Hhhhh?"

„Ja. Om die reden ben ik er vanmorgen uitgevlogen bij de dames Boot van „De eerste aanleg". Ze denken dat ik jou tegen de grond geslagen heb." Deetje slikt krampachtig. „En er daarna met de inhoud van jouw geldblik vandoor ben gegaan."

De oude visser grijpt naar zijn hoofd, dat weer vervaarlijk bonkt. „Maar dat is toch te gek. Ik... ik heb geen moment gedacht dat ze jou... dan zou ik toch zeker direkt..."hakkelt hij. „Ach wat," zegt hij dan, als hij het betrokken gezichtje ziet. „Laat de mensen maar denken en kletsen. Dat luwt wel weer als ze zien, dat ik jou gevraagd heb voor de ouwe baas te komen zorgen. Wil je dat doen voor een oud-kollega van je vader, juffie?"

„Graag opa Han. Je bent voor de tweede keer mijn redder in nood. Want Deetje Kruyt staat weer eens op de keien."

„Door een valse beschuldiging! Alvast bedankt, m'n kind. Ik zal het goed met je maken. Want vanzelf hoef je het niet voor niks te doen. Ik zal je meer betalen dan die knijpkoeken van Boot."

„Dat hoeft niet, opa Han. Als ik voor je zorgen mag en daarvoor in de plaats een bed krijg en een hap eten... je hebt zelf ook niks meer. Je geldtrommel is leeg!" frist Deetje z'n geheugen op.

Han Hoets nagenoeg tandeloze mond splijt in tweeën. Zijn gezicht vertoont een samenzweerderig lachje. Merkwaardig hoe hij is opgefleurd, alleen door het vooruitzicht terug te kunnen naar zijn eigen huis, waar hij zoveel jaren met zijn vrouw gewoond heeft, peinst Deetje en opeens wordt ze zich haar eigen groeiende hunkering bewust. Verlangen naar het oude, karakteristieke vissersbuurtje, met de dicht tegen elkaar leunende roodgemutste huisjes. Er zijn daar toch ook goede momenten geweest. En o, wat verlangt ze ineens naar Anneke en naar het kleine prulletje, dat ze maar zo bitter weinig heeft gezien. En ja, ook naar opa en oma.

„Kom eens dichterbij!" Han Hoet gluurt steels naar rechts, naar de overkant. Dan bromt hij, z'n mond zowat tegen Deetjes oorschelp: „Han Hoet heeft nog net zoveel pegels, als vóór ze me het ziekenhuis in droegen. Maar mondje toe juffie. Het geeft anders maar soesah. Met de politie. Met de belastingen en met de inbrekers. Hi-hi-hi."

Het laatste wat Deetje, nog steeds verbouwereerd van hem ziet, als ze zich op de gang nog éénmaal omkeert, is zijn ingevallen vogelkopje met de verwarde pluim wit haar.

Jola van Leeuwen kan haar geïrriteerdheid over het lange uitblijven van haar huisgenote maar nauwelijks verbergen, als deze pas tegen half negen die avond aanbelt. Maar haar bezorgdheid wint het van haar boosheid, als ze het vermoeide gezichtje van Deetje ziet. Daarom zegt ze alleen: „Ik heb een hele tijd met het eten zitten wachten. Als je niet mee eet weet ik dat in het vervolg graag van tevoren."

„Er is geen vervolg," zegt Deetje gemelijk. Maar ze laat er toch een „sorry" op volgen. „Thuis pakten we maar wat eetbaars, Anneke en ik. Moeder was er bijna nooit," zegt ze nog bij wijze van uitleg. „Ik ben bij Han Hoet geweest. Die bussen doen er zo onwijs lang over, vandaar..."

Jola laat niets van verrassing merken. Beredderend gaat ze naar de keuken om soep te warmen en wat aardappels te bakken. „Of heb je al gegeten?" roept ze naar Deetje die net de trap oploopt.

„Nee, ik rammel!"

„Dat dacht ik wel!" In gedachten roert ze in het pannetje groentesoep. Wat bedoelde dat kind met „geen vervolg?" Heeft ze al iets anders gevonden? Jammer dat het in die tearoom zo gauw spaak is gelopen. Achteraf ook niet zo'n lumineus idee om zo'n vrijgevochten type als Deetje Kruyt los te laten op die wereld-vreemde zieltjes daar. Jola herinnert zich hoe één van de gezusters Boot onlangs een jongeman tot de orde riep, die ongegeneerd zijn voeten op een andere stoel had gelegd. „Jongeman, wilt u uw benen intrekken? Straks gaat iemand anders met z'n goeie kleren op die stoel zitten. Dat doet u thuis maar, het is hier een keurige gelegenheid. Hier doet men zoiets niet!"

„Han Hoet heeft gevraagd of ik voor hem wil zorgen, zolang dat nodig is. Anders moet hij naar een verpleeghuis," vertelt Deetje als ze gegeten heeft.

„Ik wist, dat hij niet langer in het ziekenhuis blijven kon. Nou, ik ben blij, dat hij jou gevraagd heeft."

„Omdat de verdenking nu niet langer op mij valt? Is er niet één of ander gezegde dat de hond de hand likt van degene die hem geslagen heeft? Nou, wat kijkt u nu? Wat denkt u nu?" „Ik bedacht zojuist, dat jij nog de strijdbaarheid hebt van de jeugd. En ik vroeg me af, of je die nog hebben zult als je zo oud bent als ik. Nu steiger je nog tegen alles wat oneerlijk is, huichelachtig, corrupt. Zoals jongeren dat met hun benijdenswaardige jeugd zo vol overgave kunnen doen. Maar de tijd achterhaalt of moet ik zeggen ondermijnt dit bij de meesten. Ze berusten, omdat het toch niet anders wordt. Omdat ménsen nooit anders worden. Altijd hebben ze gewroet, altijd zullen ze blijven wroeten in het leven van anderen. En als blinde paarden trappen op gevoelens en handelingen van hun medemens, zonder enige notie te hebben van de schade die ze aanrichten."

„Ik zal mijn privélessen nog missen," spot Deetje. „Maar misschien mag ik af en toe nog eens terugkomen als ik met een lastige vertaling zit. Of grammatika, waar ik geen bal van snap."

„Je bent dus echt van plan de oude man te verzorgen... Maar dat kun je toch ook van hieruit? Je hebt hier een behoorlijke kamer en ginds..."

„Dáár zullen ze toch niet over kletsen? Han Hoet kon m'n opa zijn. Ik noem hem trouwens ook zo. Nee, u heeft uw kamer nu weer beschikbaar voor een echte huurder. Iemand die u een goede huur betaalt. Waar u echte gesprekken mee kunt voeren, zoals u dat altijd met uw vriendin heeft kunnen doen. Ik heb alleen maar Mavo, al is dat al heel wat voor iemand uit het viskoppenbuurtje..."

„Je doet alsof ik je vijand bent, kind!" zegt Jola verdrietig. „Ik heb je toch alleen maar een duwtje in de goede richting willen geven? Omdat ik je de moeite waard vond en vind. En omdat ik meteen al vermoedde, dat je een goed stel hersens had. Daarom hoop ik dat je me de kans geeft, verder te gaan met de lessen. Daar bewijs je mij evengoed een dienst mee. Ik mis m'n jongens nog iedere dag, zie je."

Deetje legt een berouwvolle hand op Jola's arm. „Sorry. Over kwetsen gesproken. Ik doe zelf niet anders. En ik weet heus wel, dat u anders bent dan de meeste mensen. Net als opa Han, die bedoelt het ook goed... Daarom ga ik hem helpen. Hij heeft het mij ook gedaan toen ik in de puree zat. En die lessen wil ik graag blijven volgen. Ik zal heus tijd genoeg over hebben. Al zal ik ook wel met de hond moeten lopen. Dat kan Han zelf natuurlijk nu niet."

„Waar is dat beest nu? In het asiel?"

Over Deetjes gezicht verspreidt zich een rose waas, dat zich uitvlekt tot aan haar hals.

Jola's vlugge brein deduceert woorden, flarden van zinnen, gebaren en gezichtsuitdrukkingen. De laatste van de dames Boot, van die ondanks alles zo sympathieke Jan-Willem Bergman en tenslotte Deetje zelf. Haar kleur bevestigt Jola's slotconclusie en anders doet Deetjes antwoord dat wel: „Het neefje van de tearoom-dames zorgt voor Rak. Dat joch zwierf altijd al veel met opa Han langs het strand en door de duinen..."

„Bedoel je René van de Berg? De zoon van de tekenleraar?"

„Ik weet alleen dat hij schildert. Zeegezichten..."

„Van de Berg geeft ook tekenles op middelbare scholen. Wij waren aan dezelfde school verbonden. Jij hebt hem zeker bij zijn schoonzusters ontmoet?"

„Ja. Een gave vent. Maar volgens die ouwe vrijsters deed ik te enthousiast tegen hem en hij tegen mij. Daarom moest ik op staande voet vertrekken. Dat was dus vanmorgen."

„Rangschik je mij ook onder die categorie „ouwe vrijsters"?"

Deetjes pupillen verwijden zich, waardoor haar ogen donkerder lijken. „Nu doe ik u alweer pijn. Het is eigenlijk een maffe uitdrukking."

120

„Behoorlijk uit de tijd ook. Er zijn tegenwoordig — gelukkig zou ik bijna zeggen — veel vrouwen, mannen evengoed, die bewust, of omdat ze niet iemand ontmoetten, waarmee ze het aandurfden, alleen blijven. Maar daarom staan ze niet aan de kant. Of zijn ze in-kompleet of wat ook. Helaas komt die vorm van diskriminatie nog veel voor. Zoals elke minderheid door de grote massa gediskrimineerd wordt."

„Ja, daar kan ik zelf ook over meepraten. Maar als je evengoed dan toch hetzelfde doet bij een andere groep…" Deetje heeft een moedeloos handgebaar. „Het is zo moeilijk om het goed te doen."

„Als je het alleen wilt doen, lukt het je ook vast niet, kind."

Deetjes ogen zien plotseling weer die in doodsangst verstarde zwaan, wachtend tot die hoge watermuur zich op hem storten zal. Ze huivert. „Ik weet wat u bedoelt. Maar ik… ik zie het niet. Hem niet: God. Want dat bedoelt u toch? Geloven… het is zo ongrijpbaar, onzichtbaar, ik… je wordt er alleen maar zenuwachtig van, omdat het niet tastbaar is. Het enige dat naar buiten toe zichtbaar is, zijn de onderlinge ruzies van de christenen. Hebben ze weer een verschil van mening: hup, een nieuw hokje. Je ziet door de bomen het bos niet meer."

„Oftewel door al die kerken God niet meer. Je hebt gelijk: het is een veelgehoorde klacht van de buitenwacht. Het is ook een belemmering voor anderen om over die toch al hoge kerkdrempel te stappen. Toch: als je blijft letten op mensen met al hun tekortkomingen, al hun klein-menselijk gemuggezift, dan blijft je de moed ontbreken. Maar je zou het ook positief kunnen zien: iedereen, jij, ik, met al onze minpunten, mogen komen bij God. Hij stuurt niemand terug omdat hij te slecht is, of uit een nest komt, dat niet deugt, volgens de mensen dan altijd. Nee, iedereen die echt vanuit z'n hart vraagt: „God, wilt u naar me luisteren. Wilt u mij helpen?" zal merken, dat God dat ook werkelijk doet."

„Ik ga naar boven, als u het niet erg vindt," zegt Deetje om een eind aan het gesprek te maken. Ze heeft geen zin hier verder over te praten. Maar eenmaal in bed, blijven de woorden van de lerares nog lang door haar hoofd spoken. Wat Deetje als heel hinderlijk ervaart.

Zodra het donker is, gaat Deetje die zondagavond met haar weinige bezittingen terug naar het voor-oorlogse pand aan de Torenstraat. Veel langer heeft ze niet durven wachten, want de sleutel moet ze afhalen bij het buurhuis. Jola van Leeuwen heeft Han Hoet die middag in het ziekenhuis opgezocht en samen met de oude man nog wat details doorgesproken. Ze weet dat hij maandagmorgen naar huis mag, nu er iemand is, die hem daar op kan vangen en op hem letten kan. Zijn hart schijnt er niet al te best aan toe te zijn. Hij houdt zelf bij hoog en laag vol, dat hij die avond „zo draaierig" werd en toen hij wilde gaan zitten, over het vloerkleed struikelde, waardoor hij viel en met z'n hoofd ongelukkig terecht kwam op de scherpe kant van het geopende blik. Zijn schraapzucht is hem noodlottig geworden. En mij erbij, denkt Deetje spits. Ze laat haar koffer pal voor het huis van Han Hoet op de ongelijke trottoirtegels zakken. Haar arm voelt stijf en pijnlijk aan. Maar ze is er. Nu de sleutel nog zien los te krijgen van die snibbige buurvrouw van opa Han. Ze heeft Jola's aanbod om haar weg te brengen beslist van de hand gewezen. Ze heeft al genoeg voor haar gedaan. Deetje Kruyt moet nu eindelijk maar eens bewijzen, dat ze heel goed op eigen benen kan staan. Vóór ze afscheid nam van Jola van Leeuwen, had ze eerst Anneke nog gebeld. Op aandringen van de lerares. Van Anneke had ze gehoord, hoe Jan-Willem haar vergeefs had gezocht. Gisteren had hij bij toeval ontdekt dat ze in „De eerste aanleg" werkte. Wat een geluk, dat ze toen hoog en droog boven die tearoom zat te poetsen. Jan-Willem had Anneke gerust weten te stellen. „Het leek hem een heel nette

122

lunchroom", had haar zusje naïef gebabbeld. Ja, die stem had gelukkig heel opgewekt geklonken. Toen ze Jola van Leeuwen de groeten doorgaf van Ad en Anneke en van Marjolein, had de lerares na een kleine aarzeling verteld van het bezoek van Jan-Willem. Natuurlijk was ze driftig uit haar slof geschoten: „Waarom heeft u dat niet meteen verteld, gisteren? Dit vind ik nou weer echt achterbaks!"

Toen moest ze eerst weer gaan zitten en luisteren naar het verslag over het gesprek dat zich tussen Jola en Jan-Willem had ontsponnen, over ene Deetje Kruyt. Sterk gecensureerd vanzelf. O, ze had gepopeld om te kunnen ontsnappen, want hoe goed bedoeld, ook de zorg van de lerares begon haar te benauwen. Deetje, de onafhankelijke, die zich nooit meer, in welk net ook wil laten strikken. Ze had het ook gezegd: Jan-Willem kan op het dak van z'n hotel gaan zitten. En m'n zwager Ad ernaast. Die twee willen een „fair lady" van mij maken. En daar bedankt Deetje Kruyt voor. Als ik zo niet goed genoeg ben, dan kunnen ze voor mij..."

„Ja, ja, ik weet wat je zeggen wilt..." Gnuivend was ze met haar koffer en uitpuilende tas op weg gegaan.

Bij het buurhuis wordt tegen het raam getikt. Deetje loopt naar de deur. Ook hier staan de huizen net als in hun dorp aan het trottoir. Iedereen die hier langswandelt wordt onmiddellijk opgemerkt.

„De sleutel!" puft de zwaarlijvige vrouw. „Ik hoorde in het ziekenhuis dat er een nichtje van de ouwe baas voor hem kwam zorgen. Zodat die stumperd niet naar een verpleeghuis hoeft. Dus jij bent dat nichtje... 'k Heb je hiernaast nog niet eerder gezien. Ik wist niet eens dat hij familie had."

„Ik ben ook geen familie. Mijn vader was visser, net als Han Hoet." zegt Deetje lukraak. Want hier had ze niet op gerekend.

„Vandáár..." prevelt de buurvrouw. Het is duidelijk dat ze er niets van begrijpt. Haar ogen bekijken het blondje met onverholen wantrouwen vanachter de bril met het zware montuur.

Deetje maakt zich zo vlug dat gaat met een zware koffer, uit de voeten. Als ze de schuif van het hekje achter zich heeft dichtgemaakt, glijdt het verstikkende gevoel, dat haar zolang heeft gekweld, van haar af. Bevrijd haalt ze adem. Geen overbezorgde grootouders, geen minachtende ogen van Jan-Willem, geen belerende Jola van Leeuwen, geen beschuldigende zusters Boot, geen achterdochtige buurvrouw... Hier is ze alleen, al is het nog zo griezelig om die donkere, tot zomerverblijf herschapen schuur binnen te gaan. Een paar weken lang is hier niemand geweest, behalve de buurvrouw. En de politie. Die zal alles wel centimeter na centimeter hebben doorzocht. Overal vonden ze vingerafdrukken. Van haar! Deetje bijt op haar lippen. Vooruit, niet zo kinderachtig, Deetje Kruyt. Jij hebt wel voor hetere vuren gestaan. Zo spreekt ze zichzelf moed in, terwijl ze met de sleutel het slot probeert om te draaien. Maar het lukt niet. Zou het...? Ach, natuurlijk, het is vast de sleutel van het woonhuis. Opa Han had de sleutel van het zomerhuisje in de keuken achter het geblokte schoorsteenvalletje aan een spijker hangen. Nu moet ze toch ook dat stille huis binnengaan. De laatste keer dat ze hier binnenging, vond ze de oude man op de grond... Deetje knipt het licht in de keuken aan, grist snel de sleutel van het haakje en sluit de achterdeur weer. Pas nadat ze de gordijnen van het piepkleine slaapkamertje heeft gesloten vervaagt het beeld van de bloedende oude man op de grond. Vanaf de rand van het keurig opgemaakte bed kijkt ze rond. Alles ziet er nog precies zo uit, als toen ze het kamertje achterliet, op Goede Vrijdag. Kennelijk heeft Han Hoet nog diezelfde avond in het huisje willen trekken. Misschien had hij voor Pasen nog huurders voor zijn huis kunnen krijgen.

Ze schuift haar koffer onder het bed, wat maar gedeeltelijk lukt. Daarom laat ze zich voorover op haar buik vallen en

124

probeert te ontdekken, wat dat verhindert. Midden onder het bed staat een doos, die er eerder niet was. Met haar arm haalt ze hem naar zich toe. Er blijken boeken in te zitten. Allemaal dezelfde. Bovenop het geplastificeerde kaft staat een oude visserskop. Deetje spert haar ogen wijd open: dat is opa Han. Het kan niet missen. Snel, vóór ze zich bedenken kan, neemt ze het bovenste boek, klapt de kartonnen helften weer dicht en schuift de doos zover mogelijk naar de achterwand. Als ze weer staat, ziet ze dat de matras verschoven is. Het laken en de twee dunne dekentjes hangen bijna op de grond. Met een forse beweging stopt Deetje het hele zaakje weer op z'n plaats en dan doet ze opnieuw een ontdekking: bij het hoofdeinde vlakbij de plaats waar ze staat, gluurt een stuk rafelig matrasdek, waarvan de grijze inhoud naar buiten puilt. Als ze dat probeert terug te duwen voelt ze iets hards. Haar hand tast en haalt een gele envelop tevoorschijn. Hij is niet gesloten. Als ze de gegomde flap optilt, ziet Deetje een stapeltje groene bankbiljetten.

HOOFDSTUK 15

„Wat heb jij, Ank? Heeft mijn beroemde broer zich weer eens onhebbelijk gedragen? Vertel het maar aan Keessie hoor. Ik ga voor jou met liefde nog eens ouwerwets met hem op de vuist."
„Idioot!"
„Binnenlandse onlusten dus. Heeft Kees niks mee te maken. Je hebt gelijk, schoonzussie."
„Je mag het best weten. Het was weer om Deetje. Volgende week is ze jarig. Ik wil zo vreselijk graag naar haar toe. Ze is de enige familie die ik heb. Op opa en oma na natuurlijk. We hebben geen ouders meer, Deetje en ik, daarom..."

125

„En wij dan?"

Anneke van Rhyn geboren Kruyt legt een berouwvolle hand op de schouder van zwager Kees. „Jullie zijn allemaal schatten. Altijd geweest. Maar Deetje... ze is toch m'n enige zusje? Ik zou zo graag met eigen ogen zien hoe ze het maakt. Niet alleen per telefoon. Het duurt nu al zolang..."

„Als jij hier zo over tobt, dan moet je er heen!" stelt Kees na een blik op Annekes betrokken gezicht vast. Ik zal Jan-Willem haar adres ontfutselen. Dat geklier begint me zo langzamerhand gruwelijk te vervelen en Ad heeft zijn buik er veel langer vol van."

„Kees!" roept Anneke verschrikt als ze zijn grimmige gezicht ziet. „Maak nu geen brokken. Jan-Willem doet toch al zo vreemd de laatste tijd. We zien hem bijna nooit meer. Je moeder klaagde er ook al over."

„Reden temeer om me in het hol van de leeuw te wagen. Sjuusies, je hoort zo gauw mogelijk van me!"

Anneke ziet hoe de lange, broodmagere soldaat met een lenige zwaai op zijn fiets springt en wegracet. Ze tuurt hem na tot hij om de hoek van de Boulevardweg is verdwenen. Gekke, lieve Kees, die het als altijd weer voor haar op gaat nemen. Annekes gedachten dromen weg naar het kleine huisje aan de Schuitenweg en naar het huisje, dat tegen het hunne leunde. Hoe vaak was driftige, impulsieve Kees niet binnen komen stormen, als Ria Kruyt één van haar dochters met de beruchte stok bewerkte of Harm zijn handen weer niet thuis kon houden? Eén schreeuw en Kees was present. Hij kon Deetje en haar immers dwarsdoor de dunne zolderwand heen horen snikken?

Kees van Rhyn staat binnen tien minuten in de hal van het flatgebouw. Zijn ogen gaan speurend langs de rijen naambordjes. ,J.W. Bergman, deze moet hij hebben. En nu maar hopen, dat Jan-Willem thuis is en open wenst te doen. Hij heeft geluk. Nadat hij zich gemeld heeft, springt de

126

glazen tussendeur open en kan hij via de trap of lift naar de gewenste etage.

Jan-Willem wacht hem aan het begin van de gang van de derde verdieping.

„Hay, sergeant. Daar doe je goed aan. 'k Heb net koffie gezet, dus dat treft."

„Heb je bezoek?" informeert Kees argwanend. „Dan maak ik meteen rechtsomkeert."

„Ben je? Veel te leuk dat je eens aan komt waaien. Bovendien is het bekend volk voor jou."

Inderdaad: in de ruime, smaakvol ingerichte kamer ziet Kees zijn jongste zusje, die zich met een kleur als meikers losmaakt uit de armen van een naar zijn huidskleur en uiterlijk te oordelen, oosterse jongeman.

„Jeanètje, Jeanètje," bestraft Kees, „waar heb je dat zoenen zo grondig geleerd? En weet moeder hiervan?"

„Mispunt. Dit is Kees nou, Tim. Let maar niet op wat hij zegt. Hij is een echte revelaar!"

„Een wat?" vraagt Kees.

„Een revelaar. Zo noemt Tim iemand die zotte dingen uitkraamt."

„O, nou hallo dan maar. Ik ben dus Kees van Rhyn."

„En ik Tim van Maanen."

„Hollandser kan het niet."

„Je bent niet de eerste die dit zegt," lacht Tim. „Ik geloof dat dit ook de eerste vraag was die jouw zusje op me afvuurde."

„Nietwaar!"

„Ik ben als baby geadopteerd. Ik ben geboren in Zuid Vietnam. Nadat mijn ouders bij een bomaanslag om het leven kwamen ben ik eerst een half jaar in een kinderhuis geweest."

Er valt een stilte na dit summiere verhaal, die Jeanètje doorbreekt met de woorden: „Maar je hebt fantastische pleegouders Tim. En je hebt nu mij."

Deze keer trekt ze zich niets aan van de aanwezigheid van Jan-Willem en Kees. Met een lief gebaar legt ze haar handen om Tims donkere gezicht en kust hem innig. Jan-Willem moet er van wegkijken. Dit is helemaal het spontane, bloed-warme kind, waar zijn gedachten zolang mee verweven zijn geweest. Nu, vanmorgen, stond ze ineens met die donkere jongen voor hem. „Jij bent na moeder de eerste die het weet van Tim en mij. Omdat je altijd zo'n fijne vriend voor me bent geweest. En alsjeblieft, Jan-Willem, laat dat zo blijven."

Hij had iets weg moeten slikken. En razendsnel zijn verwarde gedachten moeten ordenen. Hij had het maar op een grapje gegooid: „Kind, wat overval je mij met dit grote nieuws. Hier wist ik echt helemaal niets van, je moeder heeft er niets over losgelaten."

„Klopt. Had ik haar gevraagd. Ik wilde het Ad en jou zelf vertellen."

Kees drukt intussen de vriend van zijn zusje de hand en begint op zijn vlotte manier een gesprek, terwijl Jeanètje met een gelukkig lachje tegen Tims schouder leunt. Ze wist wel, dat Kees en Tim het goed samen zouden kunnen vinden. Met haar oudste broer zal het ook best loslopen, al zal Ad ongetwijfeld achtergrondinformatie willen hebben over Tim. Ze lacht ondeugend. Wat hij voor werk doet, of hij goede vooruitzichten heeft, dat soort zaken. Terwijl Kees meer de mens achter de mens zoekt, net als zij. En dat is wel in orde. Ze kunnen fijn samen bomen, over de meest uiteenlopende zaken. Maar ook over hoofdzaken. Over hun geloof, dat hoewel vanuit een totaal verschillende invalshoek, hetzelfde raakpunt heeft: God.

Niemand merkt Jan-Willems zwijgzaamheid. Ja, toch: Kees, maar pas als het jonge stel is vertrokken. Dan dringt het tot hem door, dat Jan-Willem zo anders is en doet dan ze hem kennen. Het bepaalt Kees ineens bij de reden van zijn bezoek.

Alleen, mag hij daar Jan-Willem mee lastig vallen, nu hij kennelijk met zichzelf overhoop ligt? Verre van op z'n gemak denkt hij: Jan-Willem was er altijd voor ons. Zolang ik me herinneren kan. Altijd stond hij klaar om moeder en ons te helpen. Ook de jaren van vaders ziekte... Hij heeft de aanzet gegeven, dat Ad die dure opleiding aan de hotelschool kon volgen. Hij heeft natuurlijk ook een goed woordje voor hem gedaan bij zijn vader zodat Ad nu één van die schitterende sleutelhotels beheert. Terwijl Ad de zuster van Jan-Willem verre van korrekt behandeld heeft. Zelfs dat feit heeft aan de vriendschap tussen Jan-Willem en Ad niets afgedaan. Integendeel: Jan-Willem komt graag en veel bij Ad en Anneke. Behalve de laatste tijd. Er schort iets aan. Maar wat? Het is toch niet...? Jeanètje! Kees harkt verwoed door zijn te lange haar, zodat het weer over zijn ogen hangt.

„Jan-Willem," zegt hij dan op vertrouwelijke toon: „Kan ik iets voor jou doen? Je ziet er slecht uit, dat vinden moeder en Gon ook. Jij hebt zoveel voor ons gedaan, omgekeerd willen wij jou ook graag helpen, dat weet je."

Jan-Willem lacht geforceerd. „Keessie's gevoelige hart is weer eens op drift. Jongen, dat jij toch niet in het sociale vlak werk zoekt, daar ben jij geknipt voor. Jij vermoedt altijd problemen en frustraties en luddevedut. Er is met mij niets aan de hand, meneer de mol. Alleen een drukke tijd achter de rug. En nog! Over een maand is het rustiger en dan neemt deze meneer vakantie. Gerustgesteld?"

Hij heeft Kees niet overtuigd, maar als iemand geen vertrouwen wenst te geven, mag hij daar niet op aandringen. Daarom geeft Kees het gesprek bewust een andere wending. „Ik kom om het adres van Deetje. Jij hebt een tijdje terug een gesprek gehad met die dame waar Deetje in huis is. Deetje is over een week jarig en Anneke wil naar haar toe. Begrijpelijk. Ze heeft haar zus al in maanden niet gezien."

„Toen Ad en Anneke in Drenthe woonden heeft Anneke

haar wel langer niet gezien."

„Helemaal waar. Dat zit Anneke nog altijd genoeg dwars. Maar ja, ze waren stapel druk, in die Drenthe-periode."

„Hm! Nou dat adres kan ik niet geven, op Deetjes eigen verzoek overigens. Ze wil zelf aangeven, wanneer ze de familie weer wil zien."

„Anneke gaat er kapot aan. Zo'n type is ze. Doe dus alstjeblieft niet moeilijk, Jan-Willem. Als jij het niet geeft, vis ik het zelf uit, makkelijk zat".

Jan-Willem kijkt naar het vastberaden gezicht van Kees, dat op dit ogenblik niets jongensachtigs heeft. Hij moet plotseling denken aan de pijnlijke ervaring, die Kees vorig jaar heeft doorgemaakt, toen hij verliefd werd op een meiske, waar hij mee in kontakt kwam tijdens zijn bezoek aan Ad en Anneke in Drenthe: Scylla Reyenga, die achteraf het halfzusje van hem, Jan-Willem, bleek te zijn... Dit najaar hoopt ze te trouwen met haar grote liefde Roel Reyenga. Met opzet hebben ze gewacht, tot de grootste drukte hier aan de kust voorbij is. Zodat vader, Margaret en hij bij het huwelijk aanwezig kunnen zijn. En Ad en Anneke natuurlijk ook. Zou Kees' hart nog altijd trekken naar Scylla? Terwijl dit door hem heen flitst, realiseert Jan-Willem zich, dat Kees, juist Kees, hem inderdaad zou kunnen begrijpen, stel dat hij zijn hart voor hem open zou leggen. Toch doet hij dit niet. Kees is te nauw betrokken bij alles. Bovendien kent hij Kees' loyaliteit waar het „zijn" mensen betreft. Nee, hij kan niet praten over de pijn om Jeanètje, al gunt hij haar het geluk van harte. Hoe zou Kees, toch een jaar of wat jonger, begrijpen waar hij zelf nog steeds niet uit kan komen?

„Nou?" herhaalt Kees gewild luchtig. „Krijgen we het of krijgen we het niet?"

„Ik denk dat ik je beter eerst het een en ander kan vertellen, onder voorwaarde, dat je hier niet over praat. Niet met je moeder, niet met Anneke en helemaal niet met Ad. Nou, enfin, met niemand."

130

Kees knikt instemmend, maar niet van harte. Hij voelt dat hij dingen te horen krijgt over Deetje, die voor de familie beter verzwegen kunnen blijven.

Jan-Willem vertelt, wat hij Jola van Leeuwen eerder al heeft verteld. Hij begint bij het midwinterfeest, om via de trieste geschiedenis met de oude visser te eindigen met wat hij zelf heeft waargenomen: de ontmoeting van Deetje met die veel oudere man-met-baard. „Begrijp je nu, dat het met name voor Anneke beter is, dat ze geen kontakt zoekt? Deetje is totaal losgeslagen. Ze wil gewoon niet anders. We zijn daar met elkaar toch altijd bang voor geweest?"

„Jij misschien en haar grootjes en Ad. Maar ik niet en Anneke ook niet. Zeker weten. En als jij met dit verhaal mij tegen denkt te houden, Jan-Willem, dan ken jij Kees van Rhyn nog nooit. Ik begrijp dat jij aan een belofte gebonden bent. Maar dat ben ik niet. Ik ga volgende week naar de jarige. Met haar zuster. Dat kan niemand mij beletten. Zelfs jij niet. En nou ga ik er vandoor. Moeder heeft me nog niet eens gezien. Ik had gisteravond wacht en kon vanmorgen pas weg. De bus stopt zowat bij Ad en Anneke voor het huis, daarom heb ik daar eerst even om de deur gekeken."

Als Kees weg is, verzamelt Jan-Willem de koffiebekers. Die van zichzelf schenkt hij nog eens vol. Hij gaat ermee naar het ruime balkon en laat zich op één van de witte stoelen neer. Hij strekt zijn lange benen en tuurt naar beneden, waar hij het zicht heeft op het nog nieuwe winkelcentrum. Zo beziet hij van een afstand het zaterdagse gewoel en beleeft opnieuw die zaterdag van enkele weken terug. Hij hoort weer de vinnige stem die Deetjes naam noemde en die beschuldigingen aan haar adres uitte. Hem bespringt weer hetzelfde paniekgevoel, als in die mensenkluwen, waardoor hij zich een weg stompte naar de boulevard. Daar op dat terras dacht hij alles rustig op een rijtje te kunnen zetten. Maar juist toen zag hij Deetje langskomen snellen, gevolgd door die vent met z'n rossige baard. Nee, Kees, ik heb het helaas bij het rechte eind. Al weet jij niet, hoeveel hartzeer mij deze diagnose kost. Ik kon jou dat niet vertellen. Niemand hoeft te weten, dat het bij mij zo'n janboel is van binnen. Jeanètje een vriend, Deetje op drift, de twee waar ik jarenlang zo intens aan heb gedacht. Misschien ben ik wel niet normaal. Ik begin langzamerhand aan mezelf te twijfelen. Zijn die „op afstand" liefdes camouflage voor het feit, dat ik toch het liefst alleen mijn weg wil gaan? Nog geruime tijd zit hij daar, in diep gepeins verzonken. Tot de telefoon hem onverbiddelijk terugroept. Het is Margaret, die hem herinnert aan een afspraak met gezamenlijke vrienden. „Over een half uur zijn we bij je, Jéwé. Denk je eraan, dat je je zeilspullen aantrekt? Jij bent zo'n oen om dat te vergeten."

Zeilen... het is er schitterend weer voor. Jan-Willem recht zijn schouders en springt lenig overeind. Wat drommel, hij is nog geen oude kerel. Al heeft hij dan een paar fikse tikken over zijn neus gehad, daarom hoeft hij toch niet bij de pakken neer te blijven zitten? Snel neemt hij een douche, eerst lauw, dan koud. Daarna voelt hij zich weer beter tegen alles opgewassen.

Meteen na de middagboterham haalt Kees zijn fiets uit de schuur. Moeder Marga loopt met hem mee. Zo vergenoegd staat ze in de poort te genieten van de uitbundig bloeiende border, die Kees, samen met Gon rondom het klinkerplaatsje heeft aangelegd. Kees ziet het. Een warm gevoel komt in hem op, voor die dappere, tengere vrouw, die het al zo lang zonder vader heeft moeten doen. En hoe! Hij zwaait zijn been over het zadel, leunt met één hand tegen de muur en trekt met zijn andere haar hoofd naar zich toe. „Dag moek, ga maar lekker een poosje buiten zitten in het zonnetje. Het is hier net een plaatje, met al die kleuren."

„Ik heb er iedere dag zoveel plezier van. Wat is alles opgeknapt, ook binnen. Ik denk zo vaak: dit had vader toch nog

132

eens moeten zien. Hoe goed we het hebben. Hoe mooi alles geworden is. En nu ook weer met Jeanètje... hij zou vast ingenomen zijn met zijn aanstaande schoonzoon."

„Net als jij! Nou die Tim lijkt mij ook een geschikte baas. En nou ga ik een fijne tocht maken. Ik weet niet hoe laat ik terugben."

„We eten om half zeven. Macaroni, dat lust je toch zo graag?"

„O ja! Maar als ik er niet ben, dan eten jullie maar. Ik heb geen zin me op m'n vrije zaterdag te haasten hoor. Ik moet in dienst de hele week al in het gareel lopen."

„Natuurlijk, dat weet ik toch! Het is heerlijk nu in de duinen. Geniet maar fijn."

„Doe ik!" Marga hoort hem fluitend wegfietsen. Het is ongeveer een uur fietsen, in noordelijke richting naar het dorp waar Deetje woont. Een tocht dwars door de duinen, waar gelukkig nog altijd veel moois te zien is. Kees geniet buitensporig van de rit, waar hij na een week militaire dienst, altijd reikhalzend naar uitziet. Hier ademt hij weer lichte lucht, al is ook de zeewind vervuild met stikstof en ammonia en zwavel, net als elders. De zorg om de natuur, die hem zo na aan het hart ligt de laatste jaren, staat hoog in hem op. Zijn oplettende ogen kijken nu heel anders tegen het duinlandschap aan. Tweederde van de nederlandse flora herbergen de duinen weet hij. Moeten we maar lijdelijk toezien, hoe deze stukje bij beetje wordt aangetast en vernietigd? Vooral als je verder rondkijkt in de wereld, met name in het Midden-Oosten, waar het oorlogsgeweld ook voor het milieu catastrofaal is. En weer, als zo vaak denkt Kees: waarom ziet het gros van de mensheid niet hoe ernstig het is? Over twee weken start de milieugroep weer, waarbij hij is aangesloten. Eind oktober zit zijn diensttijd erop en kan hij weer veel van zijn vrije tijd geven om daadwerkelijk mee te helpen aan herstel en beperking van de schade. Al lachen ze hem nog altijd vierkant uit. Zijn vrienden, ja en ook zijn familie vindt hem vaak overdreven bezorgd. Moeder niet. Die heeft hij door allerlei voorlichtende lektuur zover geïnformeerd, dat ook haar bezorgdheid is gewekt. Zij honoreert die door milieuvriendelijk verpakte levensmiddelen te kopen. Fosfaatvrije waspoeder, flessen melk... Maar hoe schud je iederéén wakker?

Als Kees op een „paddestoel" leest, dat hij nog maar één kilometer van het bewuste dorp verwijderd is, stapt hij af. Uit zijn zadeltasje neemt hij een appel, zet zijn fiets op slot en slentert naar de bank, een tiental meters verderop. Er zit al iemand: een oude man in een zwart pak. Hij heeft een eivormig gezicht, tanig getint door de zon. Het geeft een eigenaardig kontrast met de rest van zijn plechtstatig voorkomen. Zo op het oog een stug, weinig toeschietelijk persoon, bedenkt Kees spijtig. Toen hij Jan-Willem het adres van Deetje niet kon ontfutselen, bedacht hij, dat er ginds net als in Scheveningen, banken zouden staan, waarop ouderen samengroepen om, gezellig keuvelend, terug te blikken op vroeger. En waar — voor hem veel interessanter — tevens de laatste nieuwtjes uitgewisseld worden. Het moet al gek gaan als hij op deze simpele manier „wilde" Deetje niet opspoort. Als er maar de helft waar is van Jan-Willems verhaal, moet ze gespreksstof zijn geweest of nog zijn voor de bankzitters.

Luid knagend aan zijn appel neemt hij plaats naast de oude man, die hem terdege opneemt, dat voelt Kees wel. „Best augustusweertje hé?" zegt hij losjes. „Het zit hier best. Je hebt van hieruit een mooi uitzicht op het dorp. Net als bij ons, als je bovenop een duin zit."

Dit laatste spreekt de oude man kennelijk aan. „Waar vandaan ben je?"

Kees vertelt het één en ander over zijn geboortedorp en gaandeweg, merkt hij dat de man zijn reserve verliest. Getuige zijn gretige vragen.

„Ja, het is een lekker fietsweertje, niet te heet en net genoeg wind," besluit Kees zijn inleiding.

„Terug heb je 'm tegen."

„Geeft niets. Juist lekker!"

De man kijkt met iets van weemoed naar de jonge, gespierde vent. De open, eerlijke blik van de jongen bevalt hem. „Als je nog jong bent, ja. Dan zie je nergens tegenop. Dan lacht het leven je toe. Dat gevoel herken ik, al is het nog zo lang geleden... hoewel... ik ben toch blij, dat ik nu niet jong ben. Nee..."

Vóór de man zich in het verleden terugtrekt, zegt Kees snel: „U kent natuurlijk de meeste mensen in het dorp. Kunt u mij misschien zeggen waar mevrouw van Leeuwen woont? Ze is lerares."

„Niet meer. Jola van Leeuwen is sinds kort in de VUT. Ik weet nog als de dag van gisteren, dat ze voor het eerst les ging geven aan een lagere school. Tegenwoordig heet dat anders... En daarna ging ze naar de H.B.S. Havo zeggen ze nu. Ja, Jola ken ik vanaf haar prilste kindertijd. Haar vader en ik waren kameraden vroeger. Ze zal tegen de zestig lopen, dat meissie. Ik ben zelf al een eindje in de tachtig." Hij zwijgt en Kees zegt prompt: „Dat zou je beslist niet zeggen. Vijf en zeventig, hooguit."

De man knikt, als had hij geen ander antwoord verwacht. „Dat zegt iedereen."

„Die lerares..." herinnert Kees hem.

„Ja. Jola's huisvriendin is afgelopen winter overleden. Vrij plotseling. Ze zat ook in het onderwijs. Nou, vanzelf een hele slag voor juf Jola. Toen had ze ineens een juffie op kamers. Niemand die haar kende. Volgens de zusters Boot van het theehuis deugde ze niet. Ze is ook niet lang bij Jola gebleven. Nu zit ze bij die ouwe stumper: Han Hoet. Ze aast vanzelf op z'n geld, want familie heeft hij niet."

„Dorpsroddels!" Drift vlamt in Kees' ogen en in zijn stem.

135

„Het is hier al precies als bij ons. Als mensen maar gif kunnen spuien. Toevallig ken ik dat meisje al m'n hele leven. Ze heeft met haar moeder en zusje altijd naast ons gewoond. Haar vader was visser. Die is een paar maanden vóór haar geboorte verdronken op zee. Waar woont die Han Hoet?"

„Ach. Tja…" De man gaat staan. Stram en stijf verzet hij zijn voeten. „Als 't geen bezwaar is dat het voetje voor voetje gaat… dan wijs ik je waar hij woont."

Samen gaan ze op weg. Inderdaad is het niet meer dan geschuifel, maar Kees, allang weer bekoeld, denkt wijsgerig: kwestie van tijd. Hier heeft de beste man misschien een halve eeuw geleden zelf gelopen naast een ouwe baas, die hém de weg wees. En zo loop ik misschien over nóg een slordige vijftig jaar. Als er dan tenminste nog een leefklimaat is, op dit wereldje. Er schrijnt iets in zijn borst. O, die lieve, lieve aarde, eens zo adembenemend mooi geschapen. „God," hunkert hij ineens met zijn bijna vergeten jongensvertrouwen, „bescherm toch, wat U eens zo mooi hebt gemaakt. Bescherm het tegen nietsontziende mensenhanden…"

De oude koster brengt hem tot aan het begin van het dorp. Als ze zover zijn, heeft Kees een leven in vogelvlucht meebeleefd. Nog helemaal in de ban van het verhaal loopt hij bijna de smalle straat waar de bewuste Han Hoet moet wonen, voorbij. Dan ook realiseert hij zich pas, dat Jan-Willem met geen woord heeft gerept over het feit, dat Deetje niet meer bij de lerares woont, maar bij een oud baasje. Echt iets voor Deetje om zich halsoverkop weer in een nieuw avontuur te storten, zonder zich iets van de praatjes van de mensen aan te trekken. Tenslotte hebben ze altijd over haar moeder en haar gepraat.

Kees zet zijn duim op het zwarte knopje van het drukbelletje, naast het koperen naamplaatje H. Hoet. Maar er volgt geen reactie. Daarom kijkt hij brutaalweg door één van de langwerpige ramen pal aan het trottoir. Achterin de kamer

136

ziet hij de achterkant van een wit hoofd, dat net boven een leunstoel uitgluurt. Kees geeft een fikse roffel op het raam en dat werkt. Het hoofd komt helemaal tevoorschijn en maakt een schuine beweging naar rechts. „Achterom", vertaalt Kees in zijn eigen voordeel. Binnen een halve minuut staat hij al in de kamer en vertelt de man met het witte, ingevallen gezicht wie hij is en wat het doel van zijn komst is.

„Het juffie is er niet. Ze is naar de rommelmarkt, achter de kerk. Kijken of ze nog wat op de kop kan tikken voor haar huisje."

„Welk huisje?"

„Achter! De laatste vakantiegangers zijn vanmorgen vertrokken. Ik woon nu zelf weer hier. En het juffie in het huisje."

„In de schuur," zegt Kees na een blik door het achterraam. Han Hoet proeft zijn geringschatting. „Het is daar allemaal keurig. M'n vrouw en ik hebben er zomers jarenlang gebivakkeerd. Ga gerust kijken, als je me niet gelooft jongeman."

Kees haalt zijn schouders op. „Ik zie het straks wel. Waar is die rommelmarkt precies? Dan ga ik daar zelf ook even een kijkje nemen."

„In het dorp. Bij de ouwe kerk met de toren."

„De kerk van die ouwe koster! Dan vind ik het wel. Hij heeft me die gewezen toen we op het duin stonden. En hij heeft ook verteld waar u woonde."

„Pieter van Rhee. Dat ouwe wijf. Hij zal je nog wel veel meer verteld hebben, maar geloof er de helft niet van. Het is allemaal kletskoek," bromt Han Hoet. „Hij had het zeker ook over het klokluiden? Als je hem hoort, deed hij dat in z'n eentje. Maar ik weet het nog best, dat ik en nog vijf andere zeelui 's winters aan de touwen hingen. Het was een zwaar karwei, toentertijd. Het bovenste stuk van de toren is in de oorlog gesneuveld en later is er een carillon voor in de plaats gekomen. Jammer, maar ja... alles wat oud is moet nu eenmaal verdwijnen."

In het portaaltje valt Kees' oog op een paar groene emaille schalen. Eén half gevuld met water en de andere met hondebrokken. Een hond? Heeft „juffie" die misschien mee uit genomen? Kees mond splijt in een plezierige grinnik. Deetje met een hond. Hij kan zich de kombinatie nog niet voorstellen. Voor het huis steekt hij het fietssleuteltje in het slot en fietst in de richting van de kerk. Moeilijk is dat niet, want de spits toelopende toren is dé blikvanger vanaf de zeezijde van het dorp, waar alleen lage huisjes staan. Het gedeelte van de boulevard, waar hoge appartementenflats en hotels zijn verrezen, ligt aan de zuidzijde van de vuurtoren.

De kerk staat pal op de hoek van twee winkelstraten. Op het plein naast en achter de kerk is het een drukte van belang. Kramen en planken op schragen, boordevol rommeltjes en prullaria. Ook op de grond staan de meest uiteenlopende voorwerpen. Daartussendoor krioelen mensen. Kees zet zijn fiets in een rek van de Rabobank aan de overzijde. Hij vraagt zich af of hij Deetje in deze warwinkel zal weten te vinden.

HOOFDSTUK 16

Deetje zit op een witte stoel met een rechte rug, bij één van de uitklaptafeltjes die gegroepeerd staan om het rad van avontuur. Een magere jongen in een nauwe spijkerbroek, waarin een flinke scheur aan één van de pijpen, slingert met een forse haal aan de handel.

Kees, half verscholen achter een parasol, ziet hoe de ogen van het meisje als gefascineerd staren naar de cijfers op het ronde bord. Hij probeert te ontdekken welk cijfer er op het gele plankje staat, dat vóór Deetje op het tafeltje ligt, maar dat lukt hem niet. Daarom bespiedt hij het gezichtje maar weer van zijn vroegere buurmeisje. Het dikke, van nature licht golvende haar is weer blond. De diepe, koperkleurige tint is verdwenen. Jammer, het gaf haar beslist iets pikants, vindt Kees. Maar toch ziet hij haar zo liever, want er is meer verdwenen: zoals ze daar zit, onbespied wanend, is er niets van dat harde, felle, dat haar zo moeilijk bereikbaar maakte. Het is alsof ze haar masker heeft afgezet en hij de echte Deetje Kruyt ziet. Het is een gewaarwording, die Kees voor één moment de adem beneemt. Deetje... zo zou ze altijd moeten zijn. Zo is ze het evenbeeld van Anneke, die hij altijd heeft willen beschermen en nóg. Maar Deetje liet hem nooit die kans. Die klaarde het zelf liever...

De wijzer van het rad staat nagenoeg stil. Nog even stottert hij door...

„Nummer zeven. Wie heeft nummer zeven?"

„Ik!" roept Deetje en gaat staan. Nu pas ziet Kees de zwarte, ruigharige hond naast haar, die luid keffend, eveneens overeind schiet. „Een knuffelbeest voor de kleine!" grapt de raddraaier. „Of," snel monstert hij het knappe blondje, „voor je zusje. Maar als je die niet hebt mag je ook die sporttas hebben," besluit hij met een knipoog. „Nee, geef dat konijn maar!" zegt Deetje en grist het hem bijna uit handen. Hè, al die ogen op haar gericht. Niets voor haar.

Ze gaat terug naar het tafeltje, maakt Rak, die ze aan de poot van de parasol heeft vastgelegd, los en loopt in de richting van de groene legertent, waar ze nog niet heeft gekeken.

„Het is geen konijn, maar een haas, kijk maar naar z'n oren!" zegt een donkere stem in háár oor.

„Keessie!" zegt Deetje met een snik. Want het is zó onverwacht, zo heerlijk om eindelijk weer iemand van thuis te zien. Ze heeft daar zo verschrikkelijk naar verlangd, hoewel ze dit nooit toe zou willen geven.

„Ja, Keessie is speciaal gekomen voor Deetje Kruyt. En het interesseert hem geen bal of de dame dat nu wel dan niet waarderen kan. Maar ik denk toch het eerste," plaagt hij. „Ik zag duidelijk dat je me wel zoenen kon, toen ik hier ineens achter je opdook."

„Je bent maf! Ik heb jouw steekneus nooit uit kunnen staan en laat ik je voor eens en voorgoed uit de droom helpen: de ouwe Deetje Kruyt bestaat niet meer. Die lijkt alleen van buiten nog maar op haar. De nieuwe Deetje Kruyt gaat het helemaal alleen maken. Mannen komen niet meer in m'n toekomstplannen voor."

„Da's sterk! Vanmorgen nog hele andere verhalen over haar gehoord."

„Jan-Willem Bergman!" snuift Deetje verachtelijk. „Heeft je zeker ook verteld waar je me vinden kon."

„Nee, dat is niet waar. Dat heb ik zelf uitgevist. Jan-Willem weet trouwens niet beter of je woont nog bij die lerares. Dat denken Ad en Anneke ook."

Deetje haalt onverschillig haar schouders op. Ze blijft staan voor de legertent, waarvan de voorkant, vanwege de warmte zover mogelijk openstaat. „Au Rak, trek niet zo. Je knelt m'n hand zowat af!"

Kees wikkelt de riem zondermeer van haar hand en hevelt hem over naar zijn linker. De vingers van zijn rechterhand sluiten zich om Deetjes bezeerde hand. Hij voelt hoe ze zich wil lostrekken, maar hij houdt haar alleen maar steviger vast. „Zelfkastijding. Blijf nu maar braaf bij me net als... hoe noem je dat beest ook weer?"

Deetje zwijgt in alle talen. Ze doet een paar stappen de tent binnen, waar op de grond hopen kleren liggen. „Laat me los, Kees, ik wil kijken of er nog iets bruikbaars tussen zit."

„Als je er niet vandoor gaat. Hoewel: vluchten helpt je deze keer niet, Dea Kruyt. Je hebt nu lang genoeg verstoppertje gespeeld naar mijn idee."

140

Opnieuw geeft Deetje geen antwoord. Ze gaat op haar hurken zitten en trekt uit de hoop gebruikte kledingstukken een donkerblauwe rok. Keurend houdt ze hem omhoog. „Echt iets voor een verpleeghulp. Die zal me wel passen.''
Kees monstert het slanke figuurtje en daarna de formidabele afmetingen van de rok.
„Zal net gaan,'' geeft hij genadig toe. „Als je hem wat ruimer maakt in je taille. Je bent dik geworden, meisje Kruyt!''
„Stik!'' zegt Deetje kwaad. „Jij bent nog niks veranderd. Je was altijd al zo pesterig tegen mij. Heel anders als tegen Anneke.''
„Ja, maar jij bent Deetje ook maar,'' stangt Kees. Maar als ze een moment zijn ogen ontmoet, ziet ze dat die zonder plaaglust zijn. Integendeel, ze zijn van een ernst, die Deetje verwart. Kees, déze Kees kent ze niet.
„Het is hier benauwd. Ik ga terug. Opa Han zal niet weten waar ik blijf.''
„Als ik je laat gaan.'' Maar net als Deetje zich los wil rukken, doet Rak dat aan de andere kant. Hij stoot een opgewonden geluid uit en is op hetzelfde ogenblik tussen de mensenbenen doorgeschoten.
„Nou moe!'' sputtert Kees verbluft. „Ruikt'ie de slager?''
„Ik vermoed, dat hij René ontdekt heeft. Die loopt nogal eens met Rak. Wacht daar zie ik hem geloof ik...''
Kees, vastbesloten Deetje niet uit het oog te verliezen, houdt Deetjes hand stevig vast. Eindelijk staan ze stil: bij het lage muurtje, dat het kerkplein markeert.
Deetje strijkt het vochtige haar van het voorhoofd. „Wèg! En ik zie René ook niet meer. Rak is vast achter hem aangehold. Er zit niets anders op, dan dat ik hem ga halen. René heeft er natuurlijk geen erg in, dat dat stomme beest achter hem aankomt. Als ik zonder Rak thuiskom, is opa Han in alle staten. Die hond is zijn alles, moet je rekenen.''

141

„Ik heb m'n fiets aan de overkant staan. Waar woont die René?"

„Kun je toch niet vinden," zegt Deetje onwillig.

„Waar woont hij?" houdt Kees aan.

„Terriër. Jij kunt je prooi niet loslaten."

„Net als Jan-Willem. Ik heb hém vaak voor een terriër uit horen maken."

Mij liet hij anders maar al te gemakkelijk los, denkt Deetje bitter. Omdat er toch niets anders op zit, vertelt ze Kees waar René woont. „Als er niemand opendoet... de vader van René heeft achterin de tuin zijn atelier. Daar is dat joch vaak te vinden. Hij tekent en schildert net zo graag als zijn vader."

„Moet dat allemaal mee?" wijst Kees op de uitpuilende tas.

„Moet ik die haas ook meenemen? Kan zo onder m'n snelbinders."

„Ben je! Als'ie stukgaat. Hij is voor Marjolein."

„Dat had ik al begrepen. Zal Kwak blij mee zijn."

„Noem je haar nog altijd zo? Anneke schreef me uit Drenthe eens, dat je haar van die zotte bijnamen gaf."

„'t Is een lekker diertje. Ze lijkt op jou. Nee, zonder gekheid. Precies hetzelfde neusje en mondje."

„Mondje zei je toch?" Ze schieten gelijktijdig in de lach. Van dit ongedwongen ogenblik maakt Kees misbruik, door Deetje haar tas afhandig te maken. Nonchalant slingert hij hem aan het stuur. „Die zet ik keurig voor jou bij de ouwe baas achter het huis."

„Je weet niet eens meer waar hij woont."

„Jij onderschat Keessie nog altijd, geloof ik. Maar ik waarschuw je: Kees is geen Keessie meer. Met Keessie kon Deetje Kruyt nog weleens de vloer aanvegen, maar Kees pikt zoiets niet meer. Knoop dat goed in jouw oortjes, Desirée."

„Aboe!" zegt Deetje en steekt een venijnig tongetje naar hem uit. Wonderlijk hoe het onverwachte bezoek van Kees haar heeft opgefleurd en het knagende gevoel vanbinnen heeft doen verdwijnen. Kees duwt al fietsend een slip van de versmade blauwe rok terug in Deetjes tas. Hij denkt aan Jan-Willem en plotseling voelt hij twijfel. Niet zo zeer of de door hem gestelde diagnose juist is — hij is er sinds vanmorgen vrijwel zeker van dat Jan-Willems vreemde gedrag met Deetje te maken heeft — maar een kombinatie van die twee ziet hij met de beste wil niet zitten. Niet om hun totaal verschillende achtergrond, maar om het simpele feit, dat Jan-Willem Deetje niet écht kent. Dat hebben zijn uitlatingen van vanmorgen maar al te duidelijk gemaakt. Die waren immers barstensvol wantrouwen en afkeuring? Hoe Deetje zelf over Jan-Willem denkt, zal hij nog uit moeten vissen. Dat ze er een maand of wat terug de brui aangaf, alles achter zich liet en hier een nieuwe start wilde maken, geeft toch wel te denken. En dat ze met al haar geëmancipeerdheid evengoed snakt naar warmte en begrip, Kees proeft het dwars door de muur van afweer heen. Deetje Kruyt, verbitterd, vernederd, met striemen op haar lichaam en haar ziel. Die na de negatieve beelden van Harm, van Jan Troost en wie weet nog meer, niet meer durft of kan geloven in echte liefde en vriendschap van de andere sexe.

Rechttoe, rechtaan fietst Kees, al fluitend, naar de Torenstraat. Zwaait de tas van Deetje over het tuinhekje, zonder zich aan de ouwe baas te vertonen en vervolgt zijn weg, bij zichzelf de route repeterend, die Deetje hem heeft ingeprent. En niemand vermoedt, dat het vrolijke deuntje dat hij fluit, dient om zijn harte-twijfels te camoufleren.

Het huis van de schilder staat aan het einde van de straat, die uitloopt op de boulevard. Maar wel op het uiterste puntje daarvan. Het gevolg is, dat je vanuit de zij- en achtertuin een magnifiek uitzicht hebt op de zee. Het lijkt zo op het eerste gezicht het enige attraktieve van het oude, wat verwaarloosd

143

aandoende huis. Volgens Kees' schatting van vóór-oorlogse bouw. Hij belt aan, maar ook hier geen enkele reaktie en daarom loopt hij langs het huis naar het bouwsel in de achtertuin, dat er uitziet als een groot formaat garage. Het heeft aan weerskanten ruime lage ramen. Juist als hij overlegt, of hij zo maar naar binnen kan gaan, ziet hij de tuinpoort opengaan. Kees ziet een joch van een jaar of negen met een fiets en een luidkeffende hond glipt mee naar binnen. De jongen gaat regelrecht naar de garage. „Pap, ik moet Rak even terugbrengen. Die is me achterna gekomen. O...," zegt hij dan, als hij Kees ontdekt. „Moet je bij mijn vader zijn? Hij is binnen. Kom maar mee!"

Het eerste dat Kees opvalt is de hoeveelheid licht, die onbelemmerd binnenvalt en daarna pas ziet hij de schilderstukken, die de achterwand en een tussenpaneel stofferen. Bijna allemaal zeegezichten. Achterin het atelier — de benaming die bij nader inzien beter past — staat een man met sluik blond haar en een rossige baard, waar hij nerveus met een besmeurde hand in klauwt. „Waar zat je? Je moeder heeft een hele tijd op jou zitten wachten. Ze is alvast vooruit gegaan met Sineke," gromt de schilder zonder op te zien.

„Stom: kleren kopen! Ik heb net een oud platenboek op de rommelmarkt gevonden. Daar wil ik wat uit na tekenen."

„Laat eens zien!" De belangstelling van de vader is gewekt. Kees ziet hoe de twee blonde hoofden zich over het boek buigen. Hij humt nadrukkelijk en de hond keft steeds opgewondener.

„Breng alsjeblieft dat blafdier weg. Dat haalt me totaal uit m'n concentratie. En daarna als de je-weet-wel naar de tantes. Daar zouden jullie theedrinken."

„Ik niet. Ik schaam me dood. Theedrinken bij een paar ouderwetse tantes. Als de jongens van school me zien!"

„Ahum!" zegt Kees nogmaals. Nu ziet de schilder hem dan toch. Hij veegt zijn handen af aan een besmeurde spijkerbroek en doet een stapje in Kees' richting. „Hans van de Berg. Wil je rondkijken?"

„Kees van Rhyn. Ik kom om de hond terug te brengen. Die is er vandoor gegaan, toen hij uw zoon zag. Ik was met Deetje op de rommelmarkt."

De ogen van de schilder kijken hem nu met meer belangstelling aan. „Zo, was je daar met Aphrodite..." Hij gebaart naar het doek, waaraan hij bezig is de laatste hand te leggen. Kees komt naast hem staan en kijkt naar het doek met de wild schuimende zee, die onafwendbaar toerolt op een vrouwengestalte, gehuld in een ragdunne zwarte sluier. Het is beklemmend en tegelijk fascinerend, maar vooral het gezicht met de starende, diep-blauwe ogen...

„Deetje," zegt hij schor. „Heeft zij hiervoor model gestaan?"

„Ja en nee. Ik had het doek al bijna klaar, toen ik haar ontmoette. Maar het had nog geen gezicht. Ik heb er een paar jaar lang tevergeefs naar gezocht. Ik had mij een bepaalde voorstelling gemaakt van die legendarische vrouwenfiguur Aphrodite: uit het zeeschuim opduikend. Ik moést dat doek schilderen. Toen zag ik dat meisje. Terwijl ik er niet meer naar zocht, vond ik haar, heel prozaïsch aan de vaat bij M en M, dat zijn m'n schoonzusters. En nu is het dan zo goed als af. Vind je het geslaagd? Herkende je haar meteen?"

Kees knikt geestdriftig. „Het is meesterlijk. Ik heb geen klap verstand van schilderijen, maar ik zie zo dat dit onwijs gaaf is. Hoeveel vraagt u ervoor?" informeert hij impulsief.

„Dit stuk is niet te koop!" Het klinkt beslist. „Ik ben er te sterk aan gehecht. Maar als je wilt... ik kan een ander stuk maken."

„Met de zee en met dezelfde vrouwenfiguur," bedingt Kees.'

„Je bedoelt, dat het Deetje moet zijn?"

Kees knikt. „Ja. Ik wil het kado geven."

145

„Kado? Tja... nou, ik zal erover denken. En dan moet ik nog vragen, of ze poseren wil, natuurlijk..."

„O, ik dacht..." Kees zwijgt, niet op zijn gemak. „Dit heeft u toch ook gemaakt, zonder dat ze er speciaal voor poseerde?"

„Niet helemaal. Ze is hier een paar keer geweest."

„De prijs... die zou weleens een belemmering kunnen zijn," krabbelt Kees terug. De gedachte, dat hij het zelf is, die Deetje naar het atelier van de schilder drijft, bevalt hem niet. De man heeft iets ontwapenends en zijn manier van kijken heeft iets indringends. Of komt het doordat hij altijd zo intens bezig is dingen om hem heen in zich op te nemen? Hoe het zij: Kees vermoedt dat Deetje niet ongevoelig kan blijven voor deze man, die in jaren bijna haar vader zou kunnen zijn. De vader, die ze nooit heeft gehad, maar waar ze nog altijd naar op zoek is. Hij weet dat gevoelsmatig.

„Ik zal het schappelijk met je maken," zegt Hans van de Berg met onmiskenbare spot. „Vooropgesteld dat je vriendinnetje model wil staan. Maar tussen ons gezegd ben ik daar niet bang voor."

Barst met je zeenimf, denkt Kees woest. Het lukt hem om beheerst te zeggen: „Bij nader inzien toch maar liever niet." Hij sluit de deur van het atelier en buiten haalt hij verlicht adem. De jongen en de hond zijn verdwenen. Kees, na een blik op zijn horloge, zet er de vaart in. Terug naar het dorp en het huis van de oude zonderling, waar Deetje tegenwoordig schijnt te bivakkeren.

HOOFDSTUK 17

Boven het opgespoten zand, ontfutseld aan de zee, die het nam tijdens de winterstormen, zeilt een meeuw. Kees, languit in het zand, de armen onder het hoofd, tuurt naar de zilveren vogel, die zich laat drijven op de wind. Ook zijn gedachten drijven naar verten, die hij zelf niet sturen kan. Hij heeft nog geen afscheid kunnen nemen van het schilderachtige vissersdorp. Nog niet van het pittige blonde meisje, dat hij na een heftig meningsverschil over Anneke, ziedend van kwaadheid achterliet op het duinpad. Eigenwijze, egoïstische kat. Nou, enfin, hij heeft gedaan wat hij kon. Als het dan niet goedschiks kan, dan maar kwaadschiks. Anneke gáát volgende week naar haar zusje. Als Ad niet wil, dan moet hij Jan-Willem maar polsen of die Anneke en Marjoleintje brengen kan. Natuurlijk kan Anneke er zelf heen rijden, maar beter lijkt het hem, als er iemand met haar mee gaat. Met Deetje weet je het nooit. En anders moet hij z'n principes maar voor één keer vergeten en zelf een autoritje maken. Wat het zwaarste is moet het zwaarste wegen, in dit geval. Kees probeert met geweld de gedachte aan Deetjes boze gezichtje kwijt te raken. Daarom koncentreert hij zich op de oude visser, die hem meesmuilend het verhaal deed van de vermeende roofoverval. Dat hij iedereen zo'n mooie poets had weten te bakken, bezorgt Han Hoet nog steeds een kinderlijk plezier. Het schijnt niet tot hem door te dringen, dat hij die alleen zo overtuigend heeft kunnen maken, omdat hij — wellicht door de opwinding — een hartaanval kreeg en er door zijn bloederige hoofdwond als een slachtoffer uitzag. Ook schijnt hij er niet aan te denken, dat hij er Deetje mee in een vervelend parket bracht. Ze is er zelfs haar baantje in die tearoom door kwijtgeraakt. Al had dat ook te maken met die charmante schilder. Stop, nu is hij alweer met Deetje bezig! Wat vertelde die Han Hoet nog meer... Eens goed denken... En ja, dan transformeert de gebarsten stem van de oude visser woorden tot levensechte plaatjes. Het is alsof Kees zelf dat vissersjong is, dat voor het eerst aan boord ging van een haringschuit: „Het was op een logger. Een vierhonderdtonner. Ik was een joch, een kind eigenlijk nog. Soms viel ik in slaap. Dan werd ik hardhandig gepord door een stuurman, of door een matroos. Ik heb wat keren een schop onder m'n achterste gehad, als ik m'n ogen 's nachts niet open kon houden bij het binnenhalen van de netten. Als jongste broekie moest ik helpen bij het halen van de vleet. En als die om vijf uur weer overboord was, mocht je nog niet naar kooi, terwijl je omviel van de maf. Je moest naar dek, daar kreeg je je hap eten. Samen met de reepschieter en de afhouwer. Aardappels, bonen en spek..." Een verhaal uit lang vervlogen tijden; de monotone stem van de oude visser die in Kees' vermoeide hoofd resonneert, doet hem samen met de avondwind weg-soezen.

Deetje staat aan de kale, steile duinvoet, onbeweeglijk. Sinds het ogenblik, dat Kees haar ziedend van drift achterliet, staat ze hier: schuinboven de plaats, waar Kees zich nonchalant tegen de opgespoten zandwal heeft uitgestrekt. Een paar meter van de plaats waar zij staat, heeft hij zijn fiets tegen het prikkeldraad gezet. „Nog even een strandje pakken." Non-chalant, als had hij haar even tevoren niet de vreselijkste dingen in het gezicht geslingerd, waarvan speciaal het laatste met weerhaakjes in haar hart is achtergebleven: „Dat jij een door-en-door betrouwbare vent als Jan-Willem op een af-stand houdt en je afgeeft met die schilder met z'n gladde manieren, een getrouwde kerel notabene, die je vader zou kunnen zijn... Ik snap nu, waarom Jan-Willem het niet met jou aandurft. Snertmeid!"
    Deetje snuit verwoed haar neus. Bemoeial met je grote mond, hoe vaak heb jij jouw neus al niet in mijn zaken gestoken? Vroeger, nu weer, ongevraagd. O, ik haat je!
    „Strandje pakken". Een overbekend gezegde van Kees, de jutter. Die met zijn detector zo vaak langs de stranden te vinden was. Ze zou hem achterna willen snellen, zich aan

hem vast willen klampen en zeggen hoe ze naar hen allemaal verlangt. Hoe zielsblij ze was, toen ze hem zag. Maar natuurlijk doet ze dat niet. Integendeel: ze heeft Kees te verstaan gegeven, dat ze geen enkele behoefte heeft aan kontakt met het thuisfront. „Volgende week ga ik verder met m'n lessen. Mevrouw van Leeuwen helpt me daarbij. Ik wil eerst laten zien, dat ik wel werken wil. Dat ook Deetje Kruyt iets bereiken kan."

„Wie moet je dat zo nodig bewijzen? Ad? Jan-Willem?" Griezelig pientere Keessie! En stom dat ze bij die onverwachte vraag vuurrood was geworden. Ze had tenminste haar wangen voelen branden! Enfin, ze heeft niet toegegeven, al drong Kees nog zo aan op een ontmoeting met Anneke. Ze was ouderwets tegen hem van leer getrokken. Hopelijk heeft hem dat zó afgeschrikt, dat hij Anneke weet te weerhouden met haar verjaardag naar haar toe te komen. Ze weet zeker, dat ze zich dan niet goed kan houden en dat ze haar masker van onverschilligheid dan wel af móet zetten. En dat wil ze niet. Het is de enige manier om overeind te blijven, in die bikkelharde wereld die geen scrupules heeft met geflopten zoals zij.

Pas wanneer Kees met een lenige sprong voor haar staat, schrikt ze wakker uit haar gepeins.

„Hé, sta jij hier nog? Ik dacht dat je allang weer bij die ouwe panharing zat. Wat doe je? Toch niet een potje grienen?" vraagt hij ruw. Maar zijn ogen stromen vol van een warmte, die hij ook in zijn borst voelt gloeien. Keessie, Heerbeessie, die Deetje Kruyt voor de zoveelste keer in de modder ziet zakken.

„Ik pas op jouw karretje. Die pikken ze hier als raven," wil Deetje spotten. Maar ineens voelt ze twee harde handen om haar gezicht. Is er een mond, die haar kust met zoveel warmte en overtuiging, dat haar instinctieve verzet breekt, vóór ze gestalte krijgt. Dan, even abrupt als het begon, breekt Kees' onstuimigheid. Eén tel blikt Deetje in ogen, waarin dezelfde

149

pijn schrijnt, die ze zelf binnenin zich weet.

„Keessie, je hebt verdriet. Vertel het mij maar!" wil ze zeggen. Ze fluistert het ook, maar Kees heeft zich al omgekeerd. Ze hoort hoe het slot van zijn fiets openspringt en meteen daarop schiet hij weg langs het duinpad. Hij kijkt niet één keer naar haar om!

Als Deetje terugkomt bij de oude visser, is deze al naar bed gegaan. De dag dat Han Hoet thuiskwam uit het ziekenhuis, heeft ze meteen een divanbed voor hem in de woonkamer gezet, tegen het raam dat uitziet op het achtertuintje. Zo kan ze hem vanuit het tuinhuisje in het oog houden. Op haar tenen sluipt ze door het stille huis. Ze kontroleert of deuren en ramen gesloten zijn. Of er geen brandende pijp rondslingert, zoals een paar dagen geleden. Even kijkt ze vanaf de deur naar het ingevallen gezicht met de spaarzame witte haarpieken. Angst krauwt met gekromde vingers om haar keel. Als opa Hoet maar niet doodgaat. Zoals moeder. Nee, nee... In paniek vlucht ze naar het huisje. Pas als ze tussen de lakens ligt, bedaart het felle kloppen van haar hart. Opa Han kan wel honderd worden. Hij heeft een attaque gehad, waardoor hij een lelijke val heeft gemaakt. De politie is op een middag gekomen om het gebeurde van die avond samen met opa Han te reconstrueren. Er heeft zelfs een stukje over in de krant gestaan. Een soort rektificatie: „Geen overval maar ongeval," luidde de kop. Met een zeker leedvermaak probeert Deetje de gezichten voor ogen te halen van de tearoomdames, terwijl ze het bewuste artikeltje lazen. Zouden ze zich een pietsje schuldig voelen, nu ze iemand ten onrechte hebben verdacht? Maar inplaats van het appelgezichtje van Mientje en het zure pruime- van Milly, ziet ze dat van Kees, waarop nog altijd de littekens van acné zichtbaar zijn. Zijn kus brandt nog, net als zijn woorden.

„God neemt jou zoals je bent..." Hè, waarom kan ze die stomme prent ook al niet vergeten? God... zo abstrakt, zo absent... of niet? Mensen nemen je niet zoals je bent. Die willen alles wat in hun ogen niet past en niet kan, veranderen en bijschaven. Tot je een karikatuur van hen bent. Ik wil het niet. Ik wil mezelf zijn. Niemand heeft het recht mij te kneden zoals hij wil, denkt Deetje koppig. Jij ook niet, Jan-Willem. Al ben je nog zo'n benijdenswaardige partij voor een dochter van Ria Kruyt. Ik kan die geringschattende ogen waarmee je naar me keek op dat midwinterfeest nog steeds niet vergeten. Je hebt gelijk, Keessie steekneus: ik wil me bewijzen, ik moét me bewijzen. Ik zal niet eerder rusten, vóór die minachting veranderd is in bewondering. Niet voor Deetjes leuke smoeltje, of haar attraktieve lijf, maar om wat ze is!

De morgen van haar verjaardag staat Deetje extra vroeg op. Als ze met een vers kopje thee plus een paar beschuiten bij opa Han komt, blijkt deze al klaarwakker. Hij lijkt zelfs monterder dan de afgelopen dagen, toen hij niet te bewegen was zijn bed uit te komen. „Ik blijf te kooi, juffie. M'n reis begint op te schorten, dat voel ik hier, van binnen. Maar nu ik de Loods te boord heb gevraagd, weet ik, dat ik veilig de kust zal bereiken..." Ze was weggevlucht naar de keuken en daar had ze met potten en pannen gerinkeld en lekkere dingen klaargemaakt voor de patiënt. Meer kan ze niet doen voor hem. De dokter, die hem een paar keer in de week bezoekt heeft haar gewaarschuwd: „Het wordt minder met de patiënt. Houd hem zo rustig mogelijk, maar als hij op wil staan, laat hem dan."

Nu ligt hij met wakkere ogen naar haar te kijken. Als ze naast zijn bed staat, grijpt hij haar bij haar rok. „Kom eens juffie. Ik wil je feliciteren!"

Deetjes ogen worden vochtig. „Opa Han, wie heeft jou verteld dat ik vandaag jarig ben?"

„De vogeltjes. Kijk, ze zitten alweer op de vensterbank en wachten, tot een goede fee kruimeltjes voor hen strooit."

151

„Opa Han, toe, vertel eens?" soebat Deetje, terwijl ze haar wang een ogenblik tegen Hans' stoppeltjes vlijt.

„Toen m'n moeder nog leefde... we vierden nooit onze verjaardag en nu... opa Han, beloof me, als er tóch iemand komt... ik ben er gewoon niet hoor. Ik sluit me op in het huisje. Als je me nodig hebt, dan laat je de telefoon twee keer overgaan, net als anders."

„En als dat zussie van je komt?"

„Ik ben voor niemand thuis!" zegt Deetje hard.

„Hier da's voor jou. Omdat je jarig bent en omdat je een oud-kollega van je vader zó bést helpt!"

In de keuken, terwijl ze de pap voor de patiënt kookt, stopt ze het kleurige bankbiljet dat Han Hoet haar gaf in haar bloes. De tranen stromen langs haar wangen. Ik ben toch jarig? denkt ze heel tegenstrijdig. Alleen een oude man, tot voor kort volslagen onbekend voor mij, feliciteert mij en is aardig tegen mij. Wat snakt ze naar een beetje hartelijkheid, een beetje troost. Bijna buiten haar wil om, neemt ze nadat ze de patiënt verzorgd heeft de oude omafiets uit het schuurtje.

„Ik doe maar eerst boodschappen, straks is het zo druk in de winkels!" zegt ze om de kamerdeur.

Dan fietst ze, zonder zich te bedenken naar het huis van de schilder met slechts één wens: dat hij in zijn atelier is, zodat ze niet de vrouw met die kille visse-ogen behoeft te zien. Ogen, die net als die van Jan-Willem, met afkeer naar haar keken.

„Aphrodite!" roept de schilder verrast. „Uit het zeeschuim opgedoken. Kom eens wat dichterbij, meisje. Ga hier zitten, zó! Je komt als geroepen. Ik heb een bestelling voor nóg een waternimf. Vorige week was hier een jongeman, die zó weg was van het stuk, dat hij het meteen wilde kopen. Jammer voor hem ben ik er zelf te sterk aan gehecht. Ik bood hem aan een ander te maken, maar toen hij zich realiseerde, wat daar aanvast zat, krabbelde hij terug." Hans van de Berg kijkt haar aan, met die speciale gloed in zijn ogen, die haar zwak maakt en willoos.

152

Zijn handen zijn hard en tegelijk van een tederheid, die haar doet huiveren.

„Zó wil ik dat je zitten gaat, ja. Nee, losser, je handen en hier zó dat mooie bloesje. Die zwarte sluier van m'n zeenimf drapeer ik op precies dezelfde manier. Zijn handen zijn strelend op haar blote hals en glijden als terloops af naar haar borsten... Deetje slikt. „Nee," wil ze roepen, „nee, dat niet... Harm, ik..." Haar ogen sperren wijd-open, als zagen ze een angstaanjagend visioen. „Ik, nee..." zegt ze dan toch, maar het is slechts een fluistering en haar verweer niet meer dan een zachte druk van haar warme lichaam.

Hans van de Berg ziet niet anders dan twee radeloze, vergeet-mij-niet-ogen, die zijn hartstocht eerder aanwakkeren, dan afzwakken. Zijn vrouw zit een weekeind met Sineke en een vriendin, ook met een dochter, in een bungalowpark aan het Veluwemeer. Hij heeft beloofd haar morgenavond samen met René op te halen. Fré ontloopt hem weer, al leek het er even op, dat het weer net was als de eerste jaren van hun trouwen. Fré stort zich weer volledig op haar baan en hij is bijna onafgebroken in zijn atelier. Het is de laatste week van de schoolvakantie. Dinsdag moeten de roosters weer worden gehaald en donderdag heeft hij zijn eerste tekenlessen.

Fré's afwerende houding, haar ongeïnteresseerde blik, ze vervagen nu hij dit bloedwarme kind in zijn armen heeft. Hij heeft dit niet gezocht, niet gewild, maar nu ze uit zichzelf gekomen is... hij heeft geen verweer tegen het wild-kloppende, dwingende bloed... „Mooi meisje, Deetje, verrukkelijke vrouw..." fluistert hij verrukt in haar blonde haren. En Deetje laat zich kussen, want ze is zo alleen en het is toch haar verjaardag... Vóór ze nog meer bedenken kan, ziet ze langs de rossige baard de deur van de garage opengaan. In het lichte vlak staat de jongen.

„Vader, waar ben je? Oh!" Vóór Hans zijn armen weg kan nemen, is hij verdwenen. Schuw maakt Deetje zich los en

153

komt van zijn schoot. „Ik moet terug!" Haar stem klinkt gejaagd. „Opa Han weet niet waar ik blijf. Ik zou boodschappen doen, want ik wil wat extra's voor hem klaarmaken, omdat ik jarig ben."

„Jarig?..., kom hier, laat me je feliciteren..., toe, blijf nog wat!" soebat Hans. „René komt voorlopig niet terug en de rest van de familie is een weekeindje uit."

„Nee!" zegt Deetje hard. Want de gelijkgestemdheid en het begrip, die ze bij hun eerste kennismaking voelde, verschrompelen tot primitieve driften, die ze maar al te goed herkent. De schilder Hans van de Berg is niet anders dan Harm; dan Jan Troost. Die wetenschap doet pijn, maar dat is goed. Pijn is een vertrouwd onderdeel van haar leven, dat ze er niet meer uit weg kan denken. Liefde en tederheid, die ze vlocht om Anneke en Ad, is een fiktie of op z'n mooist een uitzondering. Sprookjes bestaan niet. Kijk maar naar haar dromen rond Jan-Willem Bergman, de zoon van de hoteleigenaar. Ook die zijn wreed verstoord. Deetjes ogen zijn donker van desillusie. Alleen maar sex, denkt ze machteloos. Geen diepere gevoelens komen er bij te pas. Het is allemaal zo koud en kil. Moeder, hoe goed doorzie ik in ogenblikken als deze jouw rusteloze zoeken naar een beetje geluk.

De schilder verzadigt zich aan de aanblik van het mooie wilde kind met die unieke steeds wisselende uitdrukking in haar diep-blauwe ogen. Die moet ik vasthouden, hongert de kunstenaar in hem, maar de man in hem dringt, eist meer, dan alleen een vasthouden van expressie op een vrouwengezicht. Dwars door dit alles heen, registreert hij — en hij ervaart dit als zeer hinderlijk — een onrust, die hij herkent. O, hoe heeft hij die stille kracht, leren duchten. Dat Iets, dat hem belet toe te geven aan zijn zwakte, wanneer een mooie vrouw zijn pad kruiste en er een vonk oversprong. Zoals toen hij zijn kleine Aphrodite voor het eerst zag. En altijd weer is er die belemmering: God die hem tegenhoudt door hem juist op die momen-

154

ten Fré naar voren te schuiven. Hij heeft een vrouw, al heeft die met hernieuwde ijver vastgebeten in de drang om carrière te maken. Haar vrije weekeinden gebruikt ze om uit te blazen: thuis of elders. Steeds verder drijven ze uit elkaar, steeds moeilijker wordt het om niet toe te geven aan zijn zwakheid. Sinds het moment dat hij Deetje, dat sprankelende, bloedwarme kind ontmoette, weet hij, dat het ditmaal anders, gevaarlijker is dan voorgaande, vluchtige flirtations. Met bovenmenselijke kracht is het hem gelukt, haar met rust te laten. En nu... — het is een regelrechte verzoeking — komt ze zelf naar hem toe, op een wel heel gevaarlijk moment, dat zijn vrouw een weekeind weg is met Sineke. En René gaat om acht uur naar bed, dreint het door zijn hoofd.

„We gaan jouw verjaardag vanavond samen vieren, meiske. Kom om half tien naar de Meermin, achter de vuurtoren. Dan gaan we daar gezellig iets drinken."

„O nee, reken daar niet op. Ik kan opa Han niet alleen laten."

De schilder dringt niet verder aan. Ook probeert hij niet haar nog eens te kussen. Hij keert zich met een groet van haar af en buigt zich met verwoede ijver over zijn schetsboek. Nu, meteen moet hij haar tekenen, overbrengen, eerst op papier, zoals ze was, zoëven. Want hij gaat haar opnieuw schilderen. Niet als Aphrodite, maar als de stervende zwaan. Een kopie van het stuk, dat boven de tearoom van zijn schoonzusters hangt en waar Deetje zo van onder de indruk was. Zó zal hij haar schilderen en zó zal hij het die jongen met zijn open, eerlijke gezicht aanbieden, als hij terug mocht komen. Want Aphrodite is van hem. Hij lacht zacht. Hij heeft de weifeling in haar stem wel geproefd. Vanavond komt ze. Dat weet hij.

Deetje trapt als een razende terug naar het centrum. Ze heeft een lange boodschappenlijst af te werken. Ze wil opa Han, die haar een vorstelijk salaris betaalt voor haar diensten,

155

vandaag met extra lekkere hapjes verwennen. En natuurlijk moet er bij de koffiemaaltijd vis zijn. Voor opa Han en voor Rak. Arie, de visboer, is ook gisteren weer goed uit z'n slof geschoten. Kennelijk heeft hij een zwak voor Han Hoet, die nu zelf niet meer komen kan en ook voor haar, want hij lonkt wat al te geestdriftig van onder zijn pet naar haar.

Deetje probeert maar vlug haar aandacht bij de boodschappen te bepalen. Ze wil niet aan de visboer denken, niet aan Jan-Willem, helemaal niet aan Hans. Aan geen énkele man! Ze benijdt Jola van Leeuwen die frank en vrij door het leven gaat en zich nooit met deze perikelen heeft opgehouden. Of toch wel? Weet zij precies, hoe het leven van de lerares vergleden is?

Deetje brengt eerst de doos met gebak in veiligheid. Daarna komen de uitpuilende fietstassen aan de beurt. Zo voorzichtig mogelijk laat ze de zwarte opoefiets — nog van Han's vrouw —, naast het tuinhek tegen de muur vallen. Dan krijgt ze een schok van verrassing. Ze hoort een hoog kinderstemmetje. Zou...? Ze vergeet het gebak, dat toch op een mysterieuze wijze op de tuinbank belandt. Ze vliegt recht in Annekes uitgespreide armen. Sniklachend houden ze elkaar omklemd, tot het stemmetje van het kleine meisje in huilen overgaat. ,,Och, hummeltje, doen mammie en tante Deet zó gek, dat jij ervan moet huilen?''

Hoog tilt Deetje het nichtje in de lucht. Marjoleintje slaakt gilletjes, meer van pret dan van angst. ,,Ze is wel wat gewend,'' verklaart Anneke. ,,Ad gooit haar zelfs in de lucht.''

,,Nou, dat toch maar niet. Jij hebt lood in je billetjes jongedame. Wat is ze zwaar geworden, An!''

,,Je hebt haar ook zo lang niet gezien.''

,,Nee en met Kees spreek ik nog eens een hartig woordje. Ik had hem nog zó ingepeperd dat ik voorlopig niemand wilde zien!''

,,Kees treft geen schuld. Hij heeft jouw wens woordelijk

156

overgebracht. Maar ik móest vandaag naar je toe, jarige Jet. Kom hier, ik heb je nog niet eens behoorlijk gefeliciteerd." Nogmaals omhelst Anneke haar zusje, al stribbelt ze nóg zo tegen. Daarna zegt ze voldaan: „Ad heeft me gebracht en hij vond het maar wat jammer, dat je er niet was."

„Heus? Nooit geweten, dat hij er zo gebrand op was om mij te zien."

„Toch is het zo," knikt Anneke nadrukkelijk. „Ad mag dan nooit een blad voor de mond nemen, als hij het niet met je eens is — dat doet hij bij mij ook niet — maar hij meent het goed met je. Hij heeft genoeg over je ingezeten, Dé. Net als de anderen."

„Nou ja, je bent er nu. We gaan koffiedrinken met gebak! Waar is die doos? O, op de bank. Kom mee naar binnen. Of héb je al kennis met m'n patiënt gemaakt?"

„Ja!" beaamt Anneke. „Een schat van een man. Dat jij nu verpleegt, zonder diploma nog wel. En ik heb het op zak en heb er nooit iets mee gedaan."

„Eigen schuld. Moet je maar een baan zoeken. Er zijn kindercrèches. Of vraag Ads moeder, nou ja, jij bent gewoon een ouderwetse huismus." Deetje haalt haar schouders op, terwijl ze haar oudere zus monstert. „Echt een moeke. Je wordt dik."

Anneke lacht stralend. „Dat komt van m'n luie leventje. En straks zal ik wel helemaal tonnetje rond worden. Daarom wilde ik zo graag naar je toe, Dé. Niemand weet het nog, behalve Ad vanzelf..."

„Ik word weer tante," stelt Deetje vast. Opnieuw monstert ze haar zusje in het duur uitziende pakje. „Slank vind ik je een stuk mooier" wil ze spotten. Maar de sneer, die eigen onvrede moet verbloemen, kan ze niet over haar lippen krijgen. Ze kán Annekes blijheid niet wegjagen met haar sarcasme.

„Leuk, alvast van harte hoor en nu ga ik eerst voor koffie zorgen. Ga jij maar vast naar de kamer."

Anneke neemt haar dochter bij de hand en schoorvoetend

157

gaat ze naar de kamer. Maar Han Hoet wenkt haar dichterbij. „Kom jij maar met je mama hier zitten, bij m'n bed. Dat doet juffie ook altijd. Neem maar een stoel bij de tafel weg. Ik word niet zo verwend met bezoek. Als je oud wordt en niet meer onder de mensen komt, vergeten ze je snel. En het zustertje is ook blij dat jullie er zijn, al zal ze dat nooit hardop zeggen. Ik heb wel gemerkt hoe triest ze werd. Ze heeft het moeilijk, neem dat maar van een ouwe man aan."

„Ja," zegt Anneke gesmoord. „Dat weet ik. Daarom wilde ik ook zo graag naar haar toe."

„Ze ligt met zichzelf overhoop. Ze vecht net zo fel tegen het leven, als ik heb gedaan. Maar die avond dat ik hier bloedend lag. Niet in staat me te bewegen, door die felle pijn in m'n borst en in m'n kop en ik niet weer weg kon lopen voor de eenzaamheid... Toen ik de dood in de ogen keek, heb ik een naam gestameld. Een Naam... ken je Hem?"

Anneke knikt met tranen in haar ogen.

Han Hoet strijkt met een benige hand over de zijden krullen van het kleine meisje. Een zegenend gebaar. „Een vader en een moeder en nog meer mensen om je heen die van je houden: jij bent een gelukskind, kleine meid. Pas later zul je dat beseffen, dat liefde de zon is, die je levensweg verlicht".

Hijgend zakt hij terug in de kussens en met gesloten ogen moet hij bijkomen van de inspanning.

Anneke zet Marjolein op de grond met wat meegebracht speelgoed. Ze strijkt de lakens glad en bezint zich of ze verder iets voor de patiënt kan doen. Tenslotte heeft ze een opleiding voor ziekenverzorgster gevolgd. Maar ze trouwde en verhuisde naar Drenthe, waar ze het oude Ruyterhuys hadden gepacht. Het was hard aanpakken voor hen beiden en bovendien kondigde Marjoleintje zich aan. Met haar diploma heeft ze tot dusver nooit iets gedaan. Nu ze ziet hoe haar zusje opgewekt en met het grootste gemak haar patiënt verzorgt, denkt ze: „Wat Deetje zonder opleiding en zonder diploma kan, kan ik ook. Ik wil me nuttig maken, straks, als ik voor m'n eigen kleintjes niet aldoor meer nodig ben. Mensen als Han Hoet zijn er immers ook in ons dorp? En anders wel in de naburige stad. Zoveel ouderen, die vereenzamen, die hulp nodig hebben en die niet kunnen krijgen, vanwege de bezuinigingen in de gezondheidszorg. Bah, ik merk nu pas, dat ik de laatste tijd maar een beetje geparasiteerd heb. Ik heb een meisje voor het werk en ik kan toch niet de hele dag met Marjoleintje spelen en wandelen? Kees heeft me dat al meer dan eens onder m'n neus gewreven. Jan-Willem heeft er al op gezinspeeld, alleen Ad, die anders nooit een blad voor de mond neemt, heeft er nog niets van gezegd. Na die zware tijd in Drenthe gunt hij me dit luxe leventje van harte, de schat. Terwijl hij zelf zo consciëntieus en ijverig is en zijn tijd nooit zal verlummelen, zoals ik."

„Kijk jij diepzinnig," spot Deetje, als ze met het koffieblad binnenkomt. „Hier pak eens aan, dan haal ik het gebak."

„Het komt door jouw patiënt," zegt Anneke fluisterend om de oude man, die weer schijnt ingedommeld. „Ik was even stikjaloers, dat jij nu doet, wat ik altijd gewild heb."

„Ruilen?" vraagt Deetje lakoniek. „Hé, opa, wakker worden, ik heb een bakje koffie plus een gebakje!"

Anneke laat zich niet misleiden door Deetjes onverschilligheid. Ze ziet best hoe zorgzaam ze de beker koffie en het schoteltje onder handbereik zet. „Nu jullie zoeken uit de doos," maant Deetje. „De tompoes, die er nu nog in zit, is voor opa Han. Daar houdt hij van," grapt ze tegen het nichtje. „Kom jij maar eens bij je tante zitten. Als je je lekker op hebt, is er nog een verrassing."

Ze heeft net zo veel pret als Marjoleintje, om het gekke konijn, dat ze vanachter de tafel tevoorschijn tovert. „Gewonnen op een rommelmarkt. Bij het rad van avontuur," zegt ze trots tegen Anneke. „Kees beweerde trouwens dat het een haas was. Hij kwam net toen ik dat gekke beest won."

„Is niet gek. Is lief!" zegt het kleine ding verontwaardigd en ze knuffelt het beest tegen zich aan."
„Nou, een schot in de roos, zo te zien. Opa, je koffie!"

's Middags als Marjoleintje een slaapje doet op Deetjes bed, zitten de zusjes voor het tuinhuisje, het zicht op de nog uitbundig bloeiende bloementuin en het raam met de neergelaten luxaflex, waarachter de oude man zijn dutje doet. „Wat zegt de dokter van hem?" informeert Anneke. „Hij ziet er naar uit met dat witte, ingevallen gezicht. En hij is ook erg kortademig, vind ik."
„Hij is op. Sinds de dood van zijn vrouw heeft hij alles in huis prima verzorgd. Het zag er allemaal zo fris uit, toen ik hier voor het eerst kwam. Zelfs voor Rak — dat is de hond — zorgt hij beter dan voor zichzelf. Na die hartaanval van laatst..." Deetjes stem stokt. „Rak..., waar is dat beest? Ik ben hem helemaal vergeten, door die onverwachte visite van jullie." Wild komt ze overeind. „Zul je straks opa Han horen, als hij weg is. En opwinding is slecht voor hem, dat heeft de dokter uitdrukkelijk gezegd."
„Wacht eens even. Er kwam een joch met een hond uit de steeg, net toen Ad hier voor het huis stilhield."
„Een blond joch? En een ruigharig vuilnisbakkie?"
„Ja, ik geloof het wel. Een zwart hondje, herinner ik me. En dat joch had een gevlekte bloes aan. Het leken wel verfspatten."
„Dat zijn het ook. Het móet René zijn. Zijn vader is kunstschilder, dus dat van die bloes kan kloppen." Opgelucht laat Deetje zich weer op de loperstoel vallen. „René haalt Rak wel vaker op. Hij is stapel op het beest en omgekeerd."
„Vertel nou eens Dé, hoe ben je hier eigenlijk precies terecht gekomen?" vist Anneke want daar is ze toch wel verschrikkelijk nieuwsgierig naar.
„Heeft Jan-Willem niets losgelaten? Hij is bij mevrouw van

160

Leeuwen geweest. Zij zal Jan-Willem heus wel het één en ander over mij hebben verteld."

„Jan-Willem heeft geen woord losgelaten. Zo is hij niet, dat weet jij best."

„Ksst, ksst, vlieg me niet aan. Jij kunt geen kwaad woord van hem horen, dat weet ik. Maar ik heb er geen enkele behoefte aan, hem hier te ontvangen."

Anneke, met schrik, vraagt zich af, hoe het straks moet, als Jan-Willem hen op komt halen, zoals ze onderling hebben afgesproken.

HOOFDSTUK 18

Jan-Willem werpt een blik door het raam aan de straatkant. Hier moet dus die oude visser wonen, die Deetje toen ze er zo beroerd aan toe was heeft verzorgd. Nu doet zij dat op haar beurt de oude man. Nog steeds spookt die vreemde geschiedenis hem door het hoofd, die de lerares hem vertelde. Een roofoverval op deze zelfde man, waar men Deetje van verdacht. Wat is dat toch met Deetje, dat ze steeds weer in dergelijke situaties verstrikt raakt? Het moet wel de jarenlange invloed van haar moeder zijn. O, waarom kan hij haar toch niet voorgoed uit zijn hart en zinnen bannen? Waarom blijven haar lokkende ogen en haar uitdagende lijf hem voor ogen zweven, hem prikkelen en trekken als een secure magneet? Ik wil niet meer denken aan die afstotelijke vent in z'n leren pak, die na dat midwinterfeest bij Deetje in dat krot trok. Ook niet aan de man waarmee ik haar toen op het strand zag. Ik moet haar de kans geven mij alles uit te leggen. Ik mag niet zondermeer afgaan op praatjes. Anneke en Kees hebben een onbegrensd vertrouwen in haar. Waarom ik dan niet? Omdat ik door mijn liefde voor Deetje uitermate kwets-

161

baar ben? Is het dus toch liefde die ik voor haar voel? O, het is om dol van te worden: hij een vent van tegen de dertig, die met het grootste gemak de sleutelhotels dirigeert en leidt, zoals dat jarenlang zijn vader, de „grote William" heeft gedaan. Nu vaders gezondheid het meer en meer af laat weten, komt immers de verantwoording op de schouders van hem en Ad drukken? Maar in de liefde is hij maar een wankele ridder... Over een rij witte en paarse cyclamen spiedt Jan-Willem de kamer verder in. Achterin, voor het raam dat uitziet op een uitbundig bloeiende nazomertuin, staat een bed. Daarin gesteund door kussens, halfzittend een oude man met een mager, grauw gezicht. Zijn ogen zijn gesloten. Die schijnt er niet best aan toe te zijn. Moet Deetje die zieke man in haar eentje verzorgen? vraagt hij zich beklemd af. Waar is de jarige eigenlijk? Is ze met Anneke en Marjoleintje gaan wandelen? Of wacht eens, Kees vertelde dat ze achter in een verbouwde schuur woont. Daar zal hij maar eens een kijkje gaan nemen. De vogels zijn echter gevlogen. De deur van het huisje is op slot. Wel staan er een tafeltje en een paar stoelen op het tegelplaatsje ervóór. Jan-Willem besluit hier maar zolang te wachten. Hij monstert de stoelen en kiest de minst gammele uit, waarop hij zich behoedzaam neerlaat. Hij heeft geen zin om zijn lichte pantalon op de groen uitgeslagen tegels te laten belanden. Hij vist de krant, die kennelijk van het tafeltje is gegleden, van de grond, strijkt hem glad en begint te lezen. Er zit niets anders op. Tenslotte is hij ruim een half uur eerder dan afgesproken. Ze zullen vast niet lang wegblijven, ook al met het oog op de patiënt.

Nog maar nauwelijks is hij in het voorblad verdiept, als hij gerucht hoort in de steeg. Een jongensstem, een hond, die luid blaft. Nee, dat zijn ze niet. Jan-Willem verschuilt zich weer achter zijn krant. Het tuinhekje knarst. Hij gluurt om een hoekje van de krant. Hij ziet een blond joch en een zwarte hond, die kwispelstaartend en nog steeds opgewonden blaffend door de achterdeur naar binnengaan.

Jan-Willem staat op. Natuurlijk wordt de patiënt nu wakker en wie weet, is hij niet in staat bezoek te ontvangen. De deur van de kamer staat aan. Jan-Willem aarzelt. Binnen hoort hij een zwakke, gebarsten stem: „Ben je daar weer, kameraad? Bedank de jongen maar voor de wandeling. René: da's voor jou. Omdat je Rak zo vaak hebt opgehaald."

„Bedankt opa! Daar ga ik meteen verf voor kopen. M'n schilderstuk wordt gaaf, joh! Vader zag meteen dat ik jou schilderde, samen met Rak bij de zee."

„De zee... wat zou ik graag nog eens met Rak langs het strand zwerven..."

„Als je beter bent, opa, dan gaan we weer samen. Nu ga ik weer hoor, anders zijn de winkels dicht."

„Wacht even tot juffie terug is. Dan krijg je een gebakje. Ze is jarig."

„Ik hoef geen gebak van haar." De stem van de jongen wordt stug. „Ze is gemeen, om te komen nu m'n moeder weg is. Ze stond te zoenen met m'n vader. Ik heb het zelf gezien vanmorgen. Maar als ze weer komt, vanavond, dan schop ik haar eruit. Kan me niks schelen. Al wordt m'n vader nog zo woest!"

In het portaaltje botst hij tegen Jan-Willem, die als verstard heeft staan luisteren. Hij wil de jongen tegenhouden, nadere uitleg vragen, maar hij is het hekje al door en in de steeg verdwenen, vóór hij in staat is aktie te ondernemen.

„Ben jij daar, juffie?" vraagt een zwakke stem.

Jan-Willem gaat naar binnen en maakt kennis met Han Hoet.

„Ga zitten," gebaart Han. „Dus dit is de geheimzinnige hotel-meneer, waar juffie me over vertelde. Ja-ja..."

Jan-Willem voelt de ogen van de oude man sekondenlang op zich gericht. Het kost hem moeite om de zijne niet neer te slaan, want zó doorvorsend, zó aftastend is die blik, dat het hem een onbehaaglijk gevoel vanbinnen geeft.

„Er bleef zeker niet veel goeds over, van deze meneer" probeert hij te schertsen. „Deetje wil me persé niet zien." „Ze wil niemand zien van jullie dorp. Dat meidje heeft rust nodig, na wat ze allemaal aan narigheid heeft meegemaakt." „Die zijn niet alleen het gevolg van de omstandigheden" wijst Jan-Willem scherp terecht. „Ze zoekt ze zelf. Dat heeft u zojuist nog gehoord."

„O, deze meneer dus ook?" zegt Han Hoet met een glimp van zijn vroegere olijkheid. „Ja, het is niet goed te praten, maar begrijpen doe ik het wel. Ze snakt daar naar, net als ieder mensenkind. Ken je de eenzaamheid, jongeman? Die pijn, die je vanbinnen uitholt en ópbrandt? Han Hoet heeft die aan den lijve ondervonden sinds z'n maatje hem ontviel. Kapot, een doormidden gescheurd papier. Ik werd een zwerver, samen met m'n kameraad: de hond, was ik op zoek. Naar iets, dat ik was kwijtgeraakt: liefde, warmte... een mens om alles mee te delen. Ik was één bal opstandigheid. Ik stak mijn vuisten uit naar de hemel, die me alles ontnomen had. En nu ... dat zich toch twee zorgende handen uitstrekken naar een ouwe, zieke mopperpot als ik... dat is een onverwachte zegen."

Jan-Willem ziet hoe de man, dodelijk vermoeid terugzakt in de kussens. „U moet weer rusten gaan. Of wilt u eerst wat drinken?"

„Ja, drinken..."

Jan-Willem steunt het grauwe vogelkopje. Als hij het glas heeft teruggezet op het tafeltje, ziet hij twee fleurige figuurtjes door het tuinhek komen. Nee drie, want het krullekopje van Marjoleintje kijkt glunder uit boven dat van haar jeugdige tante. Het is zo'n anti-climax: de lachende overmoedige stemmen, de levenslust, die van het drietal afspát en de zwakke, uitgebluste man in de kussens...

Jan-Willem moet een brok in zijn keel wegwerken. Maar dan is hij ook in een paar stappen bij hen.

„Jan-Willem! Ben jij er al lang?" vraagt Anneke, vóór Deetje haar mond kan opendoen. „Dé, Jan-Willem móest en zou jou feliciteren. En Ad kwam het ook beter uit. Die had nog een receptie vanmiddag in Den Haag."

„Het is mij om het even!" Deetje steekt hem nonchalant een hand toe. „Hoe staan de zaken, sinds vorig jaar december? Of heb ik je na dat midwinterfeest nog weer gesproken?" Er is een harde glans in Deetjes blauwe ogen. Maar om haar mond is het nerveuze trekje, dat Anneke zo goed kent. Star staart ze naar die twee, die als vijanden tegenover elkaar staan. En langzaam groeit er een begrijpen in haar. Jan-Willems vreemde houding. Zijn agressieve houding zo gauw het onderwerp „Deetje" ter sprake kwam. Heeft Deetje hem een blauwtje laten lopen op dat feest, waar Jan-Willem alleen voor haar naar toe is gegaan? Heeft ze onder zijn ogen onbeschaamd met anderen geflirt? Wacht eens... Jan Troost... is die niet net na het feest naar het krot verhuisd, waar Deetje al woonde met een vriendin?

„Dat heb je keurig onthouden!" hoort Anneke nu Jan-Willems stem bijten. Even kort en koud als die van haar zusje. Niet zo, niet zo, huilt het in haar. Waarom doen jullie elkaar zo'n pijn, als jullie van elkaar houden? Deetje, toe, zie je dan niet dat Jan-Willem zichzelf niet is? Nooit eerder heb ik hem zo verbeten zien kijken. Zo snijdend horen praten. Dat is alleen omdat hij zich zo ellendig voelt. Hij ziet er ook ellendig uit. En Deetje zelf... nee, daar valt geen enkele emotie aan te ontdekken. Of het moest dat even beven bij haar mond zijn. Deetje heeft een harde leerschool gehad. Die hult zich — uit lijfsbehoud — in het pantser waar iedere pijl op afketst. Verdrietig neemt ze Marjoleintje op schoot, die met trillende lipjes naar die grote boze mensen kijkt. Lieve hummel, jij begrijpt gelukkig nog niets van die grote-mensen-perikelen.

165

In een oerinstinkt om haar kind ervoor af te schermen, bergt Anneke het blonde kopje dicht tegen haar borst. Als hun warmte in elkaar oplost, doorflitst het Anneke als zo vaak: dit hebben wij nooit gekend. Ik niet, en Deetje zeker niet. Nooit was er een veilig plekje om bij weg te schuilen. Ineens staat ze tussen hen, Marjoleintje in haar armen. „Toe, Jan-Willem, Deetje, houd hiermee op. We zijn gekomen om jouw verjaardag te vieren, Dé... niet om ruzie te maken." „Ik... ik maak geen ruzie. Hij!" zegt Deetje met een gierende uithaal. Op hetzelfde ogenblik rukt ze de deur van het huisje open en met een bons achter zich dicht. Ze horen hoe ze het slot omdraait en daarna is er alleen nog het luide wanhopige snikken, waar Anneke haar oren voor af moet schermen. „Dé, Deetje, laat me erin!" smeekt Anneke met verstikte stem. Maar Deetje is niet te vermurwen. Als ook Marjolein een lipje trekt, zegt Jan-Willem: „We kunnen beter weggaan. Op deze manier is de ouwe man ook van hulp verstoken. En hij is er toch al niet best aan toe."

De rit terug leggen ze in een beklemd zwijgen af. Anneke neemt het hem hoogst kwalijk, dat hij door zijn houding Deetje in het defensief dreef, weet Jan-Willem. Maar Anneke weet niet, welke wanhopige aanklacht hij heeft opgevangen uit de mond van een vertwijfeld kind. Ze weet ook niet van die andere dingen, die tégen Deetje spreken. Die een volledig vertrouwen en respekt van zijn kant, voorgoed onmogelijk maken. En toch... als hij Deetje liefheeft, moet hij er toch een streep door kunnen halen? Ja, maar Deetje geeft niet om hem. Dat is het, wat hem vanmiddag pas goed duidelijk is geworden. Hoe zou ze anders met die vent, die in jaren haar vader zou kunnen zijn, staan vrijen, onder het oog van diens zoon notabene. Nee, Deetje heeft geen enkel gevoel voor verhoudingen. Ze heeft net als hijzelf thuis nooit ondervonden wat het woord „trouw" inhoudt. Maar hij heeft die net als Anneke geproefd bij Ad thuis. En ook in het klompenhuisje bij de oude Dirk en Lena. In voor- en tegenspoed... maar hoe gauw laten mensen het juist in tegenspoed afweten? Als dan de verleiding komt met de listigheid van een slang, onhoorbaar, verlokkend... je geweten sussend, tot ze je heeft in haar wurgende greep...

Anneke, achterin met Marjoleintje, vangt in de autospiegel Jan-Willems bleke verbeten gezicht. Het verdringt de pijn om haar zusje. Jan-Willem die altijd voor anderen op de bres stond, heeft nu zelf verdriet.

„Jan-Willem, ik... sorry, dat ik alleen aan Deetje dacht. Maar ik had geen idee ... Ik wist niet dat jij..."

Jan-Willems gezicht ontspant zich. Hij produceert zelfs een lach om de hulpeloosheid, die uit Annekes ogen spat. Haar liefde voor Deetje en haar loyaliteit voor hem voeren een gevecht op het scherpst van de snede.

„Ank, lieve meid, maak je geen zorgen om mij. Dit is iets, waarmee ik zelf in het reine moet komen. Het ligt trouwens niet zo eenvoudig als jij het stelt. Ik kan met m'n gevoelens geen kant op, momenteel."

„Ik heb het wel gemerkt, dat je met jezelf overhoop lag. Ad trouwens ook. Ik heb zelfs even gedacht... toen Jeanètje haar vriend voorstelde... Jij en Jeanètje konden altijd zo goed met elkaar. Natuurlijk... ze was nog een kind bij jou vergeleken. Maar toen jij maar steeds alleen bleef... ik heb vaak gedacht: die wacht op Jeanètje. Maar vaker heb ik gedacht, dat het tussen Gon en jou wat worden zou."

„Gon?" probeert Jan-Willem te schertsen, „die is me veel te bijdehand."

„Gon is een stuk liever geworden. De scherpe kantjes zijn er na die geschiedenis met Jur wel af..."

„Dat mag zo zijn, maar ze is ook bitter geworden en onverschillig. Met Jeanètje kon ik zo fijn praten over het geloof. Ik ben maar een dwaallicht op dat gebied. Net als

Gon... En twee van die walmende pitjes zouden gauw ge-
doofd zijn."

„Je praat jezelf klem, Jan-Willem. Of denk je dat je van
Deetje iets zou kunnen verwachten? Ik ben bang, dat zij niet
eens een dwaallichtje is. Ze is losgeslagen, gedesillusioneerd.
Zonder hoop, zonder verwachting voor de toekomst... dáár-
om ben ik zo bezorgd.

In een heftig gebaar klemt ze het kleine meisje vaster tegen
zich aan, zodat Marjoleintje wakker wordt.

„Mama... mama huile...?"

„Och prul, nee, kijk maar, mama lacht alweer. Kom eens
rechterop, want nu slaapt mama's arm. Kijk, oom Jan-Willem
heeft ons al fijn thuisgebracht. We gaan gauw naar papa."

„Mette haas van tante Dé..."

„Met de haas van tante Dé!"

„Als je praten wilt, Jan-Willem... je weet het, Ad en ik zijn
er altijd voor jou. Al is het midden in de nacht."

„Je bent lief. Maar maak je geen zorgen: onkruid vergaat
niet. Groetjes aan Ad, ik ga nu meteen door naar huis."

Naar z'n flat, waar niemand op hem wacht. Waar hij alleen
is met een kluwen die hij zelf niet ontwarren kan, denkt
Anneke verdrietig.

Kees, zijn rug geleund tegen de laatste bunker, die het dorp
herinnert aan de Tweede Wereldoorlog, houdt een spiedend
oog op de Zeeweg, waarlangs de auto van Jan-Willem komen
moet. De restanten van de bunker staan op de scheiding van
het terrein, dat hoort bij de witte villa, die in de oorlog
hoofdkwartier van de bezetters was. Dirk Kruyt heeft er
dikwijls van verteld, als hij na schooltijd samen met Ad en
Anneke meeging naar het klompenhuisje. Op de plaats waar
hij nu staat hebben eens mitrailleurs geknetterd, granaten
gehuild en zijn mensen weggemaaid als zeegras, na een mis-
lukte aanslag op de bezetters, enkele maanden vóór Neder-

land bevrijd werd. „Duynblieck" herrezen uit het puin, want ook de villa werd bijna met de grond gelijk gemaakt. Kees verliest zich in herinneringen aan de verhalen, die hoe triest en vol geweld, tegelijk ook beelden van rust en vreedzaamheid oproepen. De specifieke geur van houtkrullen, die overheerste in de rommelige werkplaats waar Dirk Kruyt in die tijd nog zelf klompen maakte zal nauw verweven blijven met zijn kindertijd. Het waren uurtjes vol gezelligheid. Want steevast kwam oma Lena met bekers chocolade en botersprits. Daarmee wisten ze ook Deetje af en toe te lokken, met hen mee te gaan. Nog ziet hij het felle ding de beker van het blad grissen, wat haar prompt een standje van Lena opleverde. „Foei, rustig je beurt af wachten, kleine schrok-op!"
Flitst daar de witte slee van Jan-Willem voorbij? Ja,dat is 'm vast want hij stopt verderop voor het nieuwe flatgebouw. Bovendien zie je zo'n luxe geval nu ook weer niet zóveel langs de wegen suizen. Statussymbool? Milieuverpcster! dcnkt Kees wraakgierig. Anneke heeft hij nu zover, dat ze hun tweede wagentje nog maar sporadisch gebruikt. Een druppel op de gloeiende plaat, maar ja, je moet toch ergens beginnen! Kees rekt zich ongegeneerd uit en beent met grote passen naar de zebra. Maar als hij het moderne flatgebouw bereikt, heeft hij het nakijken, want de auto van Jan-Willem suist weer weg. Heeft hij hem zien komen? En wil hij niet praten? Kees kijkt op zijn horloge. Hij kan nog best even langs Anneke. Deze zaterdag wil hij moeder niet weer teleurstellen. Hij weet dat ze ook vandaag weer zijn lievelingseten heeft gekookt.

Anneke ontvangt hem met een bedrukt gezicht. Kees krijgt het hele relaas over het verjaardagsbezoek aan Deetje te horen. „Het ergste vind ik nog, dat ik geen afscheid heb kunnen nemen. Dat ik haar totaal overstuur achter heb gelaten. Maar Jan-Willem was niet te bewegen langer te blijven. Ze vlogen elkaar meteen weer in de haren, terwijl ik nog wel dacht, dat Deetje hem lang niet onverschillig liet."

169

Kees heeft Marjoleintje uit haar speelhoek gevist en galoppeert luid hinnikend de grote kamer door. Maar als hij wat later nahijgend bij Anneke zit, blijkt dat hij haar verhaal wel degelijk in zich heeft opgenomen. „Ank, ik snap er zelf ook geen biet van. Jan-Willem loopt al zo lang om de hete brij. Ik had net als jij gehoopt, dat het vandaag in orde zou komen tussen die twee. Maar misschien blunderen wij vreselijk en is het toch om ons piepkuiken, dat Jan-Willem zo down is."
„Jeanètje?"
„Die twee konden altijd bijzonder goed samen."
„Ja, dat wel. Hetzelfde heb ik Jan-Willem zojuist ook gezegd, maar hij heeft me geen steek wijzer gemaakt. O Kees, wat zitten mensen toch ingewikkeld in elkaar."
„Nou, als ik nog denk aan Ad en jou..."
Anneke lacht zonnig. „Ja en dat is toch allemaal op z'n pootjes terecht gekomen."
„Dus moet je over dat zusje van je ook maar niet al te veel inzitten. Zo, oom Kees gaat er weer vandoor, Kwik. Jouw oma heeft m'n lievelingskostje klaargemaakt."
„Moeder verwent jou gruwelijk!"
„Jaloers, bijna zussie?"
„O nee, want je verdient het. Je bent een echte schat, Kees!"
„Protest!" roept Ad, zijn overhemd losknopend. „Er is er maar één die je daarvoor uit mag schelden, Annemijn!"
„Nou ga ik subiet!" moppert Kees. „Zie me zo'n getortel nu toch eens. Kwik, hier, de slab voor je ogen, zoiets is niets voor kleine meisjes!"
Gedrieën kijken ze hoe Kees, z'n blonde haar wapperend in de wind, om de hoek verdwijnt. Ad van Rhyn woelt met zijn hand door Marjoleintjes zachte haren. Zijn andere hand legt hij tegen Annekes zwellende buik, waar nieuw leven bezig is te groeien naar geboorte. Zijn hart loopt vol. Zóveel geluk voor één mens. Het is teveel, teveel. Hij kijkt naar Anneke en

zij kijkt terug. Ze weet ten naaste bij wat hij nu voelt. Haar doortrilt eenzelfde geluksgevoel, maar daarnaast is er dat andere, dat loodzware, om anderen, die dat niet kennen: Deetje, Jan-Willem... waarom vraagt Ad nu niet, hoe het was, bij Deetje?

Ads zwarte ogen verdonkeren. Bijna ruw zegt hij: „Vertel me van Deetje. Er waren weer problemen, zeker?"

Ineens staat ze weer als was ze lijfelijk aanwezig, tussen hen in. Uitdagend, prikkelend, compromitterend: wilde Deetje, waar Anneke en hij altijd wel verschillend tegenaan zullen blijven kijken.

Anneke — ze kent Ads standpunt — zegt mat: „Och, problemen, het kind voelt zich dood-ongelukkig, dat is het. Ze verzorgt daar helemaal in haar eentje toch maar een doodzieke man. Daar heb ik veel bewondering voor, Ad. Want zeg eens eerlijk: jij had gedacht dat ze op een heel andere manier haar geld verdiende, waar of niet?"

„Ik, ach nou ja... ik weet toch hoe ze is?"

„Dat weet je niet, dat is het 'm juist. Net als Jan-Willem, dat is precies zo'n oen! Bah, mannen!"

„Behalve Keessie dan toch. Dat is een schat!"

„Ja!" beaamt Anneke, haar ogen recht in die van Ad. „Dat is hij zeker. Want Kees laat zich niet misleiden door uiterlijk vertoon. Dat zijn maar afleidingsmanoeuvres!"

Weer, als zo vaak, versmelten jaloezie, onbegrip, irritatie en welke minder nobele gevoelens hem ook bevolken. Weer heeft de liefde het laatste woord: „Ik ben en blijf een jaloerse botterik. An, kun je nog wel van zo iemand houden?"

„Zolang je je eigen fouten ziet en er tegen blijft vechten, valt er best te leven met deze botterik!" En samen met Marjoleintje nestelt ze zich op Ads schoot.

HOOFDSTUK 19

Wat drijft Deetje die avond het huis uit?

„Opa Han vind je het erg als ik er een poosje tussenuit knijp? Eerlijk zeggen hoor!"

„Welnee, juffie. Ik heb alles wat ik hebben moet. En ik ben moe, ik ga toch slapen. Zoek maar wat vertier in het dorp. Je bent immers jarig? Alleen hoop ik niet..." Wat hij niet hoopte, kwam ze niet te weten, want hij had z'n zin niet afgemaakt. Hij kreeg weer last van kortademigheid en even had ze in tweestrijd gestaan. Hij zag eruit als een geest, met dat vaalbleke vogelkopje van 'm. Toen dacht ze aan Jan-Willem en met een trots gebaar gooide ze haar blonde manen naar achteren. Jan-Willem had natuurlijk een boekje over Deetje Kruyt opengedaan met als resultaat, dat nu ten lange leste ook opa Han haar niet meer vertrouwt. Ze is en blijft Deetje, de dochter van Ria Kruyt. De appel valt niet ver van de boom. Zo moeder zo dochter...

Deetje lacht. Maar het is geen vrolijke lach. Daarvoor zit de pijn te diep en de tranenvloed te dicht aan de oppervlakte. Door de winkelstraat tript ze op haar hooggehakte lakschoentjes. Met welgevallen beziet ze zichzelf in de etalage van modehuis Moyekind — bespottelijke naam —: een zwarte geisha bloes, met grillig bedrukte figuren in goud, en turkoois en daaronder een nauw, zwart mini-rokje...

Ze ziet wel dat ze de aandacht trekt, daar is ze toch op uit? Ze hoort wel dat er naar haar gefloten wordt. Maar onverstoorbaar trippelt ze door. Op weg naar de Meermin, dichtbij de vuurtoren...

De vierkante raampjes van het grill-restaurant zijn bespannen met vitrage van grof ecru-garen, waarin een zeemeermin geweven is. Naar binnen gluren is er niet bij. Daarom gaat Deetje door de lage deur naar binnen. Al heeft de buitenkant van de Meermin al doen vermoeden, dat het geen schreeuwerig rookcafé is, eenmaal over de drempel blijft Deetje even verrast staan kijken. Het ziet er binnen zo knus, nee sfeervol uit. Precies de entourage voor een vissersdochter, denkt ze met zelfspot. Heeft de schilder deze plaats bewust gekozen? Deetje twijfelt er geen ogenblik aan. Als in een droom loopt ze naar de bar: een nagebouwde kotter, zoéén die haar vader het leven kostte. Twintig jaar geleden...

Hans van de Berg heeft zich een plaatsje gezocht aan één van de lage bielzen-tafels, buiten de lichtval van de bar. De zitjes zijn in een cirkel rondom de kotter geschaard. Slechts een antieke scheepslamp naast iedere tafel aan de muur zorgt voor verlichting. Een olielampje, op de tafel, doet louter dienst als sfeerverlichting.

De schilder ziet haar binnenkomen en op de bar toelopen. Hij ziet dat ze weifelend blijft staan bij de enige barkruk die nog vrij is. Een mooie meid, denkt hij, terwijl hij opstaat om haar te halen.

,,Ik wist dat je komen zou. Waar is de zeemeermin beter op haar plaats dan hier? En als het dan ook nog om een járig meerminnetje gaat..." Zijn ogen, met die wonderlijke gloed van herkenning, strelen, trekken... Deetje laat zich aan haar hand meenemen en nauwelijks zit ze, of er wordt al een fonkelend glas voor haar neergezet. ,,Ik zit hier al even. Ik heb vast een klein voorschot genomen. Santé, mijn mooie meer- min, ik drink op jouw geluk en op het mijne."

,,Proost!" De glazen tinkelen tegen elkaar, hun vingers raken elkaar. Maar meer dan aanraken is hun ogenspel, boven het flakkerende schijnsel van de olielamp.

,,Desirée!" Het diepe timbre van die mannenstem spoelt een golf van herinnering over Deetjes blonde hoofd. Harm... Jan Troost... nee, nee! Tevergeefs probeert ze zich het gezicht van Jan-Willem voor ogen te halen. Zijn gereserveerdheid, zijn... gekwetstheid, zoals hij vanmiddag naar haar keek.

Minder, veel minder beangstigend komt die haar nu voor dan de stem van de schilder Hans, waarin nauwelijks bedwongen hartstocht doorklinkt. Hans van de Berg, de man met de wonderlijk begrijpende ogen, beziet haar nu als Harm, als Jan Troost. Nee, wil ze in zijn gezicht schreeuwen. Ik weet wel dat iedereen op me neerziet, omdat ik net als moeder ben. Maar niemand weet wie de échte Deetje is. Hoe ze denkt, hoe ze lijdt... Ze probeert te ontsnappen aan de dwingende kracht, die van de schilder uitgaat. Ze heeft hem geïdentificeerd met het vaderbeeld dat zich door de jaren heen uitkristalliseerde. Maar nu hij haar aanraakt met zijn ogen, zijn handen, spat het beeld als een zeepbel uiteen. Maar toch, de ban breekt niet. Dat hij haar begeert, heeft ze daar zelf niet op aangestuurd? „Waarom kleed je je zo uitdagend?" vroeg mevrouw van Leeuwen haar. Deetje schokschoudert. Ze weet het niet. Ze weet het wel! Het is om vanmiddag, om Jan-Willem, die verwacht dat ze is zoals nu. Al verovert ze een diploma, door avondcursussen, al bewijst ze wel degelijk hersens te hebben en die te gebruiken, het zal haar nooit van haar imago afhelpen. „God neemt je zoals je bent."

Vreemd, dat ze juist nu die ouderwetse prent voor zich ziet. „Maar de mensen niet." Die woorden dansen met fluorescerende letters in de walmende lichtbaan boven de tafel.

„Proost, Hans!" Schril, geforceerd, om maar die geladen stilte stuk te slaan. „Lekker spul is dat." In één keer leegt ze haar glas en schuift het in Hans' richting. Hij bestelt een nieuw en daarna lijkt alles anders. Voelt ze zich eindelijk een beetje jarig. Hè, al die zwartgalligheid! Waarom mag een mens niet gewoon vrolijk zijn? Wat is daar verkeerd aan? En waarom zou ze niet met een sympathieke vent als Hans van de Berg een glas drinken in een beschaafde gelegenheid als de Meermin? Kijk maar raak, Jan-Willem. Veroordeel maar en jij ook, opa Han..."

„Ik kan niet lang blijven" zegt ze ineens. „Om mijn patiënt niet. Hij gaat hard achteruit."

Hans knikt. „Ik weet het van René. Hij was er vanmiddag nog. Heb je hem niet gezien?"

„Ik heb gewandeld. Met m'n zusje, toen opa Han sliep."

„Dat zal hij nu ook wel doen. Je gaat eerst nog mee naar m'n atelier. Je moet m'n laatste stuk toch zien?"

„Is het goed geworden?"

„Moeilijk om zelf te zeggen. Maar ik dacht het wel. Alleen is het anders geworden dan oorspronkelijk m'n bedoeling was. Dat gaat meestal zo met iets scheppends. Slechts de conceptie, maar hoe de vrucht zich ontwikkelen gaat... dat is ook voor de ontwerper een vraag, waarop hij pas na voltooiing antwoord krijgt."

„Even dan," geeft Deetje toe. Maar dat is na het vierde glas. Hans slaat een arm om haar heen en dat is wel nodig ook. Buiten neemt de wind hen speels, bekoelend, langs het schelpenpaadje, waardoor ze buitenom het huis van de schilder bereiken.

„Niemand heeft je gezien met mij!" lacht Deetje met schokjes van pret. „De fondantjes uit de tearoom hoeven niet te smelten van schaamte... M en M, om je dóód te lachen!"

„Kom nu maar mee!" Hans duwt het meisje dat niet al te vast op haar benen staat, voor zich uit. Als ze voor de garage staan, moet hij haar met één arm stevig vasthouden. Met zijn vrije hand maakt hij de deur open. „Zo, nu naar binnen en zachtjes graag."

„Voor René!" Zó helder is ze dus toch wel. Hans heeft spijt, dat hij haar dat laatste glas niet heeft geweigerd. Hij weet uit ondervinding hoe koppig dat spul is.

Binnen knipt hij alleen indirekte verlichting aan: twee spotjes, die gericht staan op zijn laatste, juist voltooide doek. Hij leidt het meisje naar de oude divan, tegen de linkermuur, pal tegenover het neo-romantische doek, met de wild schuimende branding waaruit een in zwarte sluier gehulde vrouwengestalte oprijst: magisch, fascinerend, beklemmend, hoe langer men het beeld indrinkt. Hans' versie van „de stervende zwaan".

Maar Deetje wijdt slechts een vluchtige blik aan het doek. Zwaar hangt ze in zijn armen. „Zo en nu zal ik je eindelijk eens behoorlijk feliciteren!" verzucht Hans in haar haren. Fré's mooie maar onbereikbare beeld lost op door het onweerstaanbare fluıdum dat het meisje omgeeft...

Dan is er een harde klap en gelijktijdig staren ze naar het grote raam, dat Hans bij dag een wijds uitzicht geeft op strand en zee. Hij heeft de gordijnen dichtgetrokken. Maar er is toch een kier. Hans' gezicht verkrampt. In één beweging vliegt hij overeind en trekt zijn hemd recht. „Die snotneus natuurlijk!"

Buiten klinkt een kreet. Van angst? Van pijn? Deetje weet het niet, maar wel dat het huilen van het kind zo ontnuchterend werkt, dat ze er vandoor gaat, zonder op Hans' terugkeer te wachten. Nog even ziet ze om, naar de twee silhouetten, donker afstekend tegen de lichtere hemel. De vader een arm geheven, het kind met gebogen hoofd. Dan deelt zich de pijn van het kind mee aan het kind Deetje, dat zich kromde onder de stokslagen en de zielenood van de moeder, al heeft ze moeten vechten tegen Harm, tegen Jan Troost tot bloedens toe, haar angst moet haar wel onvermoede krachten gegeven hebben. Deetje trekt al hollend haar bloes dicht aan haar hals. Het moet wel haast middernacht zijn, het is te fris om in een dunne bloes te lopen. Maar zij loopt niet. Zij holt, want de gedachte aan opa Han wordt steeds sterker, dwingender, naarmate ze de Torenstraat dichter nadert. Als ze tenslotte hijgend staat, in het holle gat van de kamerdeur, voelt ze hoe alles om haar heen begint te tollen. Net als andere nachten, brandt alleen een schemerlampje schuin boven het bed. En dat bed is leeg. Een hoop losgewoelde lakens. Geen Han Hoet en ook geen Rak, met z'n kop op z'n voorpoten, altijd alert op onraad, zijn baasje bewakend...

„Opa Han!" gilt Deetje. „Rak!" Maar er volgt geen antwoord: ze zijn weg. Maar hoe kan dat? Opa Han is ziek en zo zwak. Hij is de afgelopen week amper zijn bed af geweest. Zou hij naar het huisje achter zijn gegaan om te kijken of ze al terug was? Heeft hij de telefoon in het huisje over laten gaan en toen ze niet kwam, is hij toen zelf gaan kijken? O, alsjeblieft, alsjeblieft, laat het zo zijn. Maar terwijl ze er naar toe ijlt, weet ze dat haar hoop ijdel is. Raks geblaf had haar allang gewaarschuwd, als ze ergens waren, weet Deetje.

In het huisje knipt ze het licht aan en kijkt rond, met rukkende bewegingen van haar hoofd of ze ergens een briefje ziet. Een paar woorden van Han Hoet, voor haar. Maar ze ziet niets van dien aard. Daarom rent ze terug naar het huis, om daar naar een aanwijzing te zoeken. Maar ook hier geen briefje, geen krabbeltje van de oude man. Deetje bedenkt zich niet langer. Ze gunt zich geen tijd om ander schoeisel aan te trekken of om een trui of een jack aan te schieten. Ze rent zó de nachtstille straat uit, de hoek om, in de richting van het centrum. Als Han háár is gaan zoeken, moet hij ook daarheen zijn gegaan. Naar de vrolijkheid en het vertier. Als ze denkt aan dat oude, verzwakte mannetje, dat zelfs nu niet heeft geschroomd, haar te gaan zoeken, toen ze niet terugkwam, dan bloedt haar hart. Opa Han, lieve opa Han, waar ben je?

De winkelstraten grijnzen haar stil en uitgestorven aan. Alleen bij enkele café's en cafetaria's valt nog wat bedrijvigheid te bespeuren. Maar nergens een glimp van de oude visser en zijn trouwe metgezel...

Zou hij vermoed hebben, in wiens gezelschap ze vanavond was, doorschokt het Deetje dan. Voor de tweede maal die avond kiest ze de richting van het huis waar de schilder woont: aan de uiterste grens van het dorp en de duinen...

„Daar," mompelt Jan-Willem. „Dat moet het huisje zijn, waar Deetje een maand of wat heeft gewoond met die vent,

177

die Troost. Heeft hij z'n naam eer aan gedaan? Hééft hij haar de troost gegeven, waar Deetje, — volgens Anneke — zo schreeuwend behoefte aan had? Jan-Willem manoeuvreert z'n tamelijk opzichtige auto een eindje voorbij het bewuste huisje op een braak liggend terrein, waar een hoop afvalhout en stenen duiden op recente afbraak van enkele voor-oorlogse vissershuisjes. Het nauwe straatje is bijna identiek aan dat waar de familie van Rhyn nog altijd woont. Alleen is het hier één bouwvallig krikkemikkerig zootje. De roodgemutste huisjes verkeren in zo'n slechte staat, dat renovatie te kostbaar zou worden. Als hij zijn motor heeft uitgeschakeld, blijft hij besluiteloos zitten, zijn armen over het stuur.

Toen hij Anneke voor haar huis had afgezet, had ze hem vastgegrepen. „Jij vertrouwt Deetje niet. Maar heb je ooit de moeite genomen kontakt te zoeken met Harm, of met Jan Troost? Om uit hun eigen mond te horen, wat er geweest is tussen Deetje en hen?"

„Naïef Anneke! Hoe is het mogelijk dat jij zo rein en onschuldig gebleven bent terwijl Deetje…"

„Práát met haar. Zónder dat superieure lachje van je, waar ik zelfs dol van word. Geef haar één keer de kans zich te verdedigen, Jan-Willem Bergman!"

„Ik ben niet geïnteresseerd in verhalen over het liefde-leven en de prestaties op dat gebied van Desirée Kruyt!"

„Voor jou heeft die naam alleen een bittere bijsmaak. Je weet misschien niet eens dat Desirée „hoop" betekent. Als je maar je dat om haar gaf, dan klampte je je aan die hoop vast, inplaats van haar bij voorbaat al op de schroothoop te gooien" had Anneke hem half in tranen nageroepen.

Alsof hij achterna gezeten werd, zo was hij weggestoven naar zijn eigen flat. Het was voor het eerst dat Anneke niet onvoorwaardelijk zijn kant had gekozen!

Maar toen hij bij het flatgebouw kwam, had hij Kees gezien. Die was op weg naar hem, dat kon niet missen. Dat

178

betekende nóg meer verwijten. En hij wist zich nu al geen raad.

Hij: Jan-Willem Bergman, die men altijd bestempeld had als een evenwichtig persoon, als iemand die in elke situatie kalm wist te handelen, kon nu geen kant op. Sekondenlang blijft hij voor zich uitturen: wikkend, wegend. In z'n hart voelt hij er bitter weinig voor, die agressieve, on-appetijtelijke vent in het leer op te zoeken in dat krot, ingebouwd door een onvoorstelbare troep, die voor het inwendige van het huisje al heel weinig goeds voorspelt. Vanzelf springt hem de avond van enkele jaren geleden in herinnering. Toen hij oog in oog kwam te staan met deze zelfde rabauw. Ze waren op de vuist gegaan en hij was na een slag op zijn hoofd tegen de grond gesmakt. Bewusteloos had men hem afgevoerd per ambulance naar het ziekenhuis. Moet hij nu uit eigener beweging zijn belager opzoeken? Maar het wanhopige snikken van Deetje gonst in zijn oren en vermengt zich met de aanklagende stem van Anneke: „Ga dan naar Jan Troost. Vraag hemzelf wat er geweest is tussen hem en Deetje." En dan gáát Jan-Willem.

Er is een onrust in Kees van Rhyn, die hem na het avondeten de deur weer uitdrijft. „Moek, ik ga nog even naar Ad en Anneke!"

„Ik heb wel zin om mee te gaan,' zegt Gon. „Of wil je je zus niet meehebben?"

„Mij best, maar ik ga eerst bij Jan-Willem langs. Die was vanmiddag niet thuis."

„O! Nou, dan blijf ik maar bij moeder. Gaan we later op de avond nog gezellig een uurtje samen, moek."

Kees vangt voor de tweede keer bot: Jan-Willem reageert niet op z'n belletje. Dus fietst hij naar zijn broer, die hij verbaast met de vraag, of hij Annekes wagentje lenen mag. „Vanzelf, met alle plezier. Maar wat is er met Kees van Rhyn, dat hij zich in het legioen milieuverpesters schaart?" Treiterend kijkt Ad hem aan.

„Gaat je niks aan. Als 't zo niet kan, zonder dat ik zeg waarvoor, hoeft het al niet meer!"

„Hé, brother, niet zo aangebrand. Je hebt carte blanche wat die auto betreft. Neem'm maar gauw mee. Of drink je eerst nog een kop koffie mee? Anneke heeft net gezet." „Merci. Ik heb vanmiddag al gehad. Doe de meisjes de groeten maar van ome Kees."

Altijd groots doen. Catblans... wat meneer daar mee bedoelt... nou ja, zal wel nooit veranderen, die broer van me. Kees grinnikt, terwijl hij het wagentje start. „Hotel-Adrie", Deetjes benaming van Ad, hij weet het maar al te goed. Terwijl hij de richting kiest van het noordelijker gelegen kustdorp, vervluchtigt de lach op zijn aardige, open gezicht. Annekes verslag van hun bezoek aan Deetje, heeft een alarmschelletje bij hem doen rinkelen. Hij ként Deetje en vreest de gemoedstoestand, waarin zijn vroeger buurmeisje moet verkeren!

„Dat zijn ze dus: de tearoom-dametjes" prevelt Kees vermaakt en schurkt zich behaaglijk in het hoekje van één van de wandbankjes. Zijn benen languit. Zijn voeten raken net niet het gebloemde velours. Direkt al komt één van de twee op hem toe. Hij is ook vrijwel de enige bezoeker. De tearoom heeft op zaterdagavond kennelijk teveel andere konkurrentie.

„Wij sluiten over een kwartier, jongeman. En wilt u misschien uw voeten niet op de bank leggen? Dat doet u thuis maar, als dat uw gewoonte is."

Kees heeft moeite zijn gezicht in de plooi te houden, want het appelgezichtje van de dame heeft kleurtjes van agitatie en is zo precies een opgepoetst bellefleurtje. Kennelijk is ze door die andere met haar pinnige gezicht gestuurd.

„Natuurlijk, mevrouw. Hoewel ze over de rand bungelen, kijkt u maar," zegt Kees met z'n trouwhartige blik.

„Wat wilt u gebruiken?" vraagt Mientje Boot echter onverstoorbaar.

„Een cola graag."

Terwijl Mientje het gevraagde haalt, geeft Kees op zijn gemak zijn ogen de kost. Alles even knus en bovenal proper. Hier moet hij beslist moeder Marga eens mee naar toe nemen, die zal dit wel weten te waarderen. Maar Deetje zal hier, net als hijzelf, wel de kriebels hebben gekregen. Hij grinnikt, maar meteen is er weer die vreemde onrust, die hem de hele avond al plaagt. Die hem de deur uitdreef naar het huisje van de oude visser, net als vorige week. Ook nu geen spoor van Deetje. En de oude man, die natuurlijk sliep, durfde hij niet te wekken. Waar moet hij haar zoeken? Eerst maar eens een kijkje nemen in het dorp, heeft hij gedacht. Hij parkeerde Annekes wagentje op een parkeerplaats achter de boulevard en als vanzelf kwam hij toen bij „De eerste aanleg." Terecht: de eerste gelegenheid waar je iets kunt gebruiken, als je van de boulevard en het strand de winkelstraat inloopt.

Het dametje in de keurige blauwe japon met zwarte noppen zet de cola voor hem neer, die Kees gemakshalve meteen afrekent. Hij bepeinst, dat hij een jaar geleden precies dezelfde handelingen verrichtte: toen hij Ad en Anneke hielp in het Ruyterhuys, in Drenthe. Pijn gloeit aan, als hij terugdenkt aan zijn hopeloze liefde voor het zieke meisje daar. Abrupt gaat hij staan, zijn glas nog bijna voor de helft gevuld.

Mientje neemt het hoofdschuddend weg. „Die zit op spelden," bericht ze haar zuster. „Die heeft geen zit."

„Net als ik. Mien, 't kan me niet schelen wat jij doet of zegt: ik ga nog even kijken bij Renéetje. Dat kind is pas acht en ik maak me sterk, dat z'n vader hem rustig alleen achterlaat en zelf aan de zwier gaat. Ik zal maandag eens een hartig woordje spreken met Fré. Want die schiet net zo goed tekort. Die twee denken alleen aan zichzelf en hun eigen pleziertjes.

181

Maar ze hebben kinderen en die hebben vastigheid nodig. Nestwarmte zogezegd. Wat wij vroeger ook hebben gehad. En al heeft Fré die als nakomertje haar ouders eerder moeten missen: wij hebben haar dat gemis zo veel mogelijk vergoed."

„Misschien té goed," oppert Mientje voorzichtig.

„Quatsch! Ze heeft een leven als een prinses gehad bij ons." Daarom juist, denkt Mientje. Maar ze spreekt het niet uit. Het helpt toch niet en Fré veranderen ze er niet meer door.

„We gaan sluiten en onze jassen aantrekken!" bedisselt Milly. „En als het waar is wat ik denk..." Ze maakt haar zin niet af, maar Mientje weet, dat haar zuster weinig goeds in petto heeft voor zwager Hans.

Even later lopen ze in hun gabardine regenjassen binnendoor naar het huis van Fré en Hans. Ze spreken geen woord. Na al die jaren samen weten ze zo ook wat de ander denkt en voelt, weten ze, dat het de zorg is om het kind van hun Fré, die hen de maanverlichte avond in zendt.

HOOFDSTUK 20

Donker steken de duinen af tegen het nacht-blauw van de hemel. Het strand ligt verlaten, de stem van het water vertolkt senoor het lied van de eeuwigheid.

Hier is de mens machteloos in z'n kleinheid, tegenover het majestueuze vervloeien van zand, zee en luchten...

In Deetje groeit de paniek naar een climax. Ze moet de oude man opzoeken en de hond. O, waarom heeft ze hem alleen achtergelaten? Zij weet toch van zijn hunkering nog eenmaal te dwalen langs het strand. Nog eenmaal oog in oog te staan met de zee, die hij bevaren heeft, zoveel jaren. Net als vader... Han Hoet is niet naar het dorp gegaan, zoals ze eerst gedacht heeft. Maar naar de zee, natuurlijk naar de zee.

182

Deetje wrikt de schoenen van haar voeten en dwingt haar voeten tot lopen, terug langs het strand tot waar de strandafgang is, die Han Hoet moet hebben genomen. Maar als ze eraan denkt, hoe zwak en moe hij was, niet eens in staat zijn bed uit te komen, breekt toch weer de twijfel baan. Kón hij nog wel bij de zee komen?

Deetjes voeten gaan over het natte zand, net onder de vloedlijn, omdat ze hier het snelst vooruit komt. Maar hoe ze ook tuurt, ze ontdekt geen glimp van de man of van de hond. Ze rent zelfs nog een eind voorbij de afgang, het dichtst bij de Sloepweg en dus vanaf Han's huis de rechtste weg naar de zee. Maar zo ver ze zien kan, is er niets dat lijkt op een menselijk wezen, of de vorm daarvan heeft.

Deetje rilt. Buiten adem ploegt ze tenslotte door het mulle zand naar het opgespoten strand, om daar aan de voet van de duinen uit te rusten. Bezijden het laatste strandhuisje is ook wat meer bescherming tegen de nu frisse wind, die dwars door haar bloes heen haar klamme huid droog blaast.

En dáár ziet ze hem liggen...

Met een rauwe kreet valt ze naast de zwarte roerloze plek, tastend naar het gezicht van de oude man, zoals ze dat al eens eerder heeft gedaan, op die avond in april. Maar nu is het anders, ze voelt het. Opnieuw schreeuwt ze het uit van angst en spijt: „Opa Han, opa Han!" Wild kijkt ze om zich heen. Waar is de hond? Rak zou z'n baas nooit in de steek laten, weet ze. Waar is Rak? In paniek wil ze wegrennen om hulp te halen in het dorp, maar kan ze hem opnieuw alleen achterlaten? Iets in haar zegt: het is te laat voor hulp. Blijf maar bij hem, tot er iemand komt, al kan dat nog uren duren. Maar de angst is sterker, die duwt haar weg van de stille gestalte, omhoog het duinpad op. Als ze bijna bovenaan is, flitst er iets langs haar heen. Even later hoort Deetje een jongensstem, die de schim terugroept en ook in die stem trilt de angst: „Rak, Rak, hier!"

Deetje ijlt op de jongen af. „René, er is iets met opa Han. Hij ligt daar beneden bij de huisjes. Ren jij zo hard je kunt terug naar huis en vraag of je vader de dokter waarschuwt. Maar vlug, vlug. Of zal ik gaan?" Wild schudt het kind z'n hoofd. „Nee, ik wil niet dat jij naar hem toegaat. Dan gaan jullie natuurlijk weer zoenen en vergeten opa Han. Het is jullie schuld. Als Rak niet gekomen was om mij te waarschuwen... Hij heeft net zo lang staan blaffen, tot ik hem hoorde. En toen dacht ik meteen dat er wat met opa Han was. En nu is hij natuurlijk dood. Omdat jij niet op hem gepast hebt. Want hij wilde steeds al naar de zee. Altijd als ik kwam wilde hij dat ik met hem meeging, „hij moest naar het strand," zei hij, „om afscheid te nemen."

Deetje ziet hoe de jongen omkeert en met de hond wegrent in de donkere avond. Een kind van acht op de vlucht voor onbegrepen angsten. Ze kreunt het uit, wat heeft ze aangericht? Haar lichaam kromt zich in een reflex onder de zware beschuldigingen van het kind. Het blijft bij een reflex.

Haar geest heeft net even eerder de grens overschreden dan haar lichaam. Schuld... schuld... schuld... het woord kerft in haar ziel. Iedereen ziet het bij de eerste oogopslag, dat zij de personifikatie is van dat verschrikkelijke woord: SCHULD! Haar opa en oma hebben haar door hun wantrouwen en kritiek weggejaagd. Anneke..., alleen Anneke telde, omdat zij leek op hun aanbeden zoon, die de dood vond op zee. Zij, Deetje is de kopie van haar moeder. Ria Kruyt... waar iedereen z'n neus voor ophaalde... God neemt je zoals je bent. Maar niet iemand als ik. Zo iemand zal God zéker niet de moeite waard vinden. Want in deze toestand van wanhopige vertwijfeling, naderend de laatste grens die bewustzijn en -loosheid markeren, nestelt zich een zekerheid in haar, die ze in haar bewustzijns-vernauwing niet opmerkt: dat er buiten al die mensen die haar lieten vallen, Iemand is, die ook háár draagt, zonder dat zij zich dat bewust is. Deetjes lichaam is

184

doortrokken van een dodelijke vermoeidheid, die ook haar geest lamlegt. Haar waarneming is stil blijven staan bij het beeld van de vrouw met de gouden haren, oprijzend uit de zee... „Zwarte zwaan" heeft de schilder het doek gedoopt. Ze moet het, ondanks haar benevelde brein en de van hartstocht doorzinderde atmosfeer, in zich opgezogen hebben. De vrouw in het zwart, met háár gezicht, háár lichaam. O, God, kermt ze vertwijfeld, als een verdwaald kind, dat eindelijk thuiskomt. Ik wéét, dat het niet waar is, wat Harm van vader vertelde. Ik voel, dat het niet waar kán zijn. Het was mijn vader, die ze uit het water hebben opgehaald. Maar wat hij dacht, aan wie hij dacht, wie hij liefhad, zijn laatste gedachten, waren die ook voor mij? O, verre onbekende God, iedereen denkt alleen aan zichzelf. Iedereen veroordeelt mij, maar U weet, dat het niet wáár is. Dat ik gevóchten heb om niet te worden zoals moeder, al weet ik, dat ze gruwelijk eenzaam was, net als ik. En dat ik haar daarom nooit veroordelen mag.

Deetje, in haar fladderende zwarte bloes, waadt als in trance door het water. Om haar heen gromt de branding, het schuim op de mond en de wind maakt een deal met het water door golven op te richten, die het nietige stipje mens omsluiten...

Net een klucht! vindt Kees. Als de onrust om Deetje er niet was, zou hij er intens van genoten hebben ook.

Kees is ten einde raad omdat hij Deetje in het dorp nergens kon ontdekken, naar het huis aan de duinvoet gefietst. Het is lang niet denkbeeldig, dat hij Deetje uiteindelijk bij die kunstschilder aantreft!

Bijna gelijktijdig met hem ziet Kees twee donkere vrouwenfiguren het tuinpad op wandelen. Pas wanner ze binnen de lichtbaan van de wijd-open atelierdeur zijn gevangen, herkent hij de twee. Het zijn de tearoom-dametjes! Zijn die hier soms met hetzelfde doel naar toe gewandeld? Kees gnuift. In dat geval ziet het er voor baardmans niet al te best uit!

185

Maar dan bedenkt hij, dat Deetje hoogstwaarschijnlijk een hoofdrol speelt in de tragedie en muisstil nadert hij, zoveel mogelijk in de schaduw van het struikgewas, dat de tuin aan de duinzijde markeert.

„Wat wij hier komen doen in het holst van de nacht?" schrilt de stem van Milly. „Moet ik je dat echt uitleggen? Ben je al zo diep gezonken, dat iedere vorm van verantwoordelijkheid je ontbreekt? Waar is Renéetje?"

„In z'n bed!" hoort Kees de stem van de schilder nonchalant zeggen.

„O ja? Nou daar willen wij ons samen met jou van overtuigen. Eerder gaan we niet terug, beste zwager! Mien, wacht, eerst kijken of hier alles pluis is!" snibt Milly.

„Kom maar mee!" zegt Hans van de Berg, omdat hij die twee anders toch niet kwijtraakt, dat weet hij uit ervaring. Inwendig briest hij van kwaadheid. Ellendige bemoeials. Ze hebben Fré nooit aan hem af willen staan. Fré, het door en door verwende kleine krengetje, waar hij ooit z'n hart aan verloor.

„Ja," echoot Mientje suikerzoet. „Het is net zoals Milly zegt: we willen met eigen ogen zien, dat hier binnen, in die werkplaats van je ook alles in orde is.

„Kijk maar, zoek maar!" stemt Hans, nog rustig, toe. „Geen vreemde vrouwen. Geen blond Desiréetje. Alles kits bij Hansje!"

„Met „s" of „sch"?" vraagt Milly spits. „Nou ik zie het al, het is allebei. Maar ze is hier wel geweest. Mien, snuif eens goed!"

Haar zuster knikt gedecideerd. „Je hebt gelijk. Ik ruik het ook. Precies dezelfde stank als bij ons in de kamers hing. Nou zwager: wat heb je hier op te zeggen?"

Kees, verscholen achter de struiken, grinnikt om deze onbedoelde en daarom zo droge humor.

De schilder zegt niets. Eén woord en hij explodeert, weet

186

hij. Hij laat hen zondermeer staan. Met driftige passen loopt hij naar het huis. Het is donker, op een klein nachtlampje na, dat de lange smalle gang eerder spookachtig maakt, dan dat het geruststelt.

„Goed om een kind, alleen in zo'n groot huis, doodsbang te maken!" sist Milly luid genoeg om door Hans te worden verstaan. Hij blijft abrupt staan. „Ik verzoek jullie dringend je niet verder met mijn zaken te bemoeien. Ik zal de voordeur openmaken en dan wens ik jullie nog een prettige wandeling terug!"

„O nee! Wij gaan hier niet vandaan vóór we gezien hebben dat met Renéetje alles goed is. Nietwaar Mien?"

„Vanzelf. Als de eigen ouders hun verantwoordelijkheid verzaken, komen wij op voor onze tante-zeggers."

Het gezicht van de schilder neemt bijna dezelfde tint aan als die van z'n baard. Met uiterste wilskracht weet hij nog een drift-explosie te voorkomen. Hij knipt het licht aan en stuift de trap op. Maar binnen een minuut is hij weer terug.

„En?" klinkt het eenstemmig.

Hans heeft niet de moed om de waarheid te verdraaien. Daarvoor is hij trouwens te geschokt. „Hij is er niet. René's bed is leeg!"

„Net wat ik al dacht. Ik voelde dat er iets niet pluis was hier. Waar kan hij zijn, dat kind?" Met haar dunne vingers klauwt ze in Hans' overhemd. „Vooruit, jij hebt vast wel een idee!"

„Ik ben bezig geweest in m'n atelier," mompelt Hans. „Maar nu ik er goed over nadenk... ik verbeeldde me dat ik een poosje terug een hond hoorde janken. Het was niet de blaf van Rak, de hond van Han Hoet. Die ken ik, omdat René vaak met het beest op stap is. Daarom heb ik er ook geen aandacht aan geschonken..."

De zusters knikken elkaar toe. De nauwe band van jaren maakt woorden overbodig.

Ze keren de schilder gelijktijdig de rug toe. De keurige donkerblauwe zomerjassen lijken hun verontwaardiging terug te kaatsen.

„Waar gaan jullie heen? Naar huis?" „Naar dat van Han Hoet. Die hond heeft Renéetje natuurlijk wakkergeblaft en toen is dat kind in het donker met dat beest teruggegaan. En een dier doet zoiets alleen, als er onraad is." Milly neemt niet eens de moeite nog om te zien.

Verslagen staart Hans zijn beide schoonzusters na. Hij bezint zich wat hem zelf te doen staat. Er schiet hem echter geen ander alternatief te binnen, dan die twee achterna te gaan. Want de konklusie van de snibbigste van zijn twee schoonzusters lijkt hem zelf ook de meest voor de hand liggende.

Kees, vanachter de struiken, ziet de beide dames naar buiten komen en langzaam over de ongelijke tegels van het tuinpad schuifelen. Als ze langs hem heen gaan, hoort hij één van de twee zeggen: „Dat onze zwager die hond een dik kwartier terug heeft horen blaffen, duidt erop, dat Renéetje nog niet ver kan zijn."

„Ach zus," snauwt de ander, „hecht toch geen waarde aan dat kwartier van Hans. We hebben die meid zelf langs zien komen, vanavond. Die twee hadden een afspraakje. Je zag toch zo aan haar kleren, dat ze er op uit was een man het hoofd op hol te brengen? Nou en je weet: Hans is een postzegel als het om vrouwen gaat. Zo te lijmen!"

Weer grinnikt Kees. Maar als ze verdwenen zijn en daarna ook de schilder op zijn fiets achter hen aangaat, komt Kees tevoorschijn. Hij recht zijn rug, die stijf is geworden van het lange gebukt staan. Hij probeert zich helemaal op Deetje te koncentreren. Heel best mogelijk, dat ze ergens een afspraakje had met de schilder. Maar die was tenslotte al weer terug in z'n atelier. Misschien is Deetje intussen allang weer terug bij Han Hoet. Tenzij ze brutaalweg nog in het atelier zit! Kees bedenkt zich geen sekonde. Hij sprint op de deur af, die natuurlijk gesloten is, maar wel met een slot, waarmee hij experimenteren kan. Uit één van zijn zakken tovert hij attributen, die hem daarbij behulpzaam zijn en binnen vijf minuten stapt hij naar binnen. Omdat hij de schilder niet meteen terug verwacht, durft hij best wat licht te maken. Maar een eerste vluchtige blik levert geen Deetje op. Een aangezien er in de loods geen schuilhoeken zijn, weet hij dat hij hier beter zijn tijd niet kan verdoen. Net vóór hij het atelier verlaat, valt zijn oog op het doek dat tussen vele anderen, zijn aandacht trekt: de zwart gesluierde vrouw temidden van hoog opstaande golven. Als buiten zijn wil om loopt hij er op toe en dan ziet Kees, dat het niet hetzelfde stuk is, dat hij bij zijn vorige bezoek aan het atelier zo bewonderd heeft. Dit is een nieuw doek. Het heeft ook een andere naam. Op het kaartje staat die vermeld: „Zwarte zwaan". En tussen haakjes: „Versie van Aphrodite, de zeemeermin".

De zwarte zwaan van de schilder Hans van de Berg heeft de gestalte van een vrouw: van Deetje, want het is haar gezicht, dat met een macabere tegenstelling van verbijstering en berusting staart naar het wilde begerige water, dat zich ieder ogenblik boven haar blonde haren sluiten zal.

Kees slikt. Zijn keel lijkt dichtgeknepen. Deetje... Heeft zij dit doek gezien? Heeft de schilder haar bedoeld of onbedoeld een spiegel voorgehouden? Zwarte zwaan: Deetje Kruyt met haar zwarte ziel. Op voorhand beroddeld en veroordeeld. Tot het allemaal teveel voor haar werd. Haar vlucht naar dit dorp was een laatste krampachtige poging om te ontkomen aan de vloek die op haar rustte. Maar ook hier stuitte ze op achterdocht en onbegrip. En vandaag kwam Jan-Willem, waar Deetje haar stille dromen om heeft geweven. Omdat ook een zwarte zwaan schreeuwt naar warmte, liefde en geborgenheid...

De levenszee, die met meedogenloze golven haar dreigt te overspoelen...

Kees knipt het licht uit, kwakt de deur achter zich dicht,

zonder zich erom te bekommeren, dat het slot geforceerd is en rent het tuinpad af, de weg over en daarna naar beneden, naar het verlaten strand. Zo dicht mogelijk langs de waterlijn jogt hij over het natte zand in de richting van het dorp, dat ginds boven de duinen uitgluurt.

Even voor het punt, waar de witte vuurtoren met gelijke tussenpozen zijn lichtbaken over het water laat glijden, blijft Kees staan. Was daar een donkere vlek in de zilveren lichtbaan? Zijn scherpe valken-ogen moeten wachten, tot een volgende lichtstreep over het water strijkt. Als die er is, denkt hij niet meer, maar volgt de impuls van zijn hart. Hij schopt zijn sportschoenen uit, gooit z'n jack op het strand en werkt zich door de branding, om met forse slagen de vlek te kunnen bereiken, vóór deze verdwijnt in de onafzienbare watermassa. Hij probeert manmoedig niet daarop te letten, want al is hij geboren en getogen in een kustdorp, hij weet hoe verraderlijk de zee zijn kan, speciaal bij eb, zoals nu.

Maar daar worstelt een levend wezen met het zeemonster en voor zover hij zien kan is hij de enige die hulp kan bieden. Als hij op tijd is! Maar gelukkig is hij op tijd. Of net niet? Want terwijl hij zijn hand uitstrekt naar de zwarte vlek, is deze ineens verdwenen. Een gevoel van paniek en een loden vermoeidheid verlamt zijn ledematen. Maar dat mag niet, anders verdrinkt hij net als die ander dat bijna onder zijn ogen doet. Dan hoort hij een schreeuw, die hem het bloed doet stollen en tegelijk voor een schok-effect zorgt. Hij herkrijgt de macht over zijn spieren en zwemt naar de plek vanwaar het geluid kwam. Hij doet een greep in het water en nog één. En dan voelt hij iets. Zijn handen klauwen in plaknat textiel. Hoger tast hij en begint al koortsachtig terug te zwemmen met zijn loodzware last. Het is niet ver, maar het lijkt Kees een eeuwigheid, voor hij de branding bereikt met de drenkeling. En zelfs dan weet hij niet, of ze nog leeft. Want in de lichtstrook, die onbewogen over hen heen strijkt van tijd tot tijd, heeft hij gezien, dat z'n vrees gegrond was. Als hij zelf weer grond onder zich voelt, worstelt zich een snik los. „Deetje... Deetje, leef je nog?"

Niet ver van de plaats waar hij zijn jack achterliet, legt hij het meisje op het strand en begint kunstmatige ademhaling toe te passen, zoals hij dat mensen van de reddingsbrigade in hun badplaats wel heeft zien doen. Hij doet het instinktief, omdat de verdoving van zijn denken en voelen hem nog genadig omhult. Als eindelijk een slomp water uit de mond van het meisje gulpt, breekt de verstarring.

„Deetje, Deetje, Deetje..." Eindeloos herhaalt hij haar naam, met hese stem. Diep buigt hij zich weer over haar, omdat hij haar ogen zien wil, die ze langzaam, als tegen haar wil opslaat.

Eén moment van herkennen, dan ligt ze weer met gesloten ogen, als een dode. Maar in Kees breekt de spanning door middel van een sidderende zucht naar buiten. Hij haalt zijn jack en wikkelt dat om het druipnatte figuurtje. Daarna bukt hij zich opnieuw en tilt haar in zijn armen. Want vanaf het strand ziet hij schaduwen naderbij komen. De schilder, met zijn beide schoonzusters? Het is niet denkbeeldig, want zij zijn immers op zoek naar het kind? Terwijl hij van hen af loopt, naar dezelfde duinafgang, die hij straks heeft genomen, bespringt hem een nieuwe angst. Zou het kind in zee zijn gegaan en heeft Deetje het willen redden? Maar meteen verwerpt hij die gedachte. De jongen is bekend met de gevaren van het water, hij ligt misschien al weer in zijn bed. Als Kees na een eindeloze tijd met zijn druipende last het wagentje van Anneke bereikt, is zijn denken weer helder. Dan weet hij, dat hij Deetje beter niet mee naar huis kan nemen, zoals aanvankelijk zijn plan was. Beter om haar in het zomerhuisje van de oude visser in haar eigen bed te stoppen en voor de zekerheid een dokter te laten komen, na het gevaarlijke avontuur. Hij belt dan wel naar huis, dat hij niet terugkomt,

191

vannacht. Hoewel... het ís al nacht, hij kan beter zijn broer Ad bellen. Als moeder ongerust wordt, belt ze toch naar hen. Dan kan Ad haar zo nodig geruststellen.

Het loopt toch anders dan Kees heeft gepland. Nadat hij Deetje met veel moeite uit de auto heeft gehesen om haar vervolgens via de steeg naar het huisje te dragen, stuit hij op een kleine oploop. Kees probeert nog ongemerkt langs het groepje te komen, maar dat verspert hem brutaalweg de doorgang.

„Wie...? Wel..." hoort Kees een mannenstem een krachtterm uiten. Het is de stem van de schilder. Kees herkent hem aan de rossige baard, die het licht van de straatlantaarn onbarmhartig onthult.

„Wat is er gebeurd?" vraagt Hans van de Berg geschrokken.

„Kan ik beter vragen," repliceert Kees. „Zou ik er misschien even door mogen? Het is te fris om in natte kleren te blijven liggen."

De schilder doet een stap achteruit en dwingt met z'n hand de zusters Boot hetzelfde te doen. „Ik kom straks horen wat er met haar is gebeurd. We hebben eerst binnen het één en ander te doen. De ambulance brengt Han Hoet naar het ziekenhuis. Ik moet daar met papieren heen."

„Han Hoet? Wat is er met hem?"

„Maar... heeft zij jou niet verteld wat er gebeurd is?" vraagt Hans met een hoofdknik naar het bewusteloze meisje.

Kees schudt van „nee".

„Desirée heeft Han Hoet gevonden op het strand. Dood. En de hond is m'n zoontje gaan waarschuwen, het trouwe dier. Z'n geblaf heeft René gewekt en toen is hij meegegaan en de hond heeft hem naar de plek gebracht, nietwaar, René?"

Nu pas merkt Kees de jongen op, verscholen achter de rug van zijn vader. „Ja, maar ineens ging hij er weer vandoor. Ik ben zo bang, dat hij ook dood is," jammert de jongen.

„Welnee, die vinden we wel terug," sust zijn vader. „Kom,

192

René, nu niet langer huilen. We halen de auto en rijden dan samen even langs het ziekenhuis met die papieren en daarna stop ik jou weer in je bed. En denk erom: daar blijf je tot ik jou roep. Je slaapt eerst goed uit."

Kees staart de schilder sprakeloos aan, tot diens woorden begrip transformeren. „Dus Deetje heeft hem gevonden en... ja dat verklaart veel. Nou ik loop door, voor Deetje een longontsteking overhoudt aan haar nachtelijke zeeduik."

Maar als hij voor de deur van het huisje staat, rijst een moeilijkheid waar hij in alle konsternatie niet aan heeft gedacht. Hij heeft geen sleutel en hij weet dat de deur op slot is. Besluiteloos kijkt hij naar het druipnatte rokje dat aan Deetjes blote benen plakt. Misschien zit hij in een zak? Maar het rokje heeft geen zakken, merkt hij. Dan zit er niets anders op, dan naar het grote huis te lopen, waar de kleine stoet net binnen is gegaan.

Hans van de Berg rommelt zwijgend in een schoudertas. „Die is van Desirée. Hij lag naast het lichaam van de oude man. Ik denk dat ze in paniek is weggehold en de tas vergeten heeft. Kijk, hier is een sleutelbos. Ik loop wel even mee, om de deur open te maken."

„Laat mij maar, jij moet naar die papieren zoeken." Met vinnige stappen gaat de magere helft van de gezusters voor Kees uit naar de in het donker gehulde schuur. En de ander volgt als een schaduw.

„Nu vind ik het verder wel!" hint Kees, als hij binnen is en Milly geen aanstalten maakt terug te gaan.

„Daar twijfel ik niet aan. Maar het geeft geen pas. Al zal zij dáár er geen spier om vertrekken, ik wed dat ze bij jou thuis niet graag zouden zien, dat jij een jong meisje uit haar kleren helpt en in haar nachtgoed."

Kees schopt met zijn voet de deur van het piepkleine slaapkamertje open en laat Deetje behoedzaam neer op het lage divanbed. Dan draait hij zich om naar het dametje. Veront-

193

waardiging en hilariteit strijden om de voorrang. De laatste wint het. Kees' vrolijke lach vult het kamertje. Even. Het geluid boemerangt als een dissonant in zijn oren. De oude visser is dood. Op ditzelfde ogenblik brengt men zijn lichaam naar het ziekenhuis. Kees weet wat dat betekent. Hij denkt aan zijn vader. Hij kijkt naar Deetje. Hij ziet dat er een rilling trekt door haar lichaam. Het zet hem weer terug in de realiteit.

„Ik kan de keren dat ik haar blote rug gezien heb niet op twee handen tellen. Wat dat betreft..."

De beide zusters ijzen bij dit openhartige antwoord. Het lukt Milly echter om met vaste stem te bevelen: „Vooruit, zet een ketel en een pan water op, Mien! En jij: haal me een paar kruiken. En een beetje vlug graag, jongeman. We kunnen haar niet langer in die natte vodden laten liggen."

„Kan ik haar niet beter helpen en dat jij voor warm water zorgt?" biedt Mientje na enig aarzelen aan. Ze kent Milly's standpunt ten opzichte van het meisje en ze is bang, dat haar handen niet al te zachtzinnig tewerk zullen gaan bij het verzorgen van de drenkelinge. Ze weet, dat de laatste gebeurtenis weer nieuwe vraagtekens bij haar zuster heeft opgeroepen. Net als bij haar zelf. Is hun voormalige hulpje opzettelijk de zee ingelopen? De gedachte alleen al is afgrijselijk. Mientje Boot moet er haar ogen een moment voor sluiten.

Milly ziet het. „Niks daarvan. Jij kunt niet tegen narigheid. Haal jij nu maar water. En een stel handdoeken. We moeten haar met hete doeken op temperatuur brengen."

„Ik zie geen kruiken" bromt Kees.

„Dan naar het huis van Han Hoet. Ouwe mensen hebben altijd kruiken. Je zoekt maar. En opschieten hoor!"

Kees doet wat er van hem gevraagd wordt. Hij heeft geen andere keus. Want het gaat nu om Deetje. Zij moet geholpen worden. Bovendien kan hij meteen even opbellen naar Ad, zonder dat die tearoom-dametjes er hun neus in steken.

194

HOOFDSTUK 21

Deetje zit op een duintop en staart naar de cumuluswolken boven zee. Tot duizelingwekkende hoogte stapelen ze zich en hun wit weerkaatst verblindend tegen het ultramarijn van het zenit... Hoe vertrouwd is dit beeld en toch altijd weer verrassend nieuw van kleur en vorm. Hier, dichterbij de hemel dan beneden op het strand is het vredige plaatje onder haar in flagrante tegenstelling tot die van enkele weken geleden. Deetje voelt hoe haar hele lichaam verstrakt. Als ze in haar herinnering alleen al de stem van het water aan hoort zwellen in haar oren, in haar longen. Opnieuw beleeft ze dat ontzettende moment op de grens van bewusteloosheid, toen ze die zwarte schim zag naderen. Nooit zal ze vergeten het erbarmelijk geblaf van de hond, dat versmolt met haar eigen doodskreet.

En toen was Kees gekomen. Hij had haar gezocht en gevonden en teruggebracht naar het huisje van de oude visser. Daar hadden de zusters Boot zich over haar ontfermd. De volgende morgen was een zeer vastberaden Ad haar komen halen. Zonder pardon had hij haar en haar schaarse bezittingen in zijn auto geborgen en zij, te murw en uitgeput om tegengas te geven, had met zich laten doen. Nu is ze al twee weken bij Ad en Anneke. Het is een oase terug te zijn in haar geboortedorp, maar tegelijkertijd is er — toch weer — die beklemming. Al doen Ad en Anneke roerend hun best om haar de gebeurtenissen van de afgelopen tijd te laten vergeten. Ze wordt schromelijk verwend, ook door opa en oma. Die twee lieverds hebben haar onder tranen brieven getoond van hun zoon Jan, die hij schreef, kort voor hij verdronk. Waar klaar en duidelijk uit bleek, hoe verguld hij was, dat zijn vrouw hun tweede kind verwachtte. Hiermee is de verdachtmaking van haar

stiefvader Harm voorgoed ontzenuwd. Maar er rest nog
zoveel zeer...

Waarom kán ze haar droom, die ze zo lang om de figuur
van Jan-Willem heeft gevlochten, niet vergeten? Hij zelf heeft
immers voeding noch hoop gegeven voor de romantische
gevoelens, die ze al zo lang voor hem koestert? Is ze zijn starre
houding dan vergeten, die hij vanaf het midwinterfeest tegen
haar heeft ingenomen? Is ze vergeten de minachting in zijn
ogen, de laatdunkende manier waarop hij tegen haar sprak?
Móet ze haar droom vergeten? Staat die niet op het punt
werkelijkheid te worden? Ieder ogenblik kan hij komen, Jan-
Willem Bergman. Hier, op „haar" duin heeft ze met hem
afgesproken. Waar ze als kind, als tiener, zo vaak heen is
gevlucht met haar pijn en haar verdriet. Daarom is er geen
betere plaats om met hem te praten. Het helmgras en het
loogkruid hebben haar tranen opgevangen, de duindoorn
haar vertwijfeld huilen. Ze zullen straks getuige zijn van haar
grote geluk.

Jan-Willem wil met haar praten. Hij heeft er haar als een
smekeling om gevraagd. En vreemd ze voelt hierover geen
enkel gevoel van triomf.

Hij is er toch nog onverwacht. Ze heeft Jan-Willem niet
horen komen, omdat haar ogen zich nog altijd verzadigen
aan de wolkenkoepel boven het water...

„Deetje!"

Ze scheurt haar ogen los van het schouwspel. Ze merkt hoe
ze tranen.

„Wat is er? Huil je?"

„Nee!" Wild schudt ze haar hoofd. „Het komt door het
staren naar die witte wolken. Het is net alsof die licht terug-
kaatsen."

„Deetje!" zegt Jan-Willem opnieuw met een smekende
klank in zijn stem die ze er nooit eerder in hoorde. „Ik wil met
je praten, ik móet met je praten. Daarom heb ik met je

afgesproken. Ik eh... ik wil je zeggen dat het me spijt, meer dan ik je zeggen kan, dat ik jou op voorhand veroordeeld heb. Niet één keer, maar meerdere keren. Pas toen ik op dringend advies van Anneke, mij wendde tot de bron, of beter gezegd de bronnen van alle misverstand, kreeg ik het juiste beeld van Desirée Kruyt. Harm zowel als Jan Troost hebben mij de ogen geopend, zij het onbewust. Deetje, meisje, ik heb ten opzichte van jou geblunderd en niet zo'n heel klein beetje! Ik heb voetstoots aangenomen dat de opinie van de grote „men" juist was, waar het Deetje Kruyt betreft..."

„De dochter van Ria Kruyt, die net als haar moeder de breeveertien opging..." Het klinkt oneindig bitter.

Jan-Willem, met één lange intense blik, neemt het mooie, maar tegelijk koel-afwerende meisjesgezicht in zich op. Detail na detail. De lang omwimperde ogen — donker van pijn —, het korte neusje, de rode mond. „Kun je het mij vergeven, Deetje? Dat ik jou met m'n houding gekwetst heb? Vertel me hoe ik het ongedaan kan maken. Ik wil niet dat dit tussen ons staat."

Eindelijk keert ze haar gezicht voluit naar hem toe.

„Vergeven? Och ja. Ik voel, ik zie, dat je er echt spijt van hebt. En dat je de moeite genomen hebt terug te gaan naar de vent, die jou een paar jaar geleden het ziekenhuis in sloeg, dat vind ik enorm moedig van jou, Jan-Willem. Alleen..."

Deetje doorvlijmt, als een lijfelijke pijn, de wetenschap, dat ondanks Jan-Willems schuldbelijdenis en háár vergeving, nog altijd die kloof tussen hen gaapt. Van onbegrip, wantrouwen, van onvermogen zich in te leven in de gedachtengang van de ander. En toch, denkt ze koppig, weet ik, dat zo'n nauwe, diepgaande band tussen twee mensen bestaat. Omdat ze die met eigen ogen heeft gezien in het buurhuis, bij de ouders van Ad en Kees en naderhand bij Anneke en Ad.

Misschien heeft ze daarom haar gevoelens wel geprojekteerd op Jan-Willem Bergman, de sympathieke huisvriend van de familie Rhyn. Omdat iedereen de loftrompet van Jan-Willem zong. Omdat hij voor iedereen een steun en toeverlaat was. Behalve voor haar. Ja en daar wringt nog altijd de schoen. In wilde Deetje durfde hij zijn tanden niet te zetten. Over haar deden zulke vreemde verhalen de ronde... Nee, Desirée Kruyt: het sprookje van Assepoester gaat voor jou niet op.

Maar wanneer ze toch weer kijken moet naar zijn smalle, scherp besneden gezicht, naar zijn ogen, die nu geen glimp van minachting meer spiegelen, bespringt haar de onzekerheid en het verdriet. Hij is haar zo vertrouwd, haar droombeeld! Moet ze er definitief afstand van doen, of... is er meer tijd nodig, om de misverstanden tussen hen op te lossen? Jan-Willem ziet hoe Deetje ten prooi valt aan de meest tegenstrijdige gevoelens. Hoe heel dat ranke, mooie lichaam zich spant. En dan denkt hij niet meer, maar laat zich sturen door de dwingende stem van zijn bloed, dat zijn zinnen verhit. Ze is zo mooi, zo begeerlijk, wilde Deetje. Hij neemt haar in zijn armen en bedekt haar gezicht, haar hals, haar armen met zijn hete kussen.

Deetje kust hem terug, met een vuur en een overgave, die hem verrast, bedwelmt. Zo, zo heeft hij haar vermoed, haar temperament ingeschat...

Het is een anti-climax met de uitwerking van een koud stortbad, als Deetje hem ineens van zich stoot. „Nee, niet doen, Jan-Willem, ik..." Ze barst uit in een wilde huilbui en niet anders formuleert ze tussen dat wanhopig snikken door dan „ik wil niet, ik wil niet, weggaan, weggaan..."

Jan-Willem gáát weg. Hij krabbelt overeind, klopt het zand van zijn broek en zijn hemd en zonder zich om schrammen of haken te bekommeren, zoekt hij zijn weg naar beneden, dwars door het duindoornstruweel...

Deetje blijft achter. Alleen. Langzaamaan legt zich de storm in haar hart. Wordt het bonzen van haar hart minder.

Dan ook heeft ze al weer spijt, dat ze hem zó heeft laten gaan, Jan-Willem. Ze heeft hem nauwelijks de gelegenheid gegeven om zich uit te spreken. Om door middel van praten, de kortsluiting tussen hen op te heffen. Ja maar, denkt ze dan toch weer, hij begon me ineens te kussen en dáárdoor kwam die oude angst weer boven, dat het toch alleen maar om m'n lijf begonnen is en niet om Deetje zelf.

Zo zit ze daar weer, precies als vóór Jan-Willems komst, op haar duintop, de handen op de knieën geslagen. Haar ogen volgen mijmerend de zonnestralen, die zich speels vangen laten door de duinvallei. De laatste augustusdag... Maandag is het gedaan met haar vrije leventje. Ad heeft via via een baantje voor haar bemachtigd op een makelaarskantoor. En 's avonds gaat ze verder met haar lessen. Mevrouw van Leeuwen heeft beloofd haar te blijven helpen. Iedere week gaat ze een avond naar haar toe. Moet ze zich nog altijd bewijzen? Ach nee, maar ze weet, dat ze die avondstudie aankan. Ook wil ze proberen zo gauw mogelijk kamers te zoeken. Al heeft ze het nog zo fijn bij haar zusje en zwager, ze kan daar niet blijven, waar de sfeer van warmte en liefde, als zout is in de wonden, die het leven haar sloeg en die nog altijd open zijn.

Jan-Willem voelt zich lam geslagen, als onder een fysieke klap. Zo heel anders had hij zich dit rendez-vous met Deetje voorgesteld. Nu loopt hij hier, alleen, terwijl de late zomerzon zijn gezicht koestert, verkilt hem de koude van binnenuit. In deze gemoedstoestand sloft hij over het duinpad, in de richting van de oude haven. Pas als hij de eerste huisjes van de vroegere visserswijk nadert, dringt het tot hem door, waarheen hij op weg is. Instinktief heeft hij de weg gevonden, die hij vanaf zijn jongenstijd ontelbare malen is gegaan. Hij gaat naar de Schuitenweg, naar moeder Marga, waar hij al zo ontzaglijk veel problemen mee heeft uitgepraat.

In de steeg botst hij bijna tegen Kees, die net uit de deur van het schuurtje komt. Of... heeft hij soms op de uitkijk gestaan? Heeft hij hem — misschien zelfs — verwacht? Nonchalant steekt hij zijn hand op. „Hay, Keessie! Schuur aan het uitmesten?"

„Nee, ik stond je op te wachten. Dacht wel, dat je komen zou."

„Hhhh? Je weet niet eens waar ik vandaan kom."

„Jawel. Van een afspraakje met Deetje. Heb ik bij Anneke uitgevist."

„O, nou, ik hoop dat het hier dan bij blijft. Dat je die enorme neus van jou niet verder in m'n zaken steekt. Daar ben ik toevallig niet van gediend, zie je."

Kees knikt ijverig. Hij ziet het inderdaad. Jan-Willem is finaal uit z'n evenwicht. En nu natuurlijk op weg naar moeder Marga en die is juist haar zaterdagse boodschappen aan het doen, met een uitlopertje naar de trekpleisters Ad, Anneke en Marjoleintje...

Voorbijgaand aan de scherpte in Jan-Willems stem, — hij heeft verdriet, Keessie! — zegt hij hartelijk: „loop door, man. Moeder is er niet, maar Gon heeft een machtig lekker bakkie gezet. Jeanètje en Tim komen straks ook."

Jan-Willem duwt de poort open. Achter het huisje met de heldere gordijntjes voor de lage ramen, zit Gon op de witgeschilderde bank.

Als ze ziet wie daar komt, lichten haar donkere ogen op. Maar dat ziet Jan-Willem niet. Dat ziet hij pas veel later, wanneer hij zich heeft leeggesproken, zoals hij al zo lang heeft willen doen. Al is het niet bij moeder Marga, maar bij Gon. Wanneer dat tot hem doordringt, als hij eindelijk zwijgt, wordt een verwondering in hem geboren. Als hij kijkt naar het meisje, dat hij al zoveel jaren kent. Bijdehante Gon, met haar knappe, pittige gezichtje, dat fel kleurt, onder de intense blik, waarvoor zij haar donkere ogen verward neerslaat.

Nu wandelt Kees op zijn beurt door het duinlandschap. Zijn oplettende ogen zien dingen, waar Jan-Willem en met hem vele anderen, onopgemerkt aan voorbijgaan. Kees ziet het steeds zeldzamer wordende handekenskruid en het muggenorchis in het duinstruweel. Veel kwetsbaarder, dan het loogkruid en het zeepostelein, die nog altijd gedijen op de kalkachtige bodem. Hoe lang nog? Plotseling krijgt hij haast. Hij mag zich nu niet verliezen in de zorg om de natuur. Straks, straks weer. Nu moet hij naar dat eenzame, verstilde figuurtje op de volgende duintop. De laatste duinhelling nemen de lenige, goed getrainde benen van Kees in één ruk. Licht hijgend laat hij zich schuin achter Deetje in het zand vallen, dat nu, in het vroege middaguur door de zonnestralen is opgewarmd. Kees wacht, zonder iets te zeggen, tot Deetje begint te praten. Intuïtief voelt hij, dat hij zo handelen móet.

Hij heeft zich niet vergist. Deetje weet zonder aarzeling, wie naar haar toe gekomen is. Ze is er Kees dankbaar voor, dat hij haar gelegenheid geeft om tot zichzelf te komen. Om te praten, zonder dat hij haar gezicht kan zien. Want zó alleen kan ze, hoewel moeizaam, verwoorden wat allemaal in haar gist, al zo lang:... „Jan Willem heeft met Jan Troost gepraat, op aanraden van Anneke. Hij heeft Jan-Willem verteld — dat pleit dan nog voor hem — wat voor min spelletje hij heeft gespeeld. Op dat beruchte midwinterfeest, waar Jan-Willem ook was, heeft Jan gemerkt, dat ik meer dan gewone belangstelling had voor Jan-Willem en dat heeft Jan Troost niet kunnen verkroppen. Zoals je weet had Jan Troost al heel lang naar me gehengeld. In de tijd dat ik deel uitmaakte van die buurtbende, noemde hij mij al „zijn koningin". Na afloop van dat feest dreigde hij Jan-Willem in elkaar te timmeren, zoals hij al eerder had geprobeerd. Desnoods met de hele klup. Tenzij ik op zijn voorstel inging. Nou je weet wat dat inhield: meteen de volgende dag al trok hij bij mij in dat huisje. Ik had geen andere keus, want ik wist, dat Jan niet terugdeinst voor geweld om zijn doel te bereiken. Maar op zijn verdere voorstellen ben ik niet ingegaan. Nooit, dat móet je geloven, Kees!" Heftig gooit ze dit laatste eruit.

„Ik geloof je!" Geboeid volgt hij het trotse gebaar waarmee ze haar blonde haren naar achteren werpt. Het koppige opeenklemmen van haar lippen.

„Net als bij Harm! Ik heb gevochten als een wilde kat, uit lijfsbehoud, dat weet jij ook, hè Kees? Maar die twee suikerfondantjes van de tearoom zullen zich wel een hoedje geschrokken zijn, toen ze de littekens zagen op de rug en de schouders van Deetje Kruyt! Ze zullen daar iets heel anders achter hebben gezocht. Ze zullen wel geknikt hebben naar elkaar: zie je nu wel! Die meid deugt voor geen stuiver, we hebben het meteen wel gedacht. Maar goed dat ze weg is uit ons dorp en daarmee buiten het bereik van die beste zwager van ons met z'n zwakke vlees..."

O, de bitterheid, die Kees regelrecht in z'n gevoelige hart grijpt. En anders wel het intens verdrietige gesnik dat hij opnieuw hoort.

Kees kán niet langer een passief klankbord blijven. Hij schuift naar voren, tot hij naast haar zit en zijn lange arm om het schokkende meisje kan slaan. Maar nog altijd zegt hij niets. Zijn hand streelt een oud litteken op Deetjes blote bovenarm. Een witte streep, die als een waarschuwend Kaïnsteken de bruinverbrande huid onderbreekt. Op haar arm en op andere plaatsen. Arme meid! Hij, als geen ander weet de herkomst van die littekens. De meeste afkomstig van de stokslagen die Ria Kruyt haar jongste dochter toebracht. Het is als hoort hij weer het hartverscheurend gekerm van het meisje, waarvoor hij als jochie zijn oren dichtstopte en later, als puber, vanuit het buurhuisje te hulp schoot. Zelfs Harms massieve gestalte had hem niet weerhouden voor zijn buurmeisje in de bres te springen, ook al verplaatste Harms gram zich naar hem.

Littekens: de rode draad die door het leven van Deetje loopt. Door dat van hem. Ach, is er één mensenkind, zonder litteken? Zichtbaar, soms. Maar meestal aan het oog onttrokken.

Zonder het te weten van elkaar, spreekt Jan-Willem zich leeg bij Gon, op hetzelfde ogenblik dat Deetje dat doet bij haar vroegere buurjongen. En dit is de troost, die de mens gegeven is: de mogelijkheid om te schuilen bij elkaar. Elkaar tot een schouder en een oor zijn... Een hart dat zich openvouwt als een bloem.

„Nu heb ik alles verteld. Nu is het helemaal leeg, vanbinnen,'' verzucht Deetje eindelijk.

Kees dwingt haar met zijn arm achterover, haar hoofd tegen zijn schouder. „En nu liggen jij! Je ziet eruit als een spook!''

„Hè bah, Kees!''

„Een aardig spook!''

„Hmm!''

„Een móói spook!''

Deetje maait zijn arm weg. Met fonkelende ogen komt ze overeind. „Kees, begin jij nu ook niet, alsjeblieft. Ik was zo blij, dat er tenminste één normale vent rondloopt op dit wereldje en nu...''

„Iedere normale vent heeft oog voor de natuur, waar ook de vrouw deel van uitmaakt!'' plaagt Kees en drukt haar onverstoorbaar terug in de boog van z'n arm. „Mijn opvatting is juist, dat de meesten abnormaal zijn en géén oog voor de natuur hebben!''

Nu is het Deetje, die schrikt van zijn heftigheid. „Je bedoelt... ik weet, dat jij het je heel erg aantrekt, dat alles om ons heen wordt vernield en aangetast. Ik weet van Anneke dat jij actief bent in een milieugroep... alleen, ik heb me er zelf nooit zo in verdiept. Gemakzucht denk ik. Of ongeïnteresseerdheid. Ik weet niet...''

„Zoals het gros der mensheid. En het gaat ons toch allemáál aan. Ik kan dit nog altijd niet plaatsen. Als het nu om een andere planeet ging of zoiets. Maar het is de wereld waarop wij wonen, de lucht om ons heen die we moeten inademen, die ons in leven houdt. Als die steeds meer vergiftigt... hoe kunnen we dan nog aan onze levensadem komen?"

Roerloos luistert Deetje naar de bewogen stem van Kees, waarin — gelukkig toch nog — onderdrukte geestdrift doorklinkt. Kees zal niet aflaten te doen, wat in zijn vermogen is om te pleiten voor die aarde, die hem zo lief is."

„God?" De naam zweeft als een pluisje van het loogkruid boven hen.

Kees reageert niet. Hij denkt na. Hoe kan hij verwoorden, overbrengen tot welke konklusie hij gekomen is, na al zijn gewroet, zodat hij het meisje naast hem helpt, inplaats van haar met nog meer vragen op te zadelen?

Tenslotte zegt hij: „Ik denk dat je daar het enige punt noemt, dat niet door de mens kan worden aangerand. Het is de Enige die tijdloos is en daardoor onaantastbaar. Ik wist trouwens niet, dat jij Hem kende, Dé!"

„Ik heb me om God ook nooit bekommerd, dat weet jij best, Kees. Als ik er opa en oma over hoorde, kreeg ik altijd de kriebels. Ik bracht God in verband met vroom en zalverig en stiekem. Ja, sorry, ik weet best dat het bij jou thuis anders is. Ik kon er ook niet tegen als opa Han er over praatte. Het maakte me onrustig. Tot die avond..."

„Van je verjaardag!" begrijpt Kees. „Vertel me ervan. Het is niet goed, dat je die dag uit je geheugen schrapt en doet alsof hij er niet geweest is."

Deetje weet dat er geen ontkomen meer aan is. Nooit is Kees de moeilijkheden uit de weg gegaan. Ook nu zal hij niet rusten, vóór ze de avond, die voor altijd in haar geheugen en in haar hart staat geëtst, terug heeft gespoeld op haar levensprojektor. En deze opnieuw start...

„Ik was dolblij Kees, toen ik Anneke zag met Marjolein,"
begint ze.

„Dat wist ik wel," knikt Kees, „al had je me bezworen,
haar tegen te houden."

Deetje drukt even als bewijs van instemming haar hoofd
vaster tegen Kees' schouder. „Ik ben zo'n tegenstrijdig wezen.
In m'n hart hoopte ik dat ze toch komen zou. Ik had er
eigenlijk ook op gerekend, want ik had een grote doos gebak
gehaald. Opa Han gaf me 's morgens een bankbiljet van
tweehonderdvijftig gulden. Om iets moois voor te kopen."
Deetje slikt krampachtig. „En diezelfde avond dreef ik hem
de dood in. En Rak evengoed. Hij heeft eerst René gewaarschuwd en later is hij mij gaan zoeken... o, Kéés!"
Ze vliegt overeind en kijkt hem aan met zo'n razende
wanhoop, dat Kees schrikt. Is het toch nog te vroeg om haar
te laten praten over de dood van de oude visser?

Hij weet niet beter te doen, dan haar in z'n armen te nemen
en te wiegen als een intens bedroefd kind. Ook probeert hij
niet met cliché's of valse geruststellingen haar te kalmeren.
Deetje hád de zieke man niet alleen mogen laten en waarschijnlijk hád hij nog geleefd, als hij rustig in zijn bed gebleven was. De „had ik maar's": de bitterste drankjes voor de
mens om door te slikken.

„Het is allemaal mijn schuld, Kees. Ik was door het dolle
heen, toen Jan-Willem 's middags weer van zo'n torenhoogte
tegen me deed. Hij keek op me neer, omdat ik met Jan Troost
was... terwijl... ik deed het immers voor hém? Jan chanteerde
me omdat hij wist van m'n gevoelens voor Jan-Willem. Sinds
dat feest was ik lucht voor hem. Naderhand kreeg hij toch
zoiets als wroeging. Of misschien was het ook alleen een
moment van zwakte... dacht hij mij op een ander dorp, waar
niemand hem kende, te versieren."

Kees luistert toe, z'n ogen gesloten. Zo kan hij zich nog
beter inleven in Deetjes verhaal. Pas als ze zwijgt, kijkt hij

naar haar van opzij. Hij ziet, dat ze huilt. Maar hij weet dat het verhaal nog niet ten einde is en daarom wacht hij stil tot ze verdergaat.

„Nadat ik opa Han verzorgd had, ging ik 's avonds naar de Meermin. Hans had gevraagd of ik daar met hem wat wilde drinken, omdat het mijn verjaardag was. Ik wilde niet, maar ik ging toch. Ik heb me zelfs mooi gemaakt voor hem, terwijl ik wist, waar dat op uit moest lopen. Nou ja, je begrijpt het wel: we dronken net iets teveel en daarna ging ik met hem mee naar het atelier. En toen..." Deetjes stem stokt.

„Je kunt Keessie gerust alles vertellen, bure-meissie."

„Het is niet wat je denkt, Kees. Ik bevroor net als toen Harm en Jan Troost al te handtastelijk werden. De stralenkrans die ik om Hans van de Berg had gefantaseerd, verbleekte. Hij was niet anders dan de andere mannen die ik ben tegengekomen. En Jan-Willem... dat heb ik een uur geleden ontdekt... hij is geen haar beter. Het gaat ze alleen om een pleziertje. Maar verder, dieper, niet. En er is toch meer? Kees?"

„Ja," zegt Kees bedachtzaam. „Dat is er wis en drie. Ik zal je ervan vertellen, hoewel ik er nooit eerder met iemand over gepraat heb. Omdat het daarvoor net iets te gevoelig lag. Toen ik vorig jaar in Drenthe was, bij Ad en Anneke, leerde ik daar een meisje kennen. Ze was ziek. Ik ging van haar houden. Ik wist meteen dat het niet een oppervlakkig verliefdheidje was. Ik sta nogal vlug in lichterlaaie, dat weet ik zelf veel te goed. Nee, dit wat ik voor Scylla voelde was anders... beter, intenser. Hoe moet ik het zeggen? Háár geluk was voor mij belangrijker dan het mijne. Ik wilde mijzelf wel helemaal vergeten, om háár gelukkig te maken..."

Deetje kijkt naar hem en als ze ziet hoe die altijd zonnige ogen van Kees nu verdonkeren als in pijn, kan ze niet anders dan hem over zijn weerbarstige haar strijken, dat altijd net even te lang is en nu over zijn voorhoofd valt.

206

„Keessie, here-beessie..." zegt ze hem bij zijn vroegere scheldnaam noemend. Maar het klinkt eerder als een liefkozing dan als een plagerijtje. „Goedbeschouwd zitten wij in hetzelfde schuitje. We hebben allebei verdriet, al is dat van jou echter. Want ik ben zojuist tot de conclusie gekomen, dat het een hersenschim was, mijn verliefdheid op Jan-Willem. Al is hij nog zo'n sympathieke vent, mij heeft hij vanaf het eerste ogenblik gewantrouwd. Misschien alleen, omdat hij zichzelf wantrouwde en bang was voor de aantrekkingskracht, die er wel degelijk tussen ons was. Zoiets voel je immers?"

Een poosje zijn ze in eigen gedachten verdiept, zonder dat de stilte tussen hen hinderlijk is. Integendeel: die lijkt hen nog dichter bijéén te brengen.

„We zijn afgedwaald. Je was gebleven bij de schilder. Je was met hem in het atelier," stoot Kees dan toch onvermurwbaar door.

„We waren op de bank. Ik had precies het zicht op het stuk, dat Hans net voltooid had..." Deetjes stem lijkt van heel ver te komen, als beleefde ze die ogenblikken opnieuw.

„Zwarte zwaan, ik heb dat doek gezien. Hij maakte het op mijn verzoek, maar anders, heel anders dan ik het had bedoeld. Ik wilde een kopie van die vrouw met haar zilveren haren en zilverwitte kleed. Ik heb jou nooit gezien als deze zwarte zwaan, Deetje. En daarom... ik wil het ook nooit meer zien. Er gaat een dreiging uit van dat doek!" zegt Kees heftig.

„Ik zal hem om een ander stuk vragen. Om een vrouw in een witte sluier: om een „witte zwaan" temidden van de branding, want die zal er altijd zijn. Maar zoals jij die avond de zee zag, zo vol dreiging, zie je die alleen, als hij je vijand is, als hij je je prooi wil ontnemen.

Langzaam beweegt Deetje haar hoofd met de licht-blonde lokken. „Ja, zo is het precies. Ik liep te mijmeren over m'n vader en ineens zag ik toen een zwarte vlek. Ik dacht, dat het Rak was, die daar worstelde achter de branding en niet terug

207

kon komen. En daarom bedacht ik me geen moment. Want z'n baasje was ook al dood door mijn schuld. Weet je Kees, toen ik daar zo alleen worstelde met het water, toen voelde ik, dat ik niet alleen was, zoals ik steeds gedacht heb. Er was Iets, dat mij kracht gaf, een macht, die mij onzichtbaar droeg. Opeens voelde ik, dat ik niet meer op eigen kracht terug kon zwemmen, en toen zag ik vlak voor me de hond, maar even later was Rak verdwenen achter een grote golf. Ik heb naar hem gezocht, gegrepen... Ik schreeuwde het uit. Ik weet nog hoe ik een zilveren streep maanlicht over de golven zag dansen, steeds dichter gleed het licht op me toe... En toen kwam jij en bracht me terug naar het veilige strand. Jij kwam, net als al die andere keren, als je me hoorde kermen onder de stokslagen van moeder of een aframmeling van Harm. Als de nood voor Deetje Kruyt op z'n hoogst was..."

„Was de redding nabij. Kees op zijn zolderkamer, hoorde jou altijd dwars door de dunne muur heen. En dan stormde hij met z'n driftige kop naar je toe. Al probeerden moeder en Gon en Jeanètje me tegen te houden, ik was niet meer te houden. Ik moest je te hulp schieten. Deetje, kijk me nu eindelijk eens aan en zeg me dan, nee, áánkijken, meissie, ben jij tot dezelfde konklusie gekomen als ik?"

Deetje kijkt hem aan. De jongen, die ze al haar hele leven kent en toch nog maar zo kort. Deze Kees, een man, die de moeilijkheden nooit uit de weg is gegaan. Die altijd op zijn post is gebleven. Toen in de moeilijke tijd van zijn vaders ziekte en sterven. De jaren erna, hij was er voor z'n moeder, voor de zusjes, voor haar. Maar ook toen Ad en Anneke in Drenthe om hulp zaten te springen, ging Kees, als was het de gewoonste zaak van de wereld, daar heen om te helpen. Kees, met zijn warm-kloppende hart voor alles wat leeft en groeit en bloeit. Die ook anderen, die hij op z'n levenspad tegenkomt, verwarmt met zijn lach en een hartelijk woord. Kees, die net even verder meegaat dan de meesten, zich inlevend in

208

hun problemen. Kees, die als geen ander de oorsprong kent van haar geestelijke en lichamelijke littekens... Moet ze nog meer opsommen? Waarom weifelt ze nu nog? Is het niet de herinnering aan Hans' schroeiende lippen, aan Jan-Willems hartstochtelijke kussen?

„Kees!" zegt ze hopeloos. Hij ziet hoe haar hele lichaam begint te beven. En dan is er het wonder van liefde, afgestemd op hetzelfde gevoelsstation. Met een tederheid, die hij zelfs tegenover Scylla niet heeft gekend, schuift hij het bandje van Deetjes bloes verder van haar schouder. Hij raakt met zijn mond het litteken aan, dat hij eens — lang geleden — voor het eerst heeft gezien: rood en opgezet. Zoals al die andere littekens. En wat woorden niet zouden kunnen bewerkstelligen, doet deze kus, ontdaan van hartstocht en begeerte. Door met zo'n lief gebaar een zegel te drukken op die nu witte streep, breekt Deetjes laatste weerstand.

„Kees, o Kees, wat kan een mens steke-blind zijn. Jij was toch altijd de enige, buiten Anneke, die het voor mij opnam? Die mij begreep? Keessie, lieve Keessie..." En dan liefkoost ze met haar vinger de littekens die nog zichtbaar zijn op z'n gezicht, van de acné die jarenlang zijn vrolijke gezicht ontsierde.

„Ik houd van jou... van jóu! Deetje, lief meisje van me." Een verwondering sluipt in zijn stem. Want heeft hij niet steeds gedacht, dat hij na Scylla nooit weer zo van een meisje zou kunnen houden? En nu... wat hij voor Deetje voelt, het komt hem voor, dat zij het onbewust, altijd moet zijn geweest. Inderdaad: hoe bestaat het, dat je lange tijd geblinddoekt door het leven loopt, zonder het zelf te merken.

Hij buigt zich naar haar over en beroert met zijn vingers haar zachte haren, haar ogen, neusje en mond. „Desirée Kruyt, ik houd van jou. Van jou, hoor je? Met alles erop en eraan. Maar dan ook alles. Want nooit meer mag jij de fout ingaan, door te denken, dat de lichamelijke kant minder is.

209

Daar houd ik ook van, daar verlang ik naar, omdat jij het bent. Omdat ik jou wil, helemaal zoals je bent..."

"Zoals je bent, neemt God je aan..." zegt Deetje, verrast.

En dan vertelt ze Kees van de prent, die bij de dametjes Boot hing en waar zij onderkalkte: "Maar de mensen niet".

"Precies! Je hebt nu zelf ondervonden, dat wij mensen er maar op los oordelen. Zonder het hoe en waarom te weten. Maar ik heb ondervonden, nadat ik lang had tegengesparteld, net als jij, dat er één adres is, waar we altijd aan kunnen kloppen, zonder ons anders of beter voor te doen dan we zijn. Zoals je bent mag je bij Hem komen, Deetje Kruyt. Hij verandert een zwarte zwaan in een smetteloos witte..."

Dan moet ze toch weer schreien, om het suggestieve beeld, dat Kees' woorden bij haar oproepen. Die wilde, begerige zee, die z'n waterarmen naar haar uitstrekte, om haar te verpletteren, net als Harm en Jan Troost... Maar als ze weer kijkt naar Kees, naar zijn ogen, waaruit liefde en warmte haar tegemoet stromen, dan wijkt toch die verschrikking en ervoor in de plaats komt het beeld van een vrouw, met stralende ogen, gekleed in een witte sluier, als van een bruid...

"Kees, ik heb je lief!" fluistert ze hees. Het klinkt plechtig, helemaal omdat het komt uit de mond van Ria's dochter. Ria Kruyt, die het zelf met de liefde nooit zo nauw heeft genomen.

"Ik heb je lief," zegt nu haar dochter en het klinkt als een gelofte.

"Mijn schat, nu móet ik je gewoon kussen. Ik bedoel: niet gewoon." En dat doet hij grondig en in Deetje bloeit open een machtig gevoel: bevrijdend, feestelijk, bedwelmend en nog veel meer.

"Kom!" zegt Kees tenslotte, "we gaan het moeder vertellen. Wat zal ze blij zijn, met jou. Ze heeft je altijd al als haar dochter gezien en nu ga je dat echt worden."

Hand in hand lopen ze door het warme zand en daarna over de koele golfjes van het natte strand.

210

Als ze een eind verderop in de richting slenteren van de strandopgang, blijft Deetje plotseling staan. „Ik moet ineens weer denken... weet je waaraan ik denken moet?"

„Natuurlijk, lieveling, aan Han Hoet. Maar hij is gestorven, zoals hij dat zelf het liefste wilde: zijn laatste blik gericht op de zee, hoorde hij net als jij de Stem van over het water."

„Ik weet het. Ik weet het toch? Volgende week wordt zijn huis ontruimd. Door een neef en een nicht, die ik er nooit gezien heb. Hij was zo eenzaam, zonder vrouw en kinderen. Waarom hebben ze hem toch niet eerder opgezocht? Bij z'n leven?"

Kees' ogen dwalen af naar de roomwitte en rose bloemen van de duindoorn. Achter hen en wat dichterbij het muurpeper met z'n helder gele bloempjes. Dat sterke onverwoestbare kruid, nóg bloeien en groeien ze, ondanks striemende regens, stuivend zand. Ondanks nachtelijke kou en zomerse hitte...

Maar vóór het verdriet om al de bedreigde schoonheid van de natuur aan kan zwellen, neemt hij haar opnieuw tegen zich aan. Want liefde is een geschenk, is een glimlach van de Schepper van al wat leeft.

En dan zegt hij, met die snelle overgang van ernst naar vrolijkheid, die zo kenmerkend is voor Cornelis van Rhyn: „Maar z'n spaargeld, dat na veel omzwervingen weer in de trommel van Han Hoet belandde, is voor het zustertje, dat hem zo trouw heeft verpleegd."

„En voor zijn vriendje, die zo trouw met opa Han en Rak langs de zee heeft gewandeld. René gun ik het van harte. Ik wed, dat hij meteen een hond gaat kopen. En verf en penselen, om te schilderen. Hij zal het nog ver brengen. Maar ik... ik ben nooit uit geweest op dat geld. Reken maar, dat daar al weer stevig over wordt gekletst, in dat dorp."

„Stil laten kletsen. Zoveel is het immers niet? En ik denk, dat Han Hoet die bankbiljetten het liefst aan dat joch en aan jou wilde geven. Jullie hebben z'n eenzaam bestaan opgevrolijkt. Betaal er je lessen maar van en verder... we zullen nog wel het één en ander nodig hebben voor ons huisje, schat."

Deetje kijkt naar Kees, met zijn ontwapenend open blik. Maar zij vertrouwt het toch niet helemaal.

„Kees!" eist ze, „vertel! Want jij hebt al lang een waterdicht plan achter die vrolijke grijns van jou bedacht."

„Pienter meissie! Je hebt gelijk: er komt een huisje vrij, aan de Schuitenweg. Je weet: na de renovatie is er de mogelijkheid om te kopen. Tenzij je er bezwaar tegen hebt, om dáár weer te wonen."

Deetjes ogen vullen zich met tranen. Terug naar haar jeugd? Terug naar alles, wat ze juist ontvluchten en vergeten wilde? Maar dan ziet ze Kees. Hoe hij in opperste spanning het antwoord van haar gezicht probeert te lezen. Terug naar die oude visserswijk betekent ook: terug naar de enige, die haar nooit liet vallen. Teruggaan betekent ook: moeder Marga, die haar als een dochter tegen haar hart zal drukken. Naar Gon en naar Jeanètje, die haar als zusters zullen zijn... Het is zoveel, na al die jaren van eenzaamheid, zoveel... Ze moet er haar ogen voor sluiten. Want ook de liefde, die Kees haar zo onverhuld laat zien, wordt plotseling teveel voor het ouderloze meisje.

„Kees," bibbert ze, „ik moet alweer huilen!"

„Geeft niks. Het zijn vreugdetranen, meisjelief. Dat weet ik. Zoals ik weet, dat jij van een zwarte zwaan veranderd bent in een blinkend witte."

En dan kust hij voorzichtig de tranen weg van zijn witte zwaan.